海に沈む太陽（上）

梁石日《ヤン・ソギル》

幻冬舎文庫

海に沈む太陽（上）

また見つかった
何が？
永遠が
海に沈む太陽が

——アルチュール・ランボー

1

道頓堀の東のはずれ、二ツ井戸周辺の長屋には流れ者や旅芸人や水商売の人びとが住んでいた。十二、三棟の長屋をひとくぎりに、いくつもの長屋は互いにもたれ合うように建っているが、交錯した路地を一つ間違えると下寺町の方へ出てしまうのだった。この長屋で生まれて五歳になる曾我輝雅は道頓堀へ行くつもりが路地を間違えて下寺町の方へ行ってしまい、何度か迷い子になったことがある。だからいまでは祖母から一人で外出するのを固く禁じられていた。けれども紙芝居の拍子木の音や、わらび餅を売りにきたおじさんの声を聞くと、どうしてもじっとしていられず、祖母の目を盗んでそっと家を抜け出た。そしてつい紙芝居のおじさんやわらび餅を売っているおじさんのあとをついて行くのである。

わらび餅のおじさんから、

「うちの子になるか」

と言われたとき、輝雅はためらわずに、

「うん」

と答えた。

子取りにさらわれてサーカス団に売られたり、ときには食べられたりするので、知らない人のあとをついて行くのは絶対やめなさいと祖母からきつく注意されたのは、それから少したってからである。

昼間はいつも奥の四畳半の部屋で、母の美代子は三味線の稽古をしていた。夏の蒸し暑い日は長襦袢姿で正座して、狭い裏庭のどこか一点を凝視したまま一時間以上、三味線を弾いていた。髪のほつれた細いうなじにうっすらとにじんでいる汗が子供ごころにも妙に色っぽく感じられた。

午後の四時頃、近くの小学校に通学している輝雅より四歳年上の姉が帰ってくると、夕食の仕度で家の中は急にあわただしくなるのだった。姉以外に二歳下の妹と生まれて間もない妹がいて、六人家族の中で男は輝雅一人である。長男であり一人息子である輝雅は母と祖母に可愛がられていたが、なにかと姦《かしま》しい五人の女たちに囲まれて、自分の居る場所がなく、いつも一人ぼっちのような気がするのだった。実際、輝雅は近所の子供たちとも打ち解けることができず、一人で遊んでいた。蠟石《ろうせき》で道端に絵を画いたり、祖母に絵本を読んでもらったり、ときには一人で街を散策することもあった。この頃から輝雅はどこか遠い見知らぬ土地へ行きたいという思いにとらわれていた。

夕食が終ると母の美代子は鏡台の前に座って時間をかけ、丹念に化粧をした。白い肌のうなじがさらに白くなり、眉毛も濃くなって口紅を塗った顔はまるで別人だった。そして着物を着替えた姿は母から一人の女に変身していた。輝雅はときどき、そんな母の姿にうっとり見とれることがある。着物を着替えた美代子はもう一度鏡に全身を映し、後ろ向きになって帯の結び目を点検したあと軽く帯を叩いて、三味線と化粧箱を持って家を出た。そのあとを祖母の手に引かれて輝雅は長屋の路地から表通りまで見送りに行った。路地から見上げる空は細長く、狭苦しい圧迫感を受けるのだが、表通りに出て橋の欄干から道頓堀川の西を望むと、そこは放射状に輝く光に包まれていた。その放射状に輝く光の世界に母は入っていくのだった。あの光り輝く世界には何があるのだろう。輝雅にとって、それは謎であり摩訶不思議な世界であった。

月に一、二度、背の高い頑丈そうな体格をした一人の男が訪ねてくる。三つ揃いの背広を着ているが、大きな鋭い眼と頬骨の出っぱった顔はどこか野蛮で、暴力的な印象を受けた。男がくる日になると祖母は緊張し、美代子はそわそわしていた。魚屋に刺身を注文し、長女の寿美子は酒を買いに行かされた。祖母と美代子は家中を掃除し、腕によりをかけて日頃めったに食べられないご馳走を作って男が訪ねてくるのを待った。

いつも夕暮れどきに男は訪ねてきた。子供たちにお菓子や、ときには玩具の土産を持ってくるのだった。

そして二階に上がって上衣を脱ぐと、部屋の真ん中にどっかと腰をおろし、

「子供だちは元気そうやん」

と言うのである。

「はい、おかげさまで」

美代子は脱いだ上衣をハンガーに吊《つ》るして洋服ダンスにしまい、用意していた料理と酒を運んできて酌をした。

「三年前までは五人やった従業員が、いまでは三百人くらいになっとる。あと三年もすりゃあ千人になる。そのうち広い家に住ませちゃるけん、待っとき」

曾我謙治が煙草を口にくわえると美代子はマッチを擦って火を点《つ》け、

「ほんまでっか。うれしいわ」

と白い歯を見せて曾我謙治によりかかった。

「子供だちも大きなってきよるし、こん家じゃ狭い。わしゃいま手ごろな家を物色しよるとこやけ。子供だちを呼んできてん」

いつになく上機嫌な曾我謙治は四人の子供たちを呼ぶよう美代子に言いつけた。

一階にいた四人の子供たちはおそるおそる階段を昇り、踊り場にかたまって部屋をのぞいた。

「お父ちゃんが、あんたらにお土産買うてきてくれたさかい、受け取りなはれ」

だが、子供たちは遠慮がちに恥ずかしそうにして部屋に入ろうとしなかった。

「まあ、ええ。菓子はあとでみんなと分けれ」

子供たちが部屋に入ろうとしないので代りに祖母が土産の菓子を受け取り、

「いつもご苦労さまです」

と挨拶した。

「あんたも元気でなによりや」

料理を咀嚼《そしやく》しながら曾我謙治は言った。

「へえ、おおきに」

お辞儀をして祖母は土産を持って子供と一緒に階下にさがっていった。

曾我謙治はネクタイをはずし、シャツとズボンを脱ぎ、寝巻き姿になって飲み続けた。

夕食をすませてあと片づけすると美代子ははやばやと子供たちの床を敷き、

「今夜は早《は》よ寝えや」

と言い残して二階へ上がった。

四畳半と三畳の部屋は四組の布団で足の踏み場もないほどであった。いつもは二階で母の隣に寝ていたが、今夜は祖母と一緒の布団で寝ることにした。しかし、輝雅はなかなか眠れなかった。近所の家の父親はいつも一緒に家族と暮らしているのに、自分の父はなぜたまにしかこないのだろう？　父はいつもどこにいるのだろう？　輝雅にとって父の存在は「たまにくる人」であった。

　あるとき輝雅は、

「なんでお父ちゃんは、たまにしかけえへんの？」

　と母に訊いたことがある。

「お父ちゃんはな、仕事が忙しいねん」

　それっきり母は口を閉ざして何も言わなかった。

　四歳年上の寿美子は、

「よけいなこと訊かんとき」

　と顔を曇らせ、その場を立って外へ出た。

　たまにしかこない人が帰ったあと、輝雅は近所の子供たちと遊ぶのがいやだった。なんとなく近所の人たちの見る目がちがうからである。長屋の空は細長く、三味線の音色はもの悲しかった。そしていつものように母が三味線と化粧箱を持って出掛けたあと、橋の欄干に立って道頓堀川の西の夜空を眺めると、そこだけが炎のように赤々と燃え上がっているのだった。

翌年の一九四四年二月、家族は西宮《にしのみや》の夙川《しゅくがわ》に引越すことになった。うらぶれた長屋から閑静な住宅地城の西宮夙川へ引越せるので、さすがに美代子は嬉しく、そして何よりも芸者稼業から足を洗えると思うと長年の苦労がむくわれた気がした。

「西宮に引越すんでっか」

隣に住んでいる久保田のおかみさんが、玄関から体を半分のぞかせて台所にいる美代子に訊いた。

「へえ、明日引越します」

洗い物をしている美代子が答えた。

「庭つきの一軒家でっか」

「へえ……」

「うらやましいわ。うちらみたいな女は、一生この長屋で暮らさんならん」

妬ましげに言うと、三軒隣の酒井のおかみさんが、

「ええ旦那を持って幸せでんなあ。うちの宿ろくとはおおちがいや。やっぱり別嬪《べっぴん》さんはとくでんなあ」

と皮肉をまじえて言うのだった。

世間の人たちからどう見られようと美代子は気にしなかった。これまでさんざん陰口を叩

かれ、白い目で見られてきた美代子にとって、近所のおかみ連中のやっかみは、むしろ痛快な思いだった。明日、広い庭つきの一軒家に移り住むことになる美代子は、数珠《じゅず》つなぎになっている牢獄のような長屋から生涯抜け出せないであろう近所のおかみさん連中に同情したいくらいであった。美代子は黙って洗い物をしながらほほえんでいた。

翌朝、一台のトラックと一台の黒塗りの乗用車が家の前に着いた。乗用車から国防服を着た曾我謙治が降りてきて、

「用意できとう?」

と家の中の様子をうかがった。

こまごまとした日用品や衣類や寝具は丁寧に梱包されていた。

「おし、みんな運び」

トラックの運転手と乗用車の運転手をうながし、曾我謙治も上衣の袖をまくって手伝った。家財道具といってもたいした物はないので、一時間ほどでトラックに積み終えた。それから美代子は近所の人たちに最後の別れの挨拶をして乗用車の助手席に座った。後部座席には祖母と四人の子供が乗り、曾我謙治はトラックの助手席に乗って出発した。

乗用車が路地裏を抜け出し、街を走っている間、どこへ行くのだろうと輝雅は不安だった。道路の両側に建ち並んでいるビルや商店を見るのもはじめてだった。路地裏と道頓堀川

しか知らない輝雅の目に街の景観は未知の世界へ連れ去ってくれそうな予感を感じさせてくれた。

大阪の街を抜け、山を越え、一路西宮の夙川をめざす車のスピードはめまいを覚えるほどであった。エンジンを唸《うな》らせて風を切り、のろのろと重い荷物を牽引している荷馬車をしりめに、車は力強いリズムに乗って疾走していく。あたりの風景が飛んでいくような感覚を味わいながら、輝雅はようやく、あの暗いじめじめした裏長屋から新しい土地へ飛翔していくのだということを漠然と意識した。そう思うと胸がわくわくしてきた。そして引越し先の家に着いてみると想像以上に大きかった。

小高い丘の上に建っている家の裏の縁側から、眼下を流れる川と六甲山が見渡せた。川原の白い砂は眩しいほどに輝き、群生している松の緑と鮮やかなコントラストをなしていた。隣近所といっても一軒一軒がそれぞれ広い庭を所有している立派な家屋で、長屋のように隣の家の声が聞えるようなことはなかった。広い玄関を上がって左右に分かれている廊下を行くと、左は八畳と六畳の居間があり、右も同じく八畳と六畳の居間と台所があった。二階も六畳、四畳半、三畳の部屋がある。特に六畳の居間からの眺めは素晴しかった。春を告げる色とりどりの花が六甲山のふもとに咲いていた。樹々の枝には光と水を含んだ新芽が時を待っている。自然の胎内から生まれてくるすがすがしい大気に包まれて輝雅は豊饒な気分にひたっていた。

「どうね、いいとこやろ」

庭から周囲の景色を眺めていた曾我謙治が満足そうに言った。

「ええとこやわー」

美代子は思わず歓声を上げた。

子供たちは部屋を駆け回り、庭で土を盛って遊んでいた。

「このへんに住んどる人間は官庁の偉いさんやら会社の重役やら陸軍の大佐以上のもんばかりや。おまえだちも、そんつもりで暮らすんよ。道頓堀の裏長屋とはちがうけね」

曾我謙治の話を側《そば》で聞いていた輝雅は、自分たち家族が急に金持階級になったのを実感した。裏長屋のガキどもに、この家を見せびらかしてやりたいと思った。

荷物を運び込んだあと、曾我謙治はトラックの運転手を先に帰らせ、乗用車の運転手と夜遅くまで酒を飲み、翌日の昼過ぎに帰って行った。

美代子は住所の移転届けを出すため役所に赴き、ついでに寿美子の転校の手続きをした。

夙川の町は静かで日本がアメリカと戦争しているとはとても思えなかった。巷では物資不足に悩まされていると聞くが、曾我謙治が食料品や酒など、欲しい物はたいがい仕入れてくるので、そういう心配はなかった。ただ、目だつような衣装は避け、芸者風の着物はタンスの奥にしまい込んだ。

　引越してから一週間もした頃、曾我謙治はトラックに大きな石を、六、七個積んでやってきた。そしてその大きな石を四人の人夫たちに言いつけて庭に運ばせ、あっちがいい、いや、こっちだな、と置いたかと思うとすぐに配置を変え、どうも気に入らんとか独りごちながら、半日がかりで七個の大きな石を置いてしばらく鑑賞していた。七個の大きな石をあちこちに置いただけの庭は別段風情のある庭になったわけではない。たぶんどこかの石切り場で見つけた石を気まぐれに運んできたにちがいないのだ。それでも庭に石を配置しただけで満足したのか、曾我謙治は四人の人夫と一晩中どんちゃん騒ぎして明け方、眠っている輝雅に酒臭い息を吐きながら頬をよせ、

「おまえも来年は小学校に上がるんやけ、しっかり勉強して立派な軍人になって、お国の役に立つんよ」

　と充血した眼で睨みつけた。

　そして泥酔しているにもかかわらず仕事があると言って四人の人夫と帰って行った。すべてが唐突で、気まぐれで、一過性だった。

　輝雅は酒臭い父に頬ずりされているのに気付いていたが、眠っているふりをしていた。日常的に会うことのない、そして何よりも会話を交すことのない父の酒臭い体臭に拒否反応を

起こすのだった。もうきてくれなくてもいいと思うことさえある。父と会うたびに、一人にしてくれ、一人になりたいと思うのだった。

引越して一年ほどたった三月のある日の夕方、輝雅は二階から美しい光景を目撃した。大阪方面の空が赤く染まり、大きな炎が天空を舞っていた。夕焼けの空に舞い上がっている炎はしだいに薄暗くなってくる闇の底から突如、火柱を走らせ、一瞬、輝雅の網膜に焼きついた。あの燃えひろがる巨大な炎はいったい何だろうと思っている輝雅の側で、

「大阪が空襲されてるんやわ。道頓堀も焼かれてるんとちがうやろか。恐ろしい……」

と母の美代子は輝雅の手を握って震えていた。家族は夙川の小高い丘の上の家の二階から、大阪大空襲の炎をいつまでも眺めていた。

2

「神戸も空襲されるんちがうやろか」

祖母が不安そうに言うと、

「尼崎は大丈夫やろか」

美代子は曾我謙治が経営している会社を心配していた。

曾我謙治は九州飯塚出身で、十八歳から飯塚炭鉱の炭鉱夫をしていた。家が貧乏で小学四年のとき中途退学させられて、博多のある商店に丁稚奉公に出された。そこで八年間働き、十八歳のとき丁稚奉公の年季明けで飯塚にもどって炭鉱夫になったのである。小学校もろくに出ていない曾我謙治にとって唯一の資本は体であった。体力に自信のあった曾我謙治はやみくもに働き、五年後に、蓄えた小金で屑鉄屋《くずてつ》を始めた。軍需景気は曾我謙治に幸運をもたらし、屑鉄屋で儲けた金を持って尼崎に出てきて町の鉄工所を始める。戦線の拡大を続けてきた日本は大量の武器・弾薬を必要とし、従業員五人だった町の小さな鉄工所はわずか三年で従業員三百人の中堅企業にまで成長したのである。日本は戦争に絶対負けることはないと信じていた曾我謙治が一千人の従業員を夢みたのも無理はない。戦争が続く限り、事業の成長は保証されているようなものだった。そして曾我謙治は将来、この土地に鉄工所を建設しようと考えていた。

だが、戦況は思わしくなかった。小さな空襲は断続的にあったが、夙川からでも遠望できるような炎を上げている大阪の空襲は、それまでになかった大きな空襲である。美代子が尼崎にある曾我謙治の工場が空襲されるのではないかと心配したのも当然であった。

二日後に神戸の街も空襲された。大阪の大空襲は、それでも距離があったので高見の見物ができたが、神戸の空襲は炎と黒煙が空をおおい、三、四時間後に大粒の黒い雨が降り、外に干してあった洗濯物に黒い染みができたほどである。驟雨《しゅうう》のような黒い雨があがったあとも、空は不気味な色をして漂っていた。美代子は戦争の恐怖を身近に実感した。

神戸が空襲されてから、夙川の町に住んでいる人びとの服装が一変した。それまでは普通の服装をしていたが、男は戦闘帽をかぶり、国防服を着てゲートルを巻くようになった。女はモンペ姿に防空頭巾を腰につけて歩いていた。緑の多い閑静な住宅街の色が、くすんだ灰色と国防色に染まり、風情のない景色になった。

その年の四月、早生まれの輝雅は国民学校に入学した。モンペ姿の母に連れられて校門をくぐった輝雅は大勢の視線にさらされているようでいやな予感がした。他の子供たちの母親には入学式に合わせて着物を着ていたのに、母の美代子は努めて地味な恰好をしようとモンペ姿をしていたので、それがかえって目立っているように思えたのだ。みんなは別に輝雅母子を意識しているわけではないのに、意識されていると輝雅は感じた。

輝雅は学校へ行くのがいやだった。けれども姉の寿美子に強引に登校させられた。一年生の授業は早く終るので、輝雅はいつも一人で道草をしながら帰ってきた。というのも最近は頻繁に曾我謙治が家にきて何日も泊まっていくからであった。

ある日、気紛れな曾我謙治は学校から帰ってきた輝雅に突然、

「これからいちご買い行こう」

と家族を連れて近くのいちご畑へ行き車二台分のいちごを買いつけて帰ってくると、輝雅の家だけが爆弾に直撃されて灰になっていた。

家族は灰燼《かいじん》に帰した家の前で茫然としていたが、曾我謙治だけが嬉しそうに、

「わしらのおらん間に、爆弾が落ちたんは、天が救ってくれたんよ。いまに神風が必ず吹くっちゃ。日本は絶対負けんぞ」

とはしゃいでいた。

そして翌日、家族は滋賀県の能登川町に疎開した。夙川の家に比べるとふたまわりも小さな家屋だった。曾我謙治は一時しのぎのつもりで急遽この家を探して疎開したのである。田舎だったが、ここなら敵機に爆撃されることもないだろうと子供ごころに輝雅は思った。

能登川の国民学校は歩いて十分ほどの距離だった。生徒は一学級二十人前後で、全校でも百人くらいだった。夙川もどちらかというと都会から離れた地域だったが、能登川町は都会とは無縁のところであった。そのかわり山に登ったり小川で遊んだりできた。四百メートルほどの山だが、輝雅にとってそこは秘密の場所だった。山へ少し足を踏み入れただけで胸がどきどきした。家の周りには畑や田んぼがあり、隣の家まで二、三百メートルはある。

晴れた日であった。日の丸の国旗と幟《のぼり》を先頭に長い行列をつくって田んぼのあぜ道を歩いて行く出征の光景を、小川で小魚を獲っていた輝雅は遠くから見た。不思議な光景だった。

そのときなぜか、みんなに見送られている村の若衆は二度と帰ってこないような気がした。

それから三ヶ月後に日本は敗戦した。村は猫の子一匹いないほど異様な静けさに包まれていた。畑や田んぼにも人の姿は見当らなかった。そんな中を曾我謙治はトラックに数人の男たちを乗せて家に連れてきて、飲めや歌えやのどんちゃん騒ぎをしていた。暗澹《あんたん》としている村の中で輝雅の家だけが夜遅くまで灯りがともり、酔っぱらった男たちの大声が響いていた。そして男たちは翌日に帰って行った。

能登川に移って二年が過ぎたある日、曾我謙治がやってきて母の美代子と数時間話し込んでいた。美代子は曾我謙治に酌をしながら、

「にい、はい」

と神妙な声で、しかし喉の詰まった声でひたすら返事をしていた。

「いいか、輝雅は西宮の家で暮らす。輝雅はわしの跡継ぎぞ。もちっと我慢せ。そんうち、いまの嫁と別れておまえと一緒んなる。子供だちもわしの籍ん入れる。そんためにも輝雅は西宮の家で暮らすとが一番やろ」

曾我謙治は輝雅を西宮にある本妻の家で暮らさせるよう美代子を説得しているのだった。

「せやけど、奥さんには友和さんがいますよってに、輝雅が行ったら気い悪《わ》るしはるんちがいますか」

美代子の精一杯の抵抗だった。

輝雅一人だけが家族から離れて本妻のいる西宮の家で暮らすというのは酷薄な話であった。

「友和は養子や。わしとは血がつながっとらん。ここは辛抱のしどころやけ、よう考えれ。わしはおまえや家族んために言いよるんぞ。日本は戦争敗けて、わしの会社も空襲で焼けてしもたけど、西宮の家と土地は残っとる。その財産を継ぐためにも輝雅は西宮の家で暮らすんが一番やろ」

何時間も説得されて美代子は曾我謙治の意向に従った。しかし、輝雅を西宮の家にやると、残された家族は捨てられるのではないかと疑心暗鬼であった。美代子の頰に一筋の涙が流れた。

「心配せんでいいっちゃ。わしがついとう。輝雅はわしの息子やけ」

輝雅が西宮の家へ行くように言われたのは母からである。曾我謙治はひと晩泊まって翌朝には帰って行った。

曾我謙治が帰ったあと、学校から帰ってきた輝雅に、美代子は重い口を開いた。

「ええか、よう聞きや。あんたはな、明日から西宮の家に行って暮らすんやで。西宮の家に行ったら、そこにいるおばさんのことをおかあさんと呼ぶんやで。わかった？　お父ちゃんも一緒やさかい寂しいことあらへん」

切々と訴える母の言葉を聞きながら輝雅には何の感慨もなかった。自分でも不思議なほど冷静で、むしろ西宮の家へ行くのが当然のように思うのだった。女だけの家族から一人になれるのをひそかに期待しているふしもあった。輝雅は素直に、

「はい、わかりました」

と答えたので、母の美代子は逆にショックを受けて泣き出した。自分になつこうとしないばかりか、他人の、それも義母をあっさり受け入れてしまう輝雅の気がしれなかった。眠れぬ夜を過ごした美代子は、翌朝、家族と別れて西宮の家へ行く輝雅のためにご馳走を作り、家族で一家団欒のひとときを過ごした。

「西宮の家に行ったら、向うのおかあさんの言うことをよう聞くんやで。悪さして嫌われんようにしいや」

食事をしながら祖母は輝雅に因果を含めた。

「お兄ちゃんはどこ行くの？」

妹の加代子が訊いた。

「お兄ちゃんはな、西宮の家に行ってお父ちゃんと暮らすのや。一生懸命勉強して、将来は軍人さんになるんや」

日本は戦争に敗けたのに、祖母はいまだに軍人になるのが一番偉いと考えているのだ。あるいは曾我謙治の口癖が移ったのかもしれなかった。

「おかあちゃん、軍人さんはもうおらんのよ」

最近、もの忘れのひどい祖母に美代子はひとこと注意した。

「なんでお兄ちゃんだけ行くの。うちらも一緒に住んだらええのに」

無邪気な加代子の疑問に美代子は答えられなかった。

姉の寿美子は黙って食事を終えると、

「ご馳走さま」

と言って登校の仕度をしながら、

「加代ちゃんも早よご飯食べて学校へ行く用意せんと遅刻するで」

とよけいなことを訊こうとする加代子を急《せ》かせた。

食事のあと美代子は輝雅の下着や服を風呂敷に包み、輝雅に教科書や学用品をカバンに詰めさせた。それから地味な着物を着て、鏡の前で、本妻にさげすまれないよう襟をきっちり詰め、何度も点検した。

「手土産は何がええやろ」

と美代子は祖母に訊いた。

「丸山の羊かんがええ思うわ。普通の家では口にでけへん高級な羊かんやさかい」

祖母は皮肉るように言った。

「西宮の駅あたりに売ってるやろか」

美代子が心配そうに訊いた。

「売ってへんやろ。西宮いうても大阪に比べたら田舎やさかい」

祖母は意地の悪い返事をするのだった。

美代子はなりゆきにまかせることにして、

「ほな行ってきます」

と輝雅をうながして家を出た。

「気いつけて……」

祖母はまったくそっけない態度で美代子と輝雅を見送った。

能登川から西宮までは汽車と電車を乗り継いで三時間はかかる。体が重く、だるかった。月経がないのである。妊娠していると思った。病院で検査してもらおうと思いながら、ただ遅れているだけかもしれないと、ひそかに妊娠していないことを祈っていた。曾我謙治が面倒をみてくれるにしても、これ以上、子供が増えると生活が苦しくなるのは明らかであった。

　美代子は汽車の席に座っている輝雅の手をしっかり握りしめ、車窓の外を流れてゆく風景を眺めながら、息子は将来、自分を憎むのではないかと恐れた。なぜあのとき、西宮の家に行かせたのか、なぜ引き止めてくれなかったのか、と責められるような気がした。だが、曾我謙治の言葉を信じるしかなかった。曾我謙治の跡継ぎとして、あるいは正妻の子として認知されるためには輝雅を西宮の家で養育するのが正しい選択である、と自分に言い聞かせた。本妻との間に子供のいない曾我謙治が四人の子供を産んでいる自分と家族を愛しているのはわかっていた。粗野で無学で、暴力的だが自前で生きてきた曾我謙治を美代子も愛していた。愛していなければ、どうして四人の子供を産むことができるだろう？　いまになって美代子は心が激しく揺れ動くのだった。このまま輝雅と家にもどってしまいたいと思った。

　汽車は時間と平行して走り、風景もまた時間とともに移り変っていく。もどることのできない地点へ行こうとしているかのようだった。

「向うへ行ったら、おばさんのことをおかあさんと呼べるか？」

　美代子は輝雅が思案し躊躇するのを期待したが、

「うん」

　と何の抵抗もなく頷いたのでがっかりした。素直なのか、へそ曲りなのかよくわからなかった。

西宮駅に着いた美代子は駅前の商店街を歩いて丸山の羊かんを探してみたが、やはり売っていなかった。仕方なく美代子は別の羊かんを買い、地図を頼りに曾我謙治の本妻の家まで歩いた。十五分ほど歩いた閑静な住宅地域に曾我謙治の本妻が住んでいる家があった。門構えがあり、自分たちが住んでいた家より大きかった。

美代子は門のベルを押すのに臆した。はじめて会う本妻はどんな女《ひと》だろうと想像してみたが思い浮かばなかった。四十六歳の曾我謙治と美代子とは十三歳の年齢差がある。おそらく本妻は自分より年上だろうと思った。曾我謙治と美代子との間には四人の子供がいるのに本妻との間に子供がいないのは人生の皮肉を感じさせた。本妻が子供を産んでいれば輝雅を連れてくる必要もなかったであろう。

美代子は門の前にしばらく佇んでいたが意を決してベルを押した。しばらくすると玄関の戸が開き、一人の女が門までの石畳を渡ってきて、格子戸の隙間から美代子と輝雅を見た。そして黙って門の格子戸を開けた。四十五、六歳になる女は無表情で口を固く閉ざし、冷たい視線を美代子の下から上へと移した。

美代子は体をこわばらせ、乾いた唇をやっと開いて、

「あの、旦那さまに言いつかりまして、息子の輝雅を連れて参りました」

と言った。

「ご苦労さま」

女はひとこと言うと美代子の手をしっかり握っている輝雅を見下ろした。女に見つめられて、どちらかというと人見知りするはずの輝雅が唇にうっすらと微笑をたたえていた。

「これはつまらない物ですけど」

西宮駅前の商店街で買った羊かんを美代子が差し出すと、女はそれを受け取り、同時に輝雅の手をも取って美代子から引き離した。美代子は何かをもぎ取られるような思いで輝雅の手を離した。

「輝雅をよろしゅう、お頼み申します」

それだけ言うのが精一杯だった。あとはこみ上げてくる涙をこらえて頭を下げたまま顔を上げられなかった。

女は門の格子戸を閉め、輝雅を引きずるようにして家の中に入った。

顔を上げた美代子の目に涙が光っていた。曾我謙治は家にいないのだろうか。居留守をつかっているのではないのか。曾我謙治からひとこと声を掛けてほしいと思った。美代子は門から一歩も中へ入れてもらえなかった。

美代子が涙を拭いて立ち去ろうとしたとき、学生服に角帽をかぶった大学生が格子戸を開けて家に入っていった。養子の曾我友和であった。

3

門の格子戸で母と別れ、義母に手をとられて家の中に入って奥の部屋に行くと、八畳の床間の前の座卓に父の曾我謙治があぐらをかいて座っていた。昼だというのにコップ酒を飲みながら、はも料理を肴《さかな》にしていた。ぽん酢にはもをつけ、うまそうに食べている。

「きたか。そこに座れ」

はもを咀嚼しながら曾我謙治は輝雅を座卓の前に座らせ、

「友和が帰ってきとっじゃろ。友和ばここに呼べ」

と妻の澄子に言った。

いったん座っていた澄子は低い無感情な声で、

「はい」

と答えて腰を上げ、いましがた帰宅した友和を呼びに二階へ上がった。

「おまえは今日からこん家で暮らすとぞ。友和ば呼びに行ったおばさんは、わしの嫁さんじゃけん、おまえのお母さんになる。わかるか。おばさんば今日からお母さんと呼ぶんじゃ。おまえにはお母さんが二人おる。お母さんが二人おるっちゅうことはええことじゃ。そうじやろ」

へんな理屈だったが、輝雅にはなんのこだわりもなかったので、

「うん」

と頷いた。

「おまえはほん、素直な奴じゃ」

本当の母親から引き離されて抵抗するのではないかと思っていたのだが、素直に従うので曾我謙治はひと安心した。

二階へ行った澄子が友和を呼んできた。大学三年の友和はすでに大人であった。身長も百七十センチ近くあり、体格も大きかった。隣に座った友和を輝雅は見上げた。

「ええか輝雅。友和はおまえの兄ちゃんぞ。年ん差があっても仲ようせんと」

曾我謙治は友和と輝雅を前にして満足そうにコップ酒をぐっと飲み干し、はもをつまんで、

「友和、輝雅はおまえの弟じゃ。今日からこの家で暮らすさかい面倒みてやり。勉強も教えてやり。おまえは大人やけど輝雅はまだ子供じゃ。面倒みてやりや」

酔いで赤く混濁している眼をふらつかせて、今度は澄子を見やった。

「今日からおまえのお母さんや。お母さんと呼んでみ」

曾我謙治から半強制的にうながされて戸惑うかと思われたが、輝雅はまったく意に介さず、

隣に座っている澄子に、

「お母さん」

とまるで媚《こび》を売るように言ったので、澄子の方が硬い表情になった。普通、見ず知らずの初対面の女を、いきなりお母さんとは呼べないはずだが、何のためらいもなくお母さんと呼ぶ輝雅の気持がしれなかった。しかし、かたくなにお母さんと呼ぶのを拒否する子供より、自分の置かれている境遇を受け入れてなつこうとする子供の方が澄子には楽であった。不自然さは残るが、そもそも実子のいない澄子にとって養子は避け難い存在であった。それに輝雅は曾我謙治の血を継いでいるのでなおさらである。輝雅に家を継がせようと考えている曾我謙治の意図が読み取れた。友和は養子だが、十年以上手塩にかけて育ててきた澄子にとって、友和はわが子のように可愛かった。

西宮の曾我家にきた輝雅は、三日後に、歩いて十五分ほどの距離にある小学校に転入した。夙川の小学校とはちがって生徒数が多く、輝雅のクラスには三十五人の生徒がいた。夙川能登川の小学校にいた頃はまだ戦時中だったのでクラスには男子生徒だけだったが、敗戦後の小学校のクラスは男女共学になっていた。輝雅は女の子と一緒の机に座らされて体をこわばらせた。

学校は面白くなかった。能登川から転入してきた輝雅を田舎者あつかいする生徒がいるからである。

「おまえ、いまのおかあちゃんは、ほんまのおかあちゃんとちがうねんやろ」

そんなことは誰にも言っていないのに、ガキ大将の村井秀樹がみんなの前で言いふらすのだった。たぶん村井は自分の親から聞かされたにちがいないのだ。村井が知っているということは噂になっているということだった。

「へんなこと言うな。ほんまのおかあちゃんや」

輝雅が意地になって顔を真っ赤にすると、

「ほんまのこと言われたさかい、顔が赤《あ》こうなってる」

なおも反発すると村井に胸倉を摑まれて引き倒され、足げにされた。多勢に無勢だった。村井の子分のような四、五人の生徒によってたかって殴られた。学校に行くのがいやでいやでたまらなかった。そのうち学校を休むようになった。朝、弁当を持って家を出た輝雅は学校へは行かず、西宮の繁華街を徘徊していた。欠席が続き、とうとう担任の先生が家を訪ねてきた。一週間以上、欠席していると聞かされて澄子は絶句した。

「毎朝、弁当を持って学校へ行っていますが」

「学校にはきてません。どこへ行ってるのでしょうかね。悪い仲間と一緒でなければいいのですが……」

先生から親の責任を問われた澄子は返す言葉がなく、

「申しわけありません」

と頭を下げるしかなかった。

義母の横に正座していた輝雅はうなだれていた。

「明日から学校へ行くんやで。わかったな」

澄子は輝雅に言い聞かせたが、輝雅は返事をしなかった。

「なんで学校へ行けへんの。学校へ行って勉強せんと、偉い人になれまへんで」

澄子は先生の手前、輝雅を厳しく叱責した。

かたくなな輝雅はさっと席を立って二階の自分の部屋に行ってしまった。

「すんません。ほんまに意地っ張りな子でして」

澄子は赤面して謝った。

「失礼なことをお訊きしますが、輝雅君はこちらの養子ですか」

意外なことを、それも担任の先生から訊かれて澄子は驚いた。

「いいえ、輝雅は主人の息子です」

本来ならわたしたちの息子ですと答えるべきところを主人の息子ですと口をすべらせて澄子は後悔した。そしてこの無神経な先生に腹だたしく思いながらも澄子は、

「なんで、そんなことお訊きになるんですか。何ぞ、噂でもあるんですか」

と問い詰めるように言った。

「生徒たちの間で、輝雅君のお母さんは本当のお母さんではないという噂がひろがってます」

生徒たちの間でそういう噂がひろがるのを防ぎ、友愛を育成するのが務めであるはずの先生が好奇心をつのらせて訊くのだった。

「とんでもない噂です。輝雅はわたしたちの息子です」

屈辱を覚えて澄子は涙を流した。

さすがに軽率だったと反省したのか、

「余計なことをお訊きしました。明日から輝雅君を登校させるようにして下さい」

と言って先生は帰った。

悔し涙がこぼれた。子供が産めない体をなじられているような気がした。実子がいれば友和はもとより輝雅を受け入れることもなかったし、このような恥辱を味わうこともないのだった。子供の産めない体がうらめしかった。輝雅に罪はないが、輝雅を産んだ美代子が憎らしかった。

その日の夜、酒に酔って帰宅した曾我謙治に、澄子は悔しさのあまり、家庭訪問にきた担任の先生の話を逐一報告した。

「なんじゃと、誰がそんか噂ばひろめとんじゃ！　明日、学校へ乗り込んではっきりさしちゃる！」

曾我謙治はいまにも走り出して学校へ押しかけていきそうな剣幕でわめいた。

「それはやめて下さい。そんなことをしたら恥のうわ塗りです」

「恥のうわ塗りもくそもあるか！　どこんどいつがそんかこつぬかしとるか確かめてやる！」

藪蛇《やぶへび》だった。澄子は必死に曾我謙治を止めたが、翌日、曾我謙治は息子の輝雅の手を摑んで引きずるように学校へ行き、校長室に闖入《ちんにゅう》して机の前で新聞を読んでいた校長に向って、

「こん学校は、どげな教育ばしとんですか！」

と怒声を張り上げた。

その大声にびっくりした校長は新聞を持ったまま曾我謙治をまじまじと見つめた。

曾我謙治の抗議は一時間にもおよび、担任の先生も授業ができない始末であった。

校長の善処するという約束をとりつけた曾我謙治は、帰りがけに輝雅のクラスに立ち寄り、教室の生徒たちを睨みつけて、

「輝雅をいじめる奴はただじゃおかん。腕と脚をへし折ってやる！」

と怒鳴りつけて引き揚げた。

それからというもの、クラスの生徒で輝雅と口をきく者は誰一人いなくなった。ガキ大将の村井も輝雅を敬遠していじめはしなくなったが、遠まきに陰口を叩いていた。輝雅は結局一人ぼっちであった。学校へ行くのがいやでいやでたまらなかったが、欠席するとまた曽我謙治が学校へ怒鳴り込むにちがいないと思って、いやいやながら登校していた。

勉強はしなかったが成績は普通だった。ガキ大将の村井より良かった。授業中はぼんやりしながらもの思いにふけっていた。といっても何かを考えているわけではなく、たいがいは早く授業が終ってくれるのを待ち遠しく思っていたのだ。解放されたいという気持で時間をやり過ごしていたある日、窓際の席に座っている輝雅の目に、運動場を歩いてくる母の美代子の姿が映った。心臓の鼓動が指先にまで伝ってきた。『何しにきたんやろ？』美代子が実母だと判明すると、澄子が義母であったという噂が本当だったことになる。輝雅は母の美代子と会いたくないと思った。

青い風呂敷に包んだ何かをかかえた母の美代子は校舎の中に入って姿が消えた。教室へくるにちがいないと思った輝雅は、とっさに手を挙げて、

「便所に行かせて下さい」

とさも我慢できないような表情をした。

「行ってきなさい」

黒板に字を書いていた先生は、今度は教科書を手に取って、

「十二ページを開けなさい」

と生徒たちに指示した。

生徒たちがいっせいに教科書のページを開けているのをしりめに輝雅はそっと教室を出た。教室を出ると、廊下の端から、こちらに向って歩いてくる母と出会った。輝雅は小走りになって母へところへ行き、

「何しにきたんや」

と阻むように言った。

「あんたの好きな団子を作って持ってきたんやで」

西宮の本妻の家には直接会いに行けない美代子は、輝雅の好きな団子を作って、能登川からはるばる学校へきたのである。それは輝雅に会うための苦肉の策であった。美代子はその場で風呂敷をひろげて弁当箱に入っている団子を見せた。だが、輝雅は迷惑そうに団子を拒否して受け取らず、

「帰れ！」

と邪険に言った。

「なんでそんなこと言うの。せっかく作ってきたのに。あんたは団子が好きやったやろ。昼食時間に間に合うように朝早よう能登川を出てきたんやで。食べてちょうだい」

哀しそうな表情で美代子は団子を手渡そうとしたが、輝雅は受け取ろうとせず、

「はよ帰れ！」

と美代子の差し出す団子を突き返すのだった。

美代子は身を切られる思いをした。少し見ぬ間に他人のようになっている輝雅の変りようが理解できなかった。けれども無理矢理団子を食べさせるわけにもいかず、美代子は団子の入った弁当箱を風呂敷に包み直し、

「体に気いつけや」

と寂しそうにひとこと言った。

教室にもどった輝雅は学校へ訪ねてきた母を誰にも知られずにすんだのでほっとしながら、運動場を去って行く母の後ろ姿に胸の痛みを覚えた。そして母が二人いると困ると自分にいい聞かせていた。

輝雅に会いたい一心で団子を作ってわざわざ学校へ持っていったのに、輝雅に拒否されて「帰れ！」と言われた美代子はショックを受けて、帰ってから二日間寝込んでしまった。このままでは輝雅は自分のことを忘れてしまうにちがいない、と不安になり、眠れぬ夜を過ご

した。そして美代子は、いつも週末にやってくる曾我謙治に意を決して頼み込んだ。

「輝雅をうちに返しとくなはれ。お願いします。この前、輝雅の好きな団子を作って学校まで持って行ったんですけど、輝雅に帰れ！　言われて、うちは死ぬほどつろおました。やっぱり母子は離れて暮らすもんとちがいます。輝雅はうちが腹を痛めて産んだ子です。うちの子です。どんなことをしてでも輝雅を立派に育ててみせます。せやよって、うちに輝雅を返しとくれやす。お願いします」

一晩中、美代子に泣きつかれた曾我謙治は根負けして、輝雅を美代子のもとへ帰すことにした。実の母親の強い愛情にほだされたのだった。

西宮の家で暮らせと言われて四ヶ月暮らしたあと、ふたたび実母のもとへもどされ、親の都合で翻弄されて輝雅は自分の居場所がわからなくなっていた。またしても女たちに囲繞《いじよう》された生活が続き、いったんやめた学校にまた通学させられ、あらぬ噂に悩まされて、家を飛び出したいという願望にとり憑かれだした。家を飛び出し、誰も知らないどこか遠い土地で一人で暮らしたいという思いが輝雅の胸の奥で疼いていた。

能登川にもどって二ヶ月もしたある日の夕方、血相を変えた美代子が野原で遊んでいた輝雅の手をとると、何も言わずに、そのまま駅に行き、汽車に乗って大阪へ向った。輝雅は何がなんだかわからず、母の赴くままついて行った。

大阪の街を見るのは久しぶりである。田舎の能登川とちがい、大勢の人びとで混雑している大阪駅周辺を歩いていると迷い子になりそうだったので輝雅は母の手をしっかり握りしめていた。母の美代子も輝雅の手をしっかり握っている。その表情には何か祈りにも似た必死の思いがこめられていた。

やがて大きな病院に連れてこられた。阪大病院である。玄関や待合い室や廊下の長椅子に大勢の病人が順番を待っている。美代子はエレベーターで四階に上がり、長い廊下を渡ってある病室にきた。消毒液や薬のにおいが輝雅の鼻を突いた。病室の入口は何人もの人で溢れている。

「すみません、すみません」

遠慮がちな小声で、しかし強い意志をこめて、美代子は入口に立ちふさがっている人たちをかきわけ、輝雅の手を引っ張って部屋の中に入った。

ベッドの側に本妻の澄子が厳しい表情で立っていた。養子の友和も立っている。美代子と輝雅を見た澄子は顔をそむけるようにした。部屋にいる人たちはみな澄子の親類縁者たちであった。

その中の六十歳くらいの男に、

「きたか、親父に末期《まつご》の水をやれ」

と言われて輝雅はベッドの側に立たされた。いったいこの騒ぎは何だろう。何が起こっているのか煇雅には理解できなかったが、六十歳くらいの男から水の入った白い茶わんを手渡された。

ベッドの上で曾我謙治があがいていた。爪を立てて喉や胸を掻きむしり、恐ろしい呻《うめ》き声を上げていた。目はつり上がり、大きく開けた口の中が見えた。ぱっくりと開いた底しれぬ黒い穴から断末魔の叫びとともに腐爛した死臭がにおってくる。

輝雅はスプーンですくった水を飲ませようとしたが、呻き声を上げてあがいている曾我謙治の歯がガタガタと震えて、うまく飲ませられなかった。目の前にいるのは父ではなく、死を目前にして恐怖におののき震え、もがき苦しんでいる一人の人間であった。輝雅も恐怖と悪臭で吐きそうになり、手が震えて末期の水を飲ませることはできなかった。みかねた男が震えている輝雅の手を握り、スプーンの水を曾我謙治の口の中へかろうじてこぼし飲ませた。

4

葬儀は西宮の家で行われた。本妻側の親戚やかつての職人たちが参列し、葬儀は盛大であった。美代子と輝雅は葬儀に参列したが、祖母と姉妹たちは他人の目をはばかって参列を見合わせた。謝辞は家族を代表して養子の曾我友和が述べた。

いよいよ出棺のときがきた。本妻は運び出される棺にすがりついて泣き、参列者は合掌していた。美代子も棺にすがりついて泣きたかったが、参列者の後ろで両手を合わせて嗚咽していた。

「お父ちゃんがあの世へ行くさかい、これが見納めやで。よう見ときや」

泣きながら母の美代子に言われて輝雅は桐の棺をぼんやり眺めた。白い冷たい棺が光の中で浮いているように見えた。それから棺は霊柩車に納められ、獄舎のような扉が閉じられ、家族や親戚は別の車で火葬場へ行ったが、美代子と輝雅は随行を許されず、遺骨が帰ってくるまで待たされた。

三時間後に、紫の風呂敷に包まれた遺骨を胸にいだいた曾我友和と澄子を先頭に親戚たちが火葬場から帰ってきた。みんな泣きはらした目で沈痛な表情をしている。玄関先で家に入ろうとする者に手伝いをしている二人の女が塩を振りかけた。

曾我友和は奥の座敷の仏壇の前に遺骨を置き、線香をあげて合掌した。続いて澄子が合掌し、美代子と輝雅は一番最後に合掌した。葬儀は無事に終了し、酒や食べ物を用意してある二階へみんなは移動したが、美代子と輝雅は仏壇の前に残され、澄子と友和に向き合って座らされた。

「遺骨は分骨できません。これは些少やけど、手切れ金です。今後、曾我家とは一切関係ありませんので、そのつもりで」

凍りつくような声だった。

友和は勝ち誇ったような軽蔑したような目で二人を見ていた。

分骨されないことはわかっていたが、あらためて澄子から引導を渡されると、美代子はまるで無実の罪を裁かれているような屈辱を味わって悔し涙を流した。

「せめて子供たちには父親の名前だけは使わせて下さい」

それだけ訴えるのが精一杯だった。

「世の中には同姓の人もいますから、かまいませんけど、うちの家とは関係おまへんさかい、それだけは言うときます」

「わかりました。ありがとうございます。それからお金はいりません。お気持だけを戴いておきます」

はじめからお金や財産分与を主張する気持は毛頭なかったし、所詮、法的にも認められていない美代子は意地でも手切れ金を受け取るわけにはいかなかった。

澄子は唇に苦笑を浮かべて黙っていた。

「それでは、これで失礼いたします」

美代子は深々と頭を下げ、輝雅の手を取って曾我家の玄関を出た。同時にこみ上げてくる涙を抑えることができず、歩きながら泣いていた。この先、四人の子供と祖母をかかえて生活はどうなるのか。美代子はもう一人子供を身ごもっていたのだ。

能登川での生活は曾我謙治が残してくれたわずかなお金で当分食いつないでいたが、日がたつにしたがって美代子の不安はつのるばかりであった。お金が底をついたときのことを考えるとぞっとした。間もなく美代子は男の子を出産した。助産婦を雇うお金がなかったので祖母に子供をとり上げてもらった。

「ほんまに因果な子や。父親は死んでこの世におらんのに、子供が生まれてくるやなんて」

祖母は曾我謙治をののしるのだった。

「この子はあの人の生まれ変りやわ」

美代子は出産した子供に添寝して優しくほほえんだ。

「何が生まれ変りや。四人の子供を育てるのも大変やのに、厄介者が一人増えただけや。あんな男に騙されて、うちらはこんな情けない貧乏暮らしをせんならん。あんたくらいの器量やったら、もっとええ男はんがいたはずや」

もっといい男はんがいたやろか……？　美代子は祖母のいやらしい目線を避けて子供に乳をふくませた。まだ目の見えない子供はまさぐって乳首を探し、無心に母乳を飲んでいる。

なんという皮肉だろう。父親が死んだあと、子供が生まれるなんて……。曾我謙治は粗野で無学で大酒飲みだったが、生命力のある人間だった。その生命力のある人間と思われていた曾我謙治が急死したのである。誰もが予想だにしていない出来事であった。

芸者だった祖母は娘を金持の旦那に身請けしてもらい、家を買ってもらって、そこで楽をしたいと考えていたのだ。それがまったく裏切られたのである。貧乏な炭坑夫の男気に惚れたのが運のつきだ、と祖母はことあるごとに愚痴をこぼした。

「女は男はんで決まるもんや。その男はんを見る目がおまえにはなかったんや。それが運のつきや。あんな男のどこがええんやろ」

曾我謙治にはずっと遠慮がちだった祖母は、いまになって忿懣《ふんまん》が噴き出し、なにかにつけて曾我謙治に対する罵詈雑言を並べたてるのである。そして父親の顔に似ている輝雅がいたずらをすると、

「おまえは父親にそっくりや。頑固で、へそ曲りで、短気で……」

と、生前、曾我謙治に言えなかったことを輝雅に言うのだった。

子供を出産して二ヶ月もした頃、お金が底をついてきたので美代子は村はずれの農家に移転した。

古い農家だが、いろりのある天井の高い十畳の板間と八畳の畳部屋と台所には大きなかま

どがあった。生前、曾我謙治が、庭の手入れをしてもらったり、米や野菜をわけてもらったりしたお礼に、大阪や神戸で買った菓子や酒類などをあげていた、村で唯一つき合いのあった農家の好意で住まわせてもらったのである。前の家に比べると格段の差はあったが、それでも家族七人が暮らすには不足のない広さであった。だが、誰の目にも落ちぶれた印象はぬぐえなかった。食糧難時代に家族七人が食いつないでいくのは並大抵ではなかった。白米が麦飯に変り、三食が二食になり、せっぱ詰まった美代子は三味線を持って大阪へ働きに出た。大阪にいた頃の料亭で仲居をしたり、座敷で三味線を弾いたりして三日に一度帰ってきた。それでも片道四時間はかかる道のりを往復するのはきつかった。

ある日、美代子は女将によばれた。

十数年来のつき合いである女将は言いづらそうに言葉を濁《にご》して、

「あのな、仲居の部屋が狭《せ》もうて四人寝るのは無理やいうて、若い仲居の間から不平が出てるんや。それに最近は不景気やし、あんたも若《わ》こないしな。客をとるんやったら話は別やけど……」

と婉曲に客をとるようすすめるのだった。

曾我謙治と出会ったのもこの料亭である。曾我謙治とのいきさつをすべて知りつくしている女将は、しかし美代子に二者択一を迫るのだった。

「うちには子供が五人います。いまになって、そんなことできるわけおまへんやろ」

長いつき合いだが、所詮は使われている身である。

「そない言うけど、五人の子供をどないして育てるの。うちの人にはっきりさせろと、きつう言われてな。うちもあんたに、こんなこと言いとうないけど、明日までに考えといてくれへんか」

長火鉢の前に座っている女将はキセルに葉煙草を詰めて灰の中の炭火で火を点けた。曾我謙治という後ろ盾を失ったとたん、美代子は世の中の冷たさを思い知らされた。

「考えるまでもおまへん。お断りします」

美代子はこのときばかりは毅然とした。

「そうか。ほなしゃあないわ。あんたとは長いつき合いやさかい、なんとかしてやりたいけど、大阪では無理や」

煙草をふかしながら女将は冷たくあしらい、苦渋に満ちた美代子の表情と痩せ細った体をちらと見て、

「長浜にうちの知ってる人が旅館やってるんやけど、そこで働くか？　旅館いうても料亭みたいなこともやってる。あんたは三味線も弾けるし、小唄も唄えるし、真面目やさかい紹介してもええけど、住み込みになるで。住み込みでもええんやったら紹介したるわ」

女将のせめてもの情だと思った。

逡巡している場合ではなかった。大阪に勤め先がなければ地方へ行くしかない。住み込みは勤務時間も長いし、家族とも一ヶ月に一度くらいしか会えないだろう。しかし、仕事がなければ、たちどころに飢えるのはわかっていた。

美代子は切実な声で、

「よろしゅうお願いします」

と両手をついて頭を下げた。

女将はキセルの首を叩いて灰を落とし、電話帳を調べて電話を掛けた。

電話口に出た相手に、

「大阪の辰巳《たつみ》の『小すみ』ですけど……女将さんですか……どうも、ご無沙汰してます。はい……はい……そうですねん。どこも不景気で……それはそうと、この前お会いしたとき、仲居さんが一人欲しい言うてましたな。もう決まりはりましたか……まだでっか。一人ええ仲居さんがおりますねん。うちと気心のしれた器量のええ人です」

世間話を混じえながら女将は長話をしたあとやっと電話を切った。

「一度会う言うてるさかい、明日にでも訪ねてみなはれ。うちが紹介状書くさかい」

女将は茶箪笥から便箋と万年筆を取り出し、紹介状を書いてくれた。達筆だった。

美代子はその紹介状を受け取って礼を述べ料亭を出た。そして帰りがけに日本橋《にっぽんばし》の質屋に寄って、着物を質に入れた。質草にした着物はこれで五枚目で、残り少なくなっていた。

長浜の旅館兼料亭に勤めだした美代子は、給料日の夜、家に帰ってきて翌日の夕方には長浜にもどった。住み込みの仲居は美代子一人だったので、早朝から夜遅くまで雑用に追われ、就寝するのはいつも午前一時頃になるのだった。それでも給料は割り増しされず、家族七人を養うのは無理だった。少しでも出費を減らすために家族は農家の片隅にある納屋を借りて移った。床のない土間にむしろを敷き、夜は早ばやと電灯を消して眠った。あまりにもみじめで、

「うちらは乞食と同じや」

祖母は毎日慨嘆していた。

「うちらは乞食とちがう。物もらいなんかしてない」

中学一年になる長女の寿美子は祖母に反発した。

反発したが生活はみじめになる一方だった。農家の主人が納屋を使うようになったので出てくれと言うのである。だが、行くあてのない家族は出るに出られなかった。唯一親交のあった農家の主人もしだいに曾我の家族を持てあまし、困ったあげく馬小屋を提供してくれた。この一年の間に家族は大きな家から農家へ、農家から納屋へ、納屋から馬小屋へと落ちぶれ

ていった。このままでは路頭に迷うのは明らかであった。決断を迫られていた。寿美子は学校を諦《あきら》め、京都のある料亭に奉公に出された。寿美子もそれを希望したのである。馬小屋で暮らすより奉公に出た方がましだと判断したのだ。口べらしの意味もある。そして寿美子を五年の年季奉公に出し、将来は芸者になるという約束でもらったわずかばかりの金で、家族は棺桶を作っている葬儀屋の二階の六畳と四畳半の部屋を借りることができた。

主人は一日中、黙々と棺桶を作っていた。一階の仕事場は材木やいくつもの棺桶が壁に立てられ、カンナで削った木屑で埋まっていた。その木屑を奥さんが集めて裏庭で燃やし、灰を畑にまいていた。雨が降ると灰は土と混淆《こんこう》して肥沃《ひよく》な畑になるのだ。その畑で野菜を作っていた。

この夫婦は一日中ほとんど口をきくことがない。口を真一文字に結び、頬のこけた、いかにも頑固そうな主人と畑仕事に精を出している奥さんは他人ともあまり口をきくことはなかった。夫婦に子供がいないせいか、美代子の子供たちに関心を示さず、ときにはうとんじたりした。

「静かにしいや。下のおっちゃんが怖いさかい」

子供たちが遊びでちょっと騒ぐと、祖母は下の家主に気がねして子供たちを黙らせた。もし家主に追い出されるようなことにでもなれば、今度こそ行く当てがないからだ。もちろん子供たちもそのことをよく知っていて、裏口から家の出入りをしていた。頑固そうな家の主人に睨まれると、子供たちはぞっとして足がすくんだ。死体を入れる棺桶のイメージは何かおぞましいものを感じる。それに仕事場の奥の部屋には葬儀一式のさまざまな道具があり、大きな造花のくすぶった黄金色の蓮の華が薄暗い部屋で生きもののように咲いているのが不気味だった。薄暗い部屋に亡霊が彷徨《さまよ》っているように思えた。この家に村人たちが誰も近づかないのは、そのためではないかとさえ考えたりした。

輝雅が毎晩、曾我謙治の夢を見るようになったのも、この家に引越してきてからである。天井から裸電球がぶらさがっている薄暗い病室のベッドの上で死の恐怖と苦痛にあがいていた曾我謙治の断末魔の叫び声が、いまも輝雅の耳の底に残っていた。そしてなぜか曾我謙治は水車小屋の水車にロープで縛りつけられ、ぐるぐると回転していた。顔中血だらけになって断末魔の叫びを上げ、輝雅に救いを求めている。輝雅は恐ろしさのあまり金縛り状態になって、水車に縛られてぐるぐると回転している曾我謙治を見ているだけだった。

学校では棺桶屋の二階に住んでいることを理由にいじめられていた。なぜ棺桶屋の二階に住んでいるだけで差別され、いじめられるのか輝雅には理解できなかった。学校ではいじめられ、家に帰ると女に囲まれ、輝雅の居場所はないのだった。輝雅はいつも一人で川や野原や小高い山で遊んでいた。他人と会ったり話したりするのがいやだった。どうせおれなんか、この世にいなくてもいいや、と思ったりした。ひどい吃音症《きつおんしょう》になっていた。自閉症的な傾向が強くなり、他人を真っ直ぐ見られなかった。

曾我謙治に対する祖母の悪口雑言は日常的に続き、輝雅を見るとそれが始まるのである。そして「おまえなんか、生まれてこんほうがよかった」と輝雅の存在そのものを否定するような雑言を浴びせるのだった。長男である輝雅が生まれなければ、そのあとの子供も生まれてくることはなかったのであり、娘の美代子も苦労することはなかったであろうという論理なのだ。輝雅が憎いのではなく、家族を不幸にした曾我謙治が憎いのだが、父親にそっくりの輝雅を見ると、祖母はついののしりだすのだった。祖母の罵詈雑言はいつしか輝雅の中で増幅していき、ある日、曾我謙治の自画像を竹を削って作ったナイフでずたずたに引き裂いた。こいつがおれを苦しませてるんだ！　と心の中で叫びながら引き裂き、踏みつけ、ばらばらにして野原に捨てた。

夙川に住んでいた頃、曾我謙治が気紛れに絵画の道具一式を買ってきて、家へきたおりに鏡に向って描いた自画像だった。その自画像を美代子は大事に保管し、壁に飾っていたのである。いわば美代子にとって曾我謙治の自画像は遺骨のようなものだった。その遺骨のような自画像をずたずたに引き裂き野原に捨ててしまったので母の美代子は激怒した。それ以来、輝雅は女という存在がうとましく、女である母親に食べさせてもらっていることに抵抗を感じるようになった。一ヶ月に一度、長浜から母の美代子が帰ってくると家の中は女だけの世界になった。女だけに通じる会話、女だけの笑い、女のにおい、女の裸……。いつになったら女だけの世界から飛び出せるのか。いつになったら、この暗いじめじめした棺桶を作っている家から脱出できるのか。いつになったら、おれをいじめている連中に復讐できるのか。いつになったら……。

「ぼ、ぼ、ぼくは……」

それ以上、言葉が続かなかった。自分の思いを伝える言葉が見つからない。思いが強ければ強いほど、言葉は屈折し、暗闇の中へ中へと閉じ込もっていく。言葉は自分の中でしか発することができないのだ。

5

中学生になった輝雅は急に大人になったような気がした。輝雅を見る周囲の目がちがうし、他校の小学校から入学してきた少年たちも大人びた感じを受けた。特に中学三年の生徒などは声変りして、顔つきも大人のようだった。新入生たちは互いに牽制し合い、しだいにグループごとに分かれていくが、誰よりも貧しい恰好をしている輝雅は一人はみ出していた。ほとんどが田舎の地元の生徒たちの中で輝雅はどうしても馴染めなかったのだ。それは祖母や母の影響によるものだった。祖母は毎晩のように、食事をしているときも、縫い物をしているときも、何もせずに時間を持てあましているときも、

「大阪はよかった」

と呪文でも唱えるように懐かしむのである。

長浜の旅館から月に一度しか帰ってこない母の美代子も、祖母と話すことといえば大阪で暮らしていた頃の話である。

「大阪はよかったわ。せやけど、大阪へは帰られへん……」

三味線一つを持って地方巡業している旅芸人のような美代子は、もどることのできない時間の不可逆を記憶の中でたどっていた。

「鮭はなんで生まれた場所へもどってこれるんやろ。鮭がうらやましいわ」

鮭まで例にあげて懐かしがる母の美代子に輝雅はうんざりした。

親がこの地に馴染めない限り、子供も馴染めないのだった。おれたち家族は根なし草の異邦人なんだ、という思いを強くした。その思いが輝雅をかりたてる。この貧困から脱け出さなければ……この土地から逃げたい……お金が欲しい……。

輝雅は道端に落ちている鉄や銅を拾って屑鉄屋に売っていた。朝鮮戦争が勃発して日本は

金偏《かねへん》ブームに沸いていたが、輝雅は朝鮮戦争が勃発していることなど知らなかった。ただ鉄屑を持って行くと金をくれたので、輝雅は目を皿のようにして鉄屑を探していた。だが、鉄や銅が道端にそうそう落ちているわけではない。

輝雅は二駅ほど先の村や町に行き、神社や寺の雨樋を盗んだり、家の軒下の電線を切断したりして屑鉄屋で換金していた。そして鉄や銅を売った金で妹の運動靴を買ってやったり、祖母の好物の羊かんを買ったりした。文無しの輝雅が妹の運動靴や羊かんを買ってくるのをおかしいと思いながら祖母は黙っていた。

そのうち自転車を盗み、さらに遠くの町に行って売った。自転車は結構高い値で売れるので味をしめ、数台盗んでは売っていた。

ある日、五十歳くらいの男が自転車の窃盗犯として逮捕された。その噂を聞いた祖母から、

「犯人はおまえとちがうか。おまえが盗んだんやろ」

と問い詰められたが、

「おれとちがう。おれがそんなことするわけないやろ」

輝雅はしらばっくれた。

もちろん否定したからといって、輝雅への疑いが晴れたわけではない。

祖母は何かにつけて聞えよがしに、

「大きなるにつれて、やることが父親とそっくりになってきたわ」

と曾我謙治を引き合いに出して嫌味を言うのである。

「無実の人間が警察で拷問にかけられて、やってない罪を白状して、刑務所に入れられて一生を台なしにするんや。そんなこと、許されてええんやろか」

輝雅は良心が痛んだ。自分の罪をかぶって逮捕され拷問にかけられていると思うと、いても立ってもいられなかった。またしても水車に縛られて血だらけになっている曾我謙治の悲痛な顔が夢に出てきた。しかし、その顔はいつしか無実の罪で拷問にかけられている見知らぬ男の顔になっていた。輝雅自身が拷問にかけられているようだった。

輝雅は男の無実を証明するために自転車を盗むことにした。鍵の掛かっている鍵穴に二ミリほど先の曲がった針金を差し込み、全神経を集中させて二、三回探りを入れ凹凸になっている隙間の奥のバネのようになっているところを軽く引くと、鍵はパチッと弾くように開くのだった。自転車を何台か盗んでいる間に、勘の鋭い輝雅は三、四秒で鍵を開けることができるようになった。路上に停めてある自転車の鍵を一瞬のうちに開けて盗み、逃走するときのスリルと快感は輝雅のコンプレックスとストレスを吹き飛ばしてくれる。男の無実を証明するために自転車を盗むことにしたのだが、そのスリルと快感が病みつきになって、輝雅は二ヶ月で五十台の自転車を盗んでいた。そして盗んだ自転車を河原に捨てていたのだが、それが新聞に報道され、男の無実は証明されて釈放された。しかし、輝雅は落着かなかった。村から出たい、町から出たい、家族から離れたいという欲求は日ごとにつのるのだった。その欲求不満が発作的に盗みを働かせるのだ。店頭の野菜や果物をかっぱらっては逃走しながら、おれを捕まえてみろ、捕まってたまるか！　と自分自身を挑発するように心の中で叫んでいた。空しかった。何をやっても充足感がない。

三年生になると、就職か進学かを決めるよう先生に言われた。学校の勉強が嫌いで、ほとんど勉強などしたことのない輝雅は迷うことなく就職を希望した。丁稚奉公でも何でもよかった。とにかく就職して家から村から逃《のが》れたかった。

ところが長浜から帰ってきた母の美代子が、

「輝雅、高校行ってもええねんで」

となにげない素振りで進学をすすめるのだった。

「え……」

就職することだけを考えていた輝雅は思いもかけない母の言葉に、

『そうか、長男やし、おふくろは高校へ行って欲しいんやな』

何かしら母を喜ばせてやりたいという妙に親孝行的な心情になって、

「じゃあ、高校受けるわ」

と答えてしまった。

ほとんど勉強をしていない輝雅は高校を受けたところで不合格になるのはわかっていた。その一方で、受験して不合格になれば母も納得するだろうとも思った。長浜の旅館で住み込みの従業員として働き、一ヶ月に一度しか家族に会えない母の気持を思うと、絶対進学などしたくないとは言えなかった。

皮肉なことに輝雅は合格したのである。片田舎の県立高校だが、母の美代子は手放しの喜びようであった。

「住み込みで働いてきた苦労のかいがあったわ」

母の美代子は目に涙を浮かべていたが、祖母は弦の切れた三味線を手入れしながら、

「勉強なんかしたことない輝雅が合格するやなんて、ろくでもない学校や」

と、その日暮らしの貧乏生活をしているというのに、まったく勉強しない輝雅を進学させるのは無駄であると言わんばかりであった。

「そないなこと言うけど、輝雅は長男やし、これからの世の中は高校ぐらい出てないと見下げられます」

なにかにつけて輝雅を曾我謙治に見立てて冷たい態度をとる祖母に美代子は反発した。

「勉強なんかしても、輝雅には何の役にも立ちまへん。それより手に職をつけて仕事した方

がよっぽどましやわ。家の役にも立つし」

切れた弦を直して美代子と三味線の音合わせをしていた祖母が、

「あんたも三味線へたになったなあ」

と意地の悪い言い方をした。

「えらいすんまへんな。わたしは朝から晩まで掃除、洗濯、洗い物、布団の上げ下ろし、便所の掃除までしてますねん。たまに無粋な客に頼まれて三味線を弾くことありまっけど、昔のようなわけにはいきまへん。おかあちゃんは暇があるさかい三味線弾けるかもしれんけど……」

美代子は口惜しそうに唇を嚙んだ。

「わても五人の子供の面倒みてるんやで。あんたより忙しいわ。あんた一人が苦労してる思たらおお間違いや。あんなやくざな男に騙されたばっかりに、この年になっても苦労せんならん。泣きたいのは、わての方やわ」

涙ぐんでいる美代子に祖母は容赦のない言葉を浴びせるのだった。

祖母と美代子の口論はいまにはじまったことではない。けれど高校入学をめぐって口論している女たちを見ていた輝雅は、やはり高校を受験すべきではなかったと後悔した。

N県立高校は東海道本線の能登川、稲枝《いなえ》、河瀬、彦根と乗り継いで行かねばならない。車内では小学校・中学校が同じだった数人の生徒と一緒になることが多い。その中に小学校当時からのガキ大将、伊吹昌則も乗り合わせていた。そしていつも必ずいじめられるのである。

みんなの視線を避けて車内の隅の席に座っている輝雅を目ざとく見つけては、

「貧乏人のくせに、よく高校へ行けるよな。おまえのおふくろは何して稼いでんだ。姉ちゃんも京都の料理屋に身売りしたって言うじゃないか。つぎは妹が身売りすんのか」

と露骨なまでに誹謗中傷するのだった。

「そんなこと、お、お、おまえに、か、か、関係ないやろ」

こみ上げてくる怒りと屈辱で輝雅の顔は紅潮していた。握りしめている拳《こぶし》をぶるぶる震わせ、一撃を加えたいと思ったができなかった。

「どうした。親父がいないと何もできないのか。てなし子はつらいで。妾の子のくせに、わしらと同じ汽車に乗るな。あっちへ行け！」

伊吹は隣の車輌を指差して輝雅に移動を命じた。

高校生はもとより、乗り合わせている一般客のあざ笑っているような目線に耐えきれず、輝雅は席を立って隣の車輌へすごすごと移動した。するとまたしても伊吹がやってきて隣の車輌へ移動しろと命じられる。そして最後部の車輌の隅の席に閉じ込められるように座らされるのだった。

列車が線路の継ぎ目を擦過するたびに、ガタン、ゴトン、と打楽器のようなリズムをとりながら疾走する。その車窓から眺めるのどかな風景は心をなごませてくれるはずだが、比叡山、伊吹山、鈴鹿山など、どこを向いても山々に囲まれていて、輝雅は威圧感を覚えた。山は嫌いだった。山は前方をはばむ巨大な壁のように思えた。山に囲まれた狭い盆地の中で一生を終えるのかと思うといても立ってもいられなかった。山を越えていまだ見ぬ新しい世界を見たい。地図を見ると、ちっぽけな日本列島は広大な海に囲まれている。山を越えて広大な海を見たい。そして水平線の彼方を旅してみたい、という欲求が日ごとにつのるのである。

授業中、窓の外をぼんやり眺めていると、不意に耳鳴りのような波の音が聴えた。岩に砕ける波の音、海辺に打ちよせる波の音、そしていつしか輝雅は波間にたゆたう船のように体をゆっくり揺らして上下させ、幻聴に誘われて教室を出ると駅まで走り、汽車に乗って海のある場所へ行こうとした。

幻聴と妄想が輝雅をかりたてる。どうすれば海へ出られるのか。どうすれば水平線の彼方へ行けるのか。輝雅は海に関する雑誌や本を漁り、一つの結論に達した。それは船乗りになることだった。船乗りになれば日本を脱出できるかもしれないし、人と会話を交す必要もあまりないだろう、と勝手に思い込んでいた。商船学校や海員学校の案内書を取り寄せたりした。「若人よ、海へ来たれ。Ｋ海員学校」というパンフレットを見たとき輝雅の胸は躍った。しかし、よく読んでみると試験があるらしかった。数学の試験もある。数学の苦手な輝雅は商船学校や海員学校へ行くのは諦め、他の方法を考えることにした。てっとり早いのは家出をして密航することである。輝雅は毎日、毎日、家出をして密航することを考えていた。学校の授業もうわの空だった。聴えてくるのは先生の声ではなく波の音だった。何かにとりつかれたように遠くを見つめる輝雅の目に海が映るのだった。ときには潮の匂いさえした。西宮にいた頃、高台から海を見たことはあるが、潮の匂いをかいだことはない。それなのに潮の匂いが鼻を突くのだった。そして不思議なことに海に憧れ、海のイメージを描き、潮の匂いをかぎ、水平線の彼方へ思いをはせて周囲の者とまったくちがう世界へ飛翔していったとき、あれほど悩まされていた吃音症が治っていたのである。

「おまえ最近、どもらんようになったな」

祖母に言われて輝雅ははじめて気付いた。それからの輝雅は自分でも驚くほど誰とでも話せるようになり、ガキ大将の伊吹に対してもおどけてみせ、道化師さながらにみんなを笑わせたりした。そして今度は、喋り出すと止まらなくなるのである。幻聴と妄想の産物である海についてえんえんと語り、まるで長い船旅から帰ってきたマドロスのように見てきたような嘘をついてはみんなに笑われていた。以前は笑われると恥辱と屈辱にさいなまれて吃音になり、相手の顔を見られなかったが、いまでは笑われることにある種の快感すら覚えるのだった。

『笑え、なんぼでも笑え。おれはおまえらとちがうんじゃ。いまにみとれ』

笑われながら輝雅は内心、相手を馬鹿にしていた。そして輝雅はひそかにありとあらゆる情報を集めていた。

そんなある日、輝雅は彦根市稲枝に一人の船乗りがいるという情報を得た。山に囲まれた稲枝に船乗りがいるとは珍しい、本当に船乗りだろうかと半信半疑の輝雅は、とにかく一度訪れることにした。

船乗りをしている男の実家は農家だった。稲枝で農家をしているのは当然なのだが、農家の家族の中から船乗りになった人間がいるというのが、輝雅には不思議であり新鮮でもあった。どこか自分と通底するものがあるにちがいないと直感的に思った。

船乗りの男は四十五、六歳になる機関長だった。精悍《せいかん》な顔付きと縞のシャツを着ている逞しい肉体をイメージしていたが、富家機関長は白いワイシャツを着た小柄で温厚な人物だった。笑うと日灼けした顔が皺くちゃになり、白い歯が印象的だった。航海に出ると一年ほど帰ってこないのだが、その日はたまたま航海から帰っていたのである。

「まあ、上がりなさい」

富家機関長は気さくに声を掛けて輝雅を部屋に上げた。見ず知らずの少年を気軽に部屋に上げてくれたので、輝雅はかえって緊張した。家族は子供まで畑仕事に動員されていたので家の中は二人だけだった。富家機関長はわざわざお茶を淹《い》れてくれ、茶菓子まで出してくれた。そして輝雅の話を聞いてくれた。輝雅は自分の思いを吐露した。海が好きで、どうしても航海したい、海の向うに何があるのか知りたい、広い世界を自分の目で見たい、と熱心に訴えた。能登川に一人しかいない機関長に断られると輝雅の希望と夢は挫折する。正座して真剣な眼差で訴える少年、輝雅の話を聞いていた富家機関長は、

「君が思っているほど楽なものじゃない。外国にも行けるけど、大変なんだよ」

　とやさしく対応してくれた。

「どんなことでも我慢します。一生懸命勉強もします」

勉強嫌いの輝雅が思わず言った。

富家機関長はにこにこしていたが、輝雅の熱意にほだされたのか、

「親御さんの承諾書と、君の履歴書を持ってきたら、ぼくが船会社に話をつけてあげないでもない」

　と言ってくれた。

「本当ですか！」

輝雅は目を輝かせて狂喜した。

「親の承諾書と履歴書を持ってくれれば、本当に船に乗せてくれるんですね」

まだ決まったわけでもないのに輝雅は明日にでも乗船できるような喜びようであった。

「約束はできない。しかし、なんとかしよう」

高校二年生になったばかりの少年を船員に雇うのは規約上無理がある。そこで年齢を二歳うわ乗せして履歴書を書いてくるように言われた。数えの十六歳だったが、十八歳といえば通用しないでもない面構えをしていた。敗戦間際には十六歳の少年が予科練で航空機のパイロットをめざしていたことを思えば、輝雅が船員になってもおかしくないのである。

6

家に帰った輝雅はさっそく部屋の片隅の机代りにしているリンゴ箱の上で履歴書と親の承諾書をしたためた。履歴書はいつもの自分の字で書き、母親の承諾書はいかにも女らしい書体を真似て書いた。生年月日を二年くり上げて十八歳にし、今年高等学校を卒業したことにした。そして母親の承諾書には《息子の将来を、どうかよろしくお願い申し上げます》と親の心情を書きそえるのを忘れなかった。

　輝雅は書き上げた履歴書と承諾書に不備はないか矛盾はないか、何度も点検して、おれはこういうことにかけては才能があるかもしれないと、われながらうまく捏造《ねつぞう》できたと思った。しかし履歴書と承諾書を入れる封筒がなかった。そこで輝雅は京都から姉が送ってきた手紙に、ご飯粒をノリ代りにザラ紙を貼りつけ、その上に「履歴書・承諾書」と記し、それを持って富家機関長の家へ赴いた。

　その日は富家機関長の家族がいた。おじいさんとおばあさん、それに奥さんと中学生と小学生の女の子がいた。輝雅は照れながら恐縮しつつ、奥さんが出してくれたお茶と菓子をご馳走になった。

「船乗りは大変ですよ。日本を離れると一年ほどもどってこれませんから」

　畑仕事で日灼けした丸い顔をほころばせ、ついで奥さんは、少年の輝雅を心配そうに見つめた。

「頑張ります」

　輝雅は緊張した面もちでかしこまっていた。

「とにかく、この履歴書と承諾書にわたしの手紙をそえて、神戸にいる友人に送り、なんとか採用されるように頼んでおく。二週間後にもう一度きてくれ」

富家機関長の誠実な言葉に輝雅は意を強くした。

お茶を飲んでいたおじいさんが、

「海は山とちがって嵐になると危険じゃからのう。正敏（富家機関長）も二度遭難している。二度目はもう駄目かと思ったが、奇跡的に助かったんじゃ」

と、そのときの状況を思い出しながらたんたんと語った。

だが、おじいさんの話に実感のない輝雅は、ひたすら船員になりたい一心であった。

一時間ほどで富家機関長宅を辞した輝雅は家路につく汽車の中で、これから先のことをあれこれと考え想像をめぐらせていた。家に帰ってからも輝雅は熱っぽい眼差で遠くを見つめ、祖母から何を訊かれてもうわの空で答えていた。

「おまえ熱あるんちがうか」

ときどき殻に閉じ込もって周囲の話に耳をかそうとしない性癖のある輝雅の性格を祖母は知っていたが、今日は特にひどかった。目はうるみ、顔は赤くほてり、一種の興奮状態に陥っていた。

祖母は輝雅の額に手を当て確かめたが、別に熱があるとは思えなかった。

「おまえ、また何か悪いことしたんちがうか」

鉄や銅や自転車を盗んでいた頃の状態に似ている。惹起《じゃっき》してくる内面のエネルギーを抑制できないとき、輝雅の表情に生理的な反応が現れ鬱状態になるのだが、劇的に躁状態に転換したりする。今日の輝雅は躁状態をくり返し、心の中で何かと激しく葛藤しているのだ。

「ぼ、ぼ、ぼくは、な、な、なにも悪いことしてない」

治っていたはずの吃音症がまた出はじめた。

船員になって家を出ることは秘密にしておかねばならない。それが輝雅にとって悩ましかった。相談すれば反対されるにきまっている。反対を押しきって家出するか、あるいは反対に押しきられて挫折するか、そのどちらも輝雅はいやだった。あくまで秘密にして黙って去るしか方法はないのだ。祖母や母や妹や幼い弟を残して黙って去るのは忍び難いのだが、そうしなければ永久にこの地から逃れることはできないような気がした。

約束の日が待ち遠しかった。学校へ行っても家に帰ってきても、輝雅は何もせずに時間が過ぎるのを待ち、眠れぬ夜を過ごした。祖母が怪しんでいた。祖母に勘づかれまいとおとなしくしているのが、かえって怪しまれるのだった。

「近ごろのおまえは、そわそわして、なんか落着きがないな」

年は取っても人の心の動きを察知する目は衰えていなかった。

母の美代子が帰ってきたとき、

「近ごろの輝雅は、なんやしらんけど落着きがない。うちらに何か隠してるんやわ」

と祖母はキセルで煙草をふかしながら言った。

「何か隠してることあるの？」

一ヶ月ごとに帰ってきてみると、そのたびに輝雅の体格は大きく成長していて曾我謙治に似てくるのだった。そして子供の成長の速さに美代子は内心、驚いていた。もちろん輝雅以外の子供も一ヶ月の間に表情までちがうほど成長している。成長の過程で、子供が親の知らない悩みをかかえるのは当然であり、十三歳で芸妓になった美代子も祖母の知らない悩みをかかえて悶々としたことがある。顔も体格も骨ばってきた輝雅は、

「別に……」

と部屋を出た。

「好きな女の子でもいるんやろか」

と美代子は言った。

「あほなこと言わんとき。まだ子供やのに好きな女の子できるわけないやろ」

祖母はあきれて、ふかした煙草の煙を目で追った。

「せやけど、うちも輝雅の年に好きな男はんいました」

「ほんまかいな。ほな、曾我はんより先に体を許した男はんがいたんかいな」

「おかあさんは、すぐそないないい方するけど、好きになったから言うて、体をまかせたり

しません」

即物的な祖母に美代子は腹を立てた。

「うちはあの人に、きれいな体をあげました。そして寿美子や輝雅ができたんです」

ほころびた子供たちの衣服を繕っている美代子の疲れた表情が弱々しかった。寿美子は京都で芸妓になり、妹の加代子も中学を卒業すれば、どこかへ奉公に出さねばならない。子供たちはいつかみんな家を出て行くだろう、と美代子は漠然と考えた。

美代子が旅館へもどった翌日、輝雅は返事を訊くために富家機関長の家へ急いだ。待ちに待った二週間目の日がきたのである。不安と期待が錯綜した。採用されなかったらどうしよう。そのときは密航あるのみだ。

輝雅はズボンのポケットに折りたたみ式のナイフを忍ばせていた。なぜポケットにナイフを忍ばせているのか自分でも判然としなかったが、もし採用されなかった場合、伊吹昌則や、そのとり巻き連中に対して復讐してやろうと、家を出るとき咄嗟に思ったのだ。なぜか兇々《まがまが》しい感情がうねっていた。この土地を脱出することは、とりもなおさず輝雅をとりまく状況に復讐することにほかならなかった。

車窓から眺める風景はいつも見慣れている風景だったが、輝雅はどこを走っているのか一瞬わからなかった。どこか見知らぬ土地を走っているような錯覚にとらわれた。汽車が駅に着いて標識を見て、そこが目的の駅だったので輝雅はあわてて降りた。あやうく乗り過ごすところだった。落着け、落着け、と輝雅は自分に言い聞かせた。

太陽が眩しかった。田畑の広がるあぜ道を歩いていると、空を舞っているトンビの笛のような鳴き声が聴えた。高く低く、規則正しいリズムに乗ってトンビの鳴き声が胸の奥にしみ込んでくる。

あぜ道を歩いていると野菜畑でトマトを収穫していた富家機関長がしゃがんでいた腰をゆっくり伸ばして、

「やあー」

と手を挙げて声を掛けてきた。

それからトマトの入った籠を持って輝雅に近づいてきて、

「採りたてのトマトだ。うまいぞ」

と一つを差し出した。

「おおきに」

輝雅はもらったトマトを歩きながらかじった。

「おいしいです」

輝雅の顔に明るさがもどった。

「採用されたよ」

トマトをかじっている輝雅に富家機関長が言った。

「え、本当ですか！　やった！」

輝雅は飛び上がらんばかりに喜んだ。

「採用されるかどうか、わたしも不安だったが、よかったね」

富家機関長も笑顔でトマトをかじった。

輝雅を採用した会社は横浜市中区尾上町にある米船運航会社である。

富家機関長は家にもどると輝雅に採用通知書を見せて、

「会社は横浜だ。会社に行ったら、この人を訪ねなさい。わたしの古い友達だ。面倒をみてくれる。一つ言っておくが、誰にも頼るな。海の男はみんな気が荒い。だが、いい奴が多い。君はまだ子供だが、甘えると誰も相手にしてくれない」

とやさしさの中に厳しさをこめて、「竹山重貴」という名前を記した紙片を輝雅に手渡した。

輝雅は採用通知書と名前を記した紙片を大切にカバンに入れて、

「ありがとうございます」

と感謝をこめて深々と頭を下げた。

心は遥か彼方へ飛翔していた。カバンから通知書を取り出して何度も読み、家に帰らず、このまま横浜へ行きたいと思った。が、しかし、まったく無一文で横浜へ行くわけにはいかなかった。最後に妹と弟の顔を見ておきたいという気持もあった。

家に帰った輝雅はいつものように学校から帰ったふりをして、

「ただいま」

と声を掛けて部屋の隅のリンゴ箱の前に座り、ノートに「ぼくは船員になるため横浜へ行きます」というメモを書いたが、すぐに破ってポケットにしまった。家族に言い残すことは何もなかったのだ。

翌朝、輝雅は祖母が台所で朝食の用意をしている間、箪笥の一番下の引き出しの奥に隠している祖母のへソクリから五十円を盗んだ。そして何喰わぬ顔で食事をすませてカバンを肩に掛けて、

「行ってきます」

と登校のふりをして家を出た。

駅には同じ高校の生徒が六、七人いた。

「おっす。今日もええ天気やな」

輝雅は同級生に陽気に挨拶した。

山間《やまあい》には白い雲がたちこめていたが、真上には青空がひろがっていた。雲は風に流されて東へゆっくり移動している。輝雅は楽しそうに空を眺めて一人にやついていた。

「朝から何にやついてるんや。何かええことあったのか」

同級生の一人が訊いた。

「まあな」

輝雅はもったいぶった口調で空を眺め続けた。

好奇心をつのらせて同級生が訊き返した。

「何があったんや」

「そのうちわかる」

輝雅はじらした。

プラットホームに汽車が入ってきた。汽車に乗った輝雅は伊吹昌則がいないのを確かめ、六、七人の同級生たちと少し離れた席に着いた。同級生たちの賑やかな話し声と笑い声とは対照的に、一人離れて座っている輝雅は、ひと駅着くたびに胸の鼓動が高鳴るのだった。いまになって輝雅はあらためて決断を迫られていた。このまま横浜へ行くのか、それともやはりこの土地に残るのか。彦根駅が近づいてくるにしたがって、輝雅の気持は大きく動揺していた。この機会を逃がせば、二度とこの土地から脱出する機会を失うだろう。この土地に残ってどうなるのか。いつまでもよそ者あつかいされ、差別され、いじめられ、高校を卒業しても、おそらくろくな職にはつけないだろう。みんなから馬鹿にされてこき使われ、みじめな思いをするだけなのだ。それはわかりきっている。だからこそ、この土地から脱出しようと考えたのではなかったのか。その決意が彦根駅を目前にして揺らいでいた。優柔不断な自分に嫌悪を覚えた。少し離れている同級生の席から、わっとどよめくような哄笑《こうしょう》が上がった。輝雅には自分の噂をしてみんなが哄笑《わら》っているように聞えた。むらむらと怒りがこみ上げ、輝雅は立ち上がってみんなを殴り倒したい感情にかられた。だが立ち上がれなかった。いまにみていろ、いつかきっと復讐してやる！　憎しみが石のように凝固していった。

彦根駅に着くと、同級生たちはどやどやと降りた。能登川駅で、何かええことあったのか、と訊いた同級生が、

「曾我、何してるんや」

と席を立とうとしない輝雅をうながした。

「バイ、バイ」

輝雅は手を挙げてふざけるように言った。

「また学校さぼるのか。落第するぞ」

同級生はしょっちゅうさぼっている輝雅を注意するように言った。

「そんなこと、もうどうでもええねん。さらばじゃ。あほんだら！　はよ行きさらせ！」

いつもとはちがう輝雅の言動に同級生は不快感をあらわにして、

「勝手にしろ！　おまえなんか、もう学校にくるな！　伊吹に言うたるさかい」

と伊吹昌則の名前を引き合いに出したので、

「伊吹がなんじゃ！　伊吹に言うとけ！　今度会《お》うたら、叩きのめしてやる！」

輝雅は吠えた。

そこにはいない伊吹に向って遠吠えしている自分を情けないと思いながら、輝雅はいつか必ず伊吹を叩きのめしてやると心に誓うのだった。

汽車は米原に向って疾走していた。家へもどるにはいまからでも遅くなかった。米原で乗り換えればいいのだ。だが、今度、伊吹に会ったら叩きのめしてやると大言壮語した手前、輝雅は帰るに帰れない心境だった。そして汽車が関ヶ原を過ぎたあたりで輝雅の気持はふっきれた。

『行け！　行け！　振り返るな！』と輝雅は自分を鞭打った。あとは野となれ、山となれであった。懐には祖母のへソクリを盗んだ五十円しかないので横浜まで無賃乗車で行かねばならない。幸い輝雅は学生帽に学生服を着て運動靴をはいていた。能登川から彦根までの定期も持っている。もし発覚したときは、眠りこけて乗り過ごしたことにして白《しら》を切ろうと考えた。

名古屋を過ぎたあたりの駅で数人の高校生が乗車してきた。その高校生たちが輝雅の目にはまるで子供のように映った。同じ学生服を着ているのだが、すでに輝雅と高校生たちの間には明確な境界線が引かれている気がした。昨日から今日にかけて葛藤を続けてきた輝雅は、関ヶ原を越えたとき、大人の世界へ一歩踏み込んだ気がしたのだった。『高校生が乗ってきよったなあ……』。輝雅は何かしら感慨深げに無邪気にはしゃいでいる高校生たちを見やった。輝雅はわずか数時間で大人になっていた。

名古屋から横浜までが長かった。車内はいつしか満員になり、その満員の車内を、戦闘帽をかぶり、ゲートルを巻いた片腕の傷痍軍人がハーモニカを吹きながら義手の先に紙箱をぶらさげて施しを訴えていた。

はじめて見る傷痍軍人の姿に輝雅は思わず瞼《まぶた》を伏せて眠ったふりをした。そして輝雅はそのまま横浜に着くまで眠ってしまった。途中誰かに揺り起こされたような気がしたが、輝雅は眠り続けた。輝雅は車内検札を受けずに無事、横浜駅に着いたのである。

7

輝雅は道頓堀界隈で生まれ五歳まで育っているが、大都会の正面玄関を目のあたりにしたのははじめてである。記憶としては神戸港へも行ったことがあるような気もするが、夙川に移住した頃なので定かではなかった。

アーチ形の高い天井がいかにも貿易港を開いている横浜らしい駅だと思った。それにもまして人びとの出入りの多さに圧倒された。大きな荷物を担いだ男や女が改札口を出て行き、構内に待っていた数人の男たちに荷物が渡されていく。闇物資かもしれないと輝雅は一人合点しながらお上りさんよろしく駅から街を見渡したが、いくつかの古いビルの谷間にバラック小屋のような建物が無数に点在し、雑然としていた。戦後十年を経ているにもかかわらず街はいまだに区画整理されておらず、闇市の名残りがそのまま残っていた。西も東も、右も左もわからない輝雅は、その雑然とした混沌の中へ一歩足を踏み入れた。どこをどう歩いていいのかわからない。詰襟の服に学生帽をかぶり、運動靴をはいて通学カバンを下げてキョトキョトと周囲を見まわしている輝雅の姿は、地方から家出をしてきたガキそのものだった。

輝雅は自分でもそう見られているのではないかと意識し、誰かに対してではなく自分に対して、おれは家出をしたのではなく船員になるため横浜へきたのだと言い聞かせた。

不安がなかったといえば嘘になる。輝雅はとりあえず交番を探した。交番は駅のどこかにあるはずだった。駅の前を行ったりきたりしながらうろついていると一人の中年男に呼び止められた。

「学生さん、どこ行くの？」

野球帽の鍔《つば》を上へ折り曲げた、いかにも人なつっこい顔の男が、獲物を見つけたふくろうのような大きな目で輝雅を見つめてやさしく言葉を掛けて近づいてきた。

「ここへ行きたいんです」

輝雅はポケットから竹山重貴の船会社の住所を記入した紙片をみせた。

「中区尾上町か……。歩いて行くのは無理だな。タクシーで行くしかない」

と男は言った。

「タクシー代がないんです」

輝雅は素直に答えると、男はあらためて輝雅の容姿を下から上へ瞥見し、

「いくら持ってる」

と訊いた。

「五十円です」

輝雅はポケットからくしゃくしゃの十円札五枚を取り出した。

「五十円か、五十円じゃしようがねえな」

男は諦めて輝雅を置いてけぼりにして去った。

輝雅はまた途方に暮れて交番を探そうと歩きだしたとき、二人の警官に出くわした。

「すみません」

輝雅は雑踏をかきわけて警官に声を掛けた。

振り返った二人の警官が、通学カバンを下げ、学生服を着た輝雅を怪訝そうに見た。

「ここへ行きたいんですけど、道を教えてくれませんか」

輝雅は「米船運航会社」の住所を見せた。

「船舶会社だな……中区尾上町は……」

二人の警官は指差して輝雅に道順を丁寧に教え、地図まで描いてくれた。輝雅は警官に描いてもらった地図を頼りに「米船運航会社」を尋ね探した。いくつもの運河があって、運河の橋を一つ間違えると方角がまったくわからなくなるのだった。運河沿いには民家や商店や倉庫が混在していて「米船運航会社」らしき建物は見つからなかった。それもそのはずで「米船運航会社」は橋のたもとの建物の二階にあった。一階は大和銀行で、二階へ上る横の狭い入口に「米船運航会社」の看板がかかげてあった。

ビルの二階に上がって入口を入ると大勢の男たちがいた。男たちは入口に立っている輝雅を邪魔だといわんばかりに睨みつけて忙しそうにしている。室内は汗と油と男たちの吐息と煙草の煙でむせ返り、輝雅は圧倒された。はじめてかぐ大人のにおいだった。

臆してはならないと思い、輝雅はカウンターに行って、

「竹山さんはいませんか」

と受付の男に訊いた。

「竹山？　何の用だ」

受付の男は学生服を着ている輝雅をじろりと見た。

輝雅は富家機関長の紹介状を出した。その紹介状を見た受付の男は、

「ちょっと待ってな。呼んでくる」

と奥の部屋へ行った。

間もなくネクタイを締めたスーツ姿の男が奥から出てきて輝雅の前に立ち、富家機関長の紹介状と採用通知書に目を通し、

「おれについてこい」

と先に歩きだした。

メガネを掛けて口髭をたくわえている三十五、六の竹山重貴は事務局長を務めていた。細身で弱々しそうに見えるが数十人の海の男たちをたばねている責任者なのだ。

「富家さんは元気にしているか」

歩きながら竹山事務局長は話しかけた。

「はい、元気にしてます」

緊張気味の輝雅は語尾に力をこめて答えた。

歩いて五分ほどのところの木造二階建てアパートのような建物に入った。

「ここが寮だ。君の部屋は二階の一番奥の二〇八号室だ」

竹山事務局長はいまにも朽ち落ちそうな薄暗い階段を上がって奥の部屋に着くとドアを開けて入った。

六畳ほどの部屋に二段ベッドが二つ並んでいる。

「君はこの上のベッドだ。この部屋には君を含めて四人の男が宿泊してる。酒を飲んだり、花札賭博をしたり、ときには喧嘩もするが、みんな気のいい連中だ。一つだけ言っておく。わからないことがあっても連中に訊くな。訊くと怒鳴られるだけで教えてくれない。見て、体で覚えるんだ。体で覚えないと、この世界では生きていけない」

竹山事務局長は富家機関長と同じようなことを言うのだった。

「はい、わかりました」

むろんわかるはずもないのだが、これで自分も船員の仲間入りをしたかと思うと何か誇らしい気持になるのだった。

「これから関東海運局に行く。書類だけを持って荷物はベッドの上に置いときなさい」

輝雅はカバンをベッドの上に置いて寮を出た。

風に潮の匂いが含まれている。太陽の輝きも山と海とではちがうような気がした。道行く人びとはみんな貧しい服装をしていたが、街全体に活気が満ちている。それは能登川にはないエネルギーだった。一歩足を踏み出すたびに、そこは輝雅にとって未知の世界であった。

竹山事務局長はビルにもどり、裏に回って駐車してあったジープに乗った。

「早く乗れ」

竹山事務局長にうながされて輝雅は助手席に乗った。写真で見たことはあるが、実際に乗ったのははじめてである。神社の階段をいっきに駆け上って行くだけの馬力があるといわれているジープの堅牢な車体は強いアメリカを象徴しているように思えた。

竹山事務局長がスイッチを入れてアクセルを吹かすとエンジンの唸りが輝雅の臓腑に響いた。ギヤを入れアクセルを踏み込み発進すると、輝雅の体が宙に浮いて弾き飛ばされそうになった。

ジープが風を切って疾走していく。恰好よかった。まるで凱旋将軍のような気分だった。横浜港に近づくにしたがってアメリカ兵の姿が増えてきた。中には女と腕を組んで歩いている者もいた。輝雅は外国にでも来たように見るもの聞くものすべてが珍しく、目をきょろきょろさせていた。

関東海運局は古いが立派な建物だった。五年前まで進駐軍が使っていた建物である。受付に書類を提出すると女子事務員に案内されて二階に上がり、医務室で健康診断を受けた。十八歳にしては筋肉の発達が充分とはいえなかったがきわめて健康だった。つづいて体力テストを行った。懸垂三十回、腕立て伏せ三十回、そしてなぜか竹刀《しない》を百回振らされた。

全身に汗をかき、上気している輝雅に、

「よし、合格だ」

と係員が合格の赤い印を書類にバン！　と押した。

十数人の男たちが同じようなテストを受けている。

「米船運航会社」は一九四九年に設立された会社である。戦時中、漁船まで戦争に動員されて日本の船舶会社は壊滅状態にあったが、戦地からぞくぞくと引き揚げてきた兵士たちの余剰人員を救済する名目で大手船舶会社の日本郵船、大阪商船などが出資して作った合弁会社であった。乗組員は日本人だが、米軍の船である。

そして設立から一年後の一九五〇年六月二十五日に朝鮮戦争が勃発する。このとき「米船運航会社」の乗組員は全員動員された。釜山《プサン》・仁川《インチョン》・群山《クンサン》などへ物資や兵器を輸送し、戦死者や負傷兵を朝鮮から沖縄や横須賀へ運搬してきた。

「米船運航会社」の主目的は米軍の後方支援部隊ともいうべき性格であった。しかし身分はあくまで関東海運局発行の船員手帳を有する民間船員だった。したがってあくまで隠密行動をとらされたが、輸送中や陸揚げのとき戦渦にまき込まれて死亡した船員も多数いる。だが、そのような死者は遭難事故で死亡したことになっている。

輝雅が「米船運航会社」の船員になったのは一九五五年だから、朝鮮戦争が休戦協定してからわずか二年後である。

体力テストが終って輝雅は係員から「全日本海員組合」の組合員証を手渡されて、この日から正式に船員となった。晴れがましい気持だった。もう学校や家族のことをすっかり忘れて有頂天になっていた。

「君が乗る船はLST629号だ」

係員はあらためて令状に赤い印を押して言った。

LST629号とはどんな船だろう、と輝雅は想像をめぐらせたが思い描けなかった。輝雅が知っている船といえば漁船か小型の貨物船かクイーン・エリザベス号のような本でしか見たことのない豪華客船だった。

「これで事務手続きは終った。君は寮にもどって呼ばれるまで待機してなさい」

歩いてもさほど遠くない横浜桟橋の近くにある寮までジープで送ってくれた竹山事務局長は、

「二、三日後に命令があると思う。一年後か二年後にまた会おう」

と言って去った。

一日中、すべての手続きにつきそってくれた竹山事務局長に輝雅は感謝した。

寮に入ると海坊主のような男が待っていた。年の頃は四十前後。力士のように肥っていて、赤いTシャツに白い半ズボンをはき、毛むくじゃらの両脚をのぞかせている。太い右腕に竜の入れ墨をしていた。腕も毛むくじゃらでTシャツから胸毛がはみだし、日本人とは思えない相貌をしている。寮長だった。

椅子にどっかと腰を下ろし、葉巻をふかしながら、

「曾我輝雅か」

と訊いた。

「はい、そうです」

輝雅の二倍はあるかと思える寮長の巨体に圧倒されて輝雅は姿勢を正した。

「行動は自由だが、門限は午後十時だ。門限を守らない奴は、おれがしごいてやる。すぐ前に食堂がある。朝食は午前七時から九時まで、昼食は午前十一時から一時まで、夕食は午後五時から七時までだ。その時間帯以外に飯は喰えない。食事代は給料から差し引く。何か必要な物があれば言え。都合できる物があれば都合する。下着は何枚持ってる？」

顔に似合わず事務的な口調だった。

「シャツとパンツ一枚です」

と輝雅は直立不動の姿勢で答えた。動くと殴られそうだった。

「それで充分だ。ベッドに毛布が一枚ある。船に乗るときは、その毛布を持っていけ。酒は飲むのか」

「いいえ、飲みません」

突然、口調が変わって棚からウィスキーを取り、栓を抜いてラッパ飲みした。

と輝雅は答えた。

「そうか、煙草は吸うのか」

今度は葉巻をふかして言った。

「いいえ、煙草も吸いません」

「そうか、じゃあ、女は買うのか」

「いいえ、女も買いません」

「酒も飲まない、煙草も吸わない、女も買わない。おまえは何のために船乗りになったんだ。それで船乗りと言えるのか。おれはおまえの年頃には全部知ってた」

何も知らない輝雅に寮長は不満らしく、別の問いを探しあぐねてまたウィスキーをラッパ飲みした。

　寮長の目が次第に据わってきて、何かしら身の危険を感じた輝雅は、しかし金縛り状態になった。

「よし、おれが全部教えてやる。酒の飲み方も煙草の吸い方も女の抱き方も、みんな仕込んでやる。今夜はおれとつき合え」

　いまにも襲われそうな寮長の気配に輝雅は恐怖を覚えた。

「いいえ、結構です。ぼくはまだ、そんな年ではありませんから」

　輝雅は精一杯の抵抗をしたが、寮長の感情はおさまらなかった。

「女の裸を見てもチンポコは立たねえのか」

　欲情している海坊主のような顔が充血している。

「立ちます」

　屈辱を強いられようとしている輝雅が正直に答えると、

「だったら今夜はおれとつき合え。このウィスキーを飲んでみろ」

　と寮長は飲酒を強要するのだった。

　逃げられない輝雅は、覚悟を決めて、目の前に突きつけられたウィスキーを受け取って寮長と同じように一口ラッパ飲みした。灼けつくような痛みが喉を走って輝雅は咳き込ん

「もっと飲め!」

と寮長が煽った。

　輝雅はまた一口ラッパ飲みした。

　そこへ五、六人の船員が足音を響かせて帰ってきた。その中の一人が寮長室をのぞいた。

　そして寮長から飲酒を強要されている輝雅を見て、

「寮長、夕食の時間ですから、新入りを連れていきますよ」

と輝雅の腕を引っ張って部屋から連れ出した。

「危ないとこだったな。おれたちのくるのが遅かったら、オカマを掘られるとこだったんだぜ」

　輝雅を外へ連れ出した船員が意味ありげに笑った。

「えっ、オカマを掘られるって、どういうことですか?」

　無知な輝雅は意味がわからず訊き返した。

「知らないのか。ケツの穴にあいつのでかいポコチンをぶち込まれるんだ
　いあわせた六人の船員たちがいっせいに笑った。

「いままで何人もやられてる。気をつけろよ」

輝雅を外へ連れ出してくれた管野啓作という二十代後半の船員が屈託のない笑顔で忠告した。

からかわれているのではないかと思いながら輝雅は、

「はい」

と答えたので、みんなはさらに笑うのだった。

どうやらからかわれているらしかったが、酒癖の悪い寮長のもとから連れ出してくれたのは事実である。寮長から無理矢理飲まされたウィスキーが体の中で燃えひろがり熱くなっている。はじめて経験するアルコールの強い力だった。輝雅はみんなに誘われるがままに運河沿いの倉庫のような建物に入った。天井の高い建物の内部はがらんとしていて五、六卓のテーブルと長いカウンターに七、八人の客が座っていた。

「新入りの歓迎会だ。マスター、ビールをジョッキで七杯頼む」

三十二、三の小柄だがいかにも喧嘩早《けんかっぱ》やそうな唐沢茂孝が口をとがらせて言った。

店のマスターはビールを満たした大ジョッキ七杯を一人で運んできてテーブルの上に置いた。

「乾杯！　二、三日後には日本とおさらばだ！」

唐沢茂孝の言葉に共鳴した輝雅も、

「乾杯！」

と思わず大声を張り上げ、みんなと同じように大ジョッキのビールを一気に飲み干した。みんなから見るとまだ子供のような輝雅が大ジョッキのビールを一気に飲み干したので、

「気に入った！　よし、今夜は飲み明かそうぜ！」

と管野啓作がまたビールを注文した。

大ジョッキのビールを一気に飲み干した輝雅の口は泡だらけになっている。輝雅は急に吐き気がしてトイレへ走りだしたが間に合わず、こみ上げてくる吐瀉《としゃ》物にまみれた。

カウンターから飛んできたマスターが、

「こんなとこで吐くんじゃねえ！　しようがねえガキだ」

と怒鳴りながらモップで掃除している間、席にもどってきた輝雅に管野啓作はまたビールをすすめるのだった。意地っ張りの輝雅は断れなかった。すすめられた大ジョッキのビールをまた一気に飲み干した。するとまた吐き気に襲われ、輝雅は外に駆け出し、運河に向って吐いた。飲んだ量のビールが吐き出され、胃液が唇の端から糸のように垂れている。夕闇迫る街並みが運河に映っている。その映像を輝雅はぼんやりとした意識の中で見つめていたが、サンパン（通船）がポン、ポン、ポンと細い煙突から煙をなびかせて通過し、運河が大きく波打って、街並みの映像がゆらゆらと揺れてかき消された。

8

川面の景色がゆらゆらと揺れていたように、翌朝、輝雅の頭もゆらゆらと揺れていた。ゆらゆらと揺れて川面の景色が消えたあと、輝雅の記憶も消えていた。そしていつ寮のベッドに着いたのか憶えていなかった。起き上がると頭に杭を打ち込まれたような鈍痛に見舞われ、喉がからからに渇いていた。

部屋には輝雅以外誰もいなかった。服を着たまま寝ていた輝雅は二段ベッドから降りてドアをそっと開け、外の様子をうかがった。何人かの男が廊下を行ったりきたりしている。何時だろう？　輝雅は部屋の中をぐるっと見回すと、隣の一段ベッドの枕元に置時計があった。午前八時半である。朝食の時間だった。それで部屋に誰もいないのだ。

頭はがんがんしていたが、胃袋は空腹を訴えていた。昨夜、飲み食いした物を全部吐き出していたので胃袋は空っぽだった。朝食は午前七時から九時までの間にとらないと喰いっぱぐれるという寮長の言葉を思い出した輝雅は、洗顔をあとまわしにして向いの食堂へ赴いた。

食堂には十七、八人の男たちが食事をしていて、その中に同じ部屋の管野や唐沢もいた。

食堂に入ってきた輝雅を目ざとく見つけた管野が、

「曽我、こっちへこい」

と呼んだ。

そして四人掛けのテーブルに一つ空いている椅子を指差して輝雅を手招きした。

照れながら椅子に座った輝雅に、

「昨夜はさんざん手をやかせやがった。憶えているか？」

と管野はからかうように言った。

「いいえ、憶えてません」

輝雅はきょとんとした表情でいあわせた三人を見た。

「憶えてない？　あれだけ暴れて憶えてないのか。まったく気楽なもんだぜ」

管野はあきれ顔で輝雅の童顔をのぞき込んだ。

「暴れたって、ぼくが何かしたんですか？」

輝雅は記憶をまさぐるように訊いた。

「運河でゲロしたあと、おまえは店にもどってきてテーブルをひっくり返したり、椅子を投げつけたりして大騒動だったんだ。店のマスターから顎に一発喰らって気絶したあと、おれたちがおまえを寮のベッドまで運んだんだ」

管野は昨夜の出来事を身振り手振りで再現しながら輝雅に思い出させようとしたが、輝雅はまったく思い出せなかった。

「そもそも、おまえが悪いんだ」

と唐沢が管野を責めた。

「飲み慣れていないビールやウィスキーを無理矢理飲ませるから、曽我の体は火あぶりにでもあったようになって暴れだしたんだ。はじめて無理矢理、大量のアルコールを飲まされたとき、どれだけ苦しかったか、おまえにも憶えがあるはずだ」

新米の船員は、まず最初にアルコールの洗礼を受けることになる。先輩から無理矢理一気呑みをさせられ、そのあげくたいがいの者は意識を朦朧《もうろう》とさせて気を失うか、苦しさのあまり暴れだすのである。

唐沢から責められて管野は苦笑いを浮かべた。

「食欲はあるのか」

先程から黙っていた年配の広田功が興味深そうに訊いた。

「はい、お腹は空いてます」

普通なら二日酔いで起きられないはずだが、若さというか、アルコールに強い体質なのか、輝雅は二日酔いに悩まされながらも空腹を満たしたいという欲求にかられていた。

輝雅は自分でカウンターに行き、大きなやかんに入っているお茶を二杯飲んで渇いている喉をうるおし、ぶりと大根の煮込み、味噌汁、おしんこ、大盛り飯を注文した。そしてガキのようにどんぶり飯をお替りした。

「よく喰うな」

管野は輝雅の旺盛な食欲に目を見張った。

どんぶりの大盛り飯を二杯たいらげた輝雅は満足そうにひと息ついた。

「お前は船乗りに向いているかもしれん」

二日酔いをものともせずにどんぶりの大盛り飯を二杯たいらげた輝雅を広田は頼もしそうに見ていた。

「今夜もつき合うか」

唐沢が言うと、

「はい、つき合います」

と輝雅は意気軒昂に答えるのだった。

「よし、じゃあ夕食のあと酒場で会おう。酒場のおやじには謝っとけ」

唐沢と二人の先輩は席を立って店を出た。

昨日の今日である。同じ苦い過ちをくり返すのではないかと輝雅は不安だったが、何ごとも経験を積むしかないと覚悟を決めたのだ。朝食のあと、輝雅は夜にそなえて体調を整えるため、部屋にもどって自分のベッドにもぐり込んだ。

　二日酔いで疲れていたせいもあるが、目を覚ますとあたりは真っ暗だった。輝雅はあわてて起き上がり、一段ベッドの時計を窓から射し込む月明りで見ると午後八時を過ぎていた。約束の時間がくると先輩が起こしてくれるものと思っていたが誰も起こしてくれなかったのだ。約束の時間を一時間以上過ぎている。約束を守らない人間は船乗りとして失格ではないのかと自責の念にかられながら、とりあえず食事をしようと外に出てみると、向いの食堂の灯は消えていた。夕食は午後七時までであった。

　仕方なく輝雅は酒場に急いだ。すきっ腹でアルコールを飲むのは危険だったが、遅刻している輝雅にどこかで食事をとる時間的余裕はなかった。『まあ、いいや。なんとかなるだろう』と楽観的に考えながら酒場のドアを開けた輝雅にグラスが飛んできた。反射的に体をかわした輝雅に今度は別の方角からビール瓶が飛んできて危うく頭に当たるところだった。ビール瓶はドアに砕けてはじけ、ガラスの破片が四散した。酒場は乱闘の真っ最中だったのである。

　乱闘している連中に向って図体《ずうたい》の大きな髭面のマスターが怒鳴りちらしている。だが、誰も聞く耳を持たなかった。投げつけられた椅子が飾棚に当たってウィスキーやグラスが炸裂して、金属とガラスの衝突する音がピアノとドラムの競演を思わせるジャズのように、熱狂的な音響とともに電灯の下できらきらと輝いていた。実際、七、八人の男たちが乱闘している最中に、店の隅にあるピアノでピアノ演奏者が嬉々としてピアノを弾いていたのである。輝雅はまるで映画の乱闘シーンを観ているようだった。そしてつぎの瞬間、乱闘していた男たちの動きが止まり店の中はシーンと静まり返った。

輝雅の後ろに背の高い一人の男が立っていた。年は五十前後、荒波と潮風と強烈な太陽に灼かれた深い皺だらけの顔は、ワニの表皮のようであった。みんなを睨みつけている鋭い眼光と固く結んだ口が無言の圧力を加えている。あれほど騒いでいた酔漢どもが頭から水を浴びせられたようにすくんでいる。輝雅が思わず通路をゆずると男は一歩前へ進み出て、

「明朝六時に出港する。準備をしておけ。遅れた奴は陸に残れ」

と凄みのある太い声で言った。

そして男はもう一度みんなを見回し、踵《きびす》を返して去った。

一瞬の緊張が解けてみんなは拍子抜けしたように倒れたテーブルや椅子を元の位置にもどし、破損して散らばったビールやグラスの破片を掃除しだした。頭や唇から血を流している者、鼻血をぬぐって顔中血だらけになっている者、目の縁が充血して大きな隈をつくっている者、疲れきって椅子に腰をおろし、ぐったりしている者など、いまとなっては何が原因で乱闘騒ぎになったのかを問い詰めたところで、おそらく誰にも思い出せないだろうと思われ

た。たぶんちょっとした感情のいきちがいで喧嘩になったのだろう。怒鳴りちらしていたマスターも椅子に座り、諦め顔で煙草をふかしている。キイを割れんばかりに叩いて激しい曲を弾いていたピアノ演奏者はいつしか哀愁に満ちた曲を奏でていた。

「曾我、遅かったじゃないか」

頬のあたりにざっくりと刻まれた傷から血を流している広田が手拭いで傷口をおさえながら言った。

「すみません。つい寝すごしてしまいました」

輝雅は責任を痛感してしきりに謝った。

「謝ることはない。時間通りにきてたら、おまえも喧嘩できたのにおしかったな」

広田がおさえていた手拭いをはずすと、ぱっくり開いている傷口から血が溢れてきた。それがいかにも痛そうだったので、

「痛みますか」

と輝雅は思わず訊いた。

「この時間じゃ開いてる病院もねえし……」

と、また手拭いで傷口をふさいだ。

「潮風に当たれば傷は自然に治るさ」

隣にいた管野が鷹揚《おうよう》に言った。

管野も頭から血を流している。その傷を髪の毛をわけながら観察していた唐沢が言う。

「昔、ビール瓶で頭を割られた奴がいたけど、一ヶ月も潮風に吹かれている間に治ったよ。もともと馬鹿だったけど、頭を割られてから頭が良くなって、いまじゃ船長になってる」

その唐沢も前歯を二本折られて口から血を垂らしていた。頭を割られてから頭が良くなって、いまじゃ船長になっている男とは、ドアの前に立ってみんなを睨みつけ明朝の出港を告げた男だった。

喧嘩相手も同じように負傷している。寮の部屋がちがうだけで、みんなは同じ船に乗る仲間だった。

「朝の六時出港とはキツイな」

目の縁に大きな隈をつくっている武藤司郎は氷をタオルに包んで冷やしていた。

「マスター、店の修理代はおれたちの給料で払うからさ、もう一杯だけ飲まれてくれ」

本来ならまだ宵の口だが、乱闘になって店を壊し、船長から明朝六時出港を告げられて飲み直すこともできない船員たちは、最後に一杯だけ飲んで喧嘩のケリをつけたかったのである。

武藤の言葉にマスターは、

「酒なんかあるわけねえだろう。おまえたちが一瓶残らず割っちまったじゃねえか」

　と飾棚を指差して首をすくめた。

　そのときカウンターの中にいたバーテンが飾棚の隅に奇跡的に割れずにあったウォッカを取ると、シングルグラスについて武藤に差し出した。

「ありがとよ。おまえは気はきくぜ」

　武藤はシングルグラスにつがれたウォッカを一口で飲み干し、はーっと息を吐いて喧嘩相手だった広田にバトンタッチした。広田にバトンタッチされたシングルグラスにバーテンがウォッカをつぐ。そのウォッカを一口で飲んだ広田もはーっと息を吐いてつぎの仲間にバトンタッチした。こうしてつぎからつぎへとシングルグラスは喧嘩仲間たちにバトンタッチされ、ウォッカの瓶は空になった。

「今夜で日本とも半年ほどおさらばだ」

　最後にウォッカを飲み干した唐沢がシングルグラスを床に叩きつけて割った。それを合図に八人の船員たちは寮へ引き揚げていった。

　いったい全体どうなっているのだろう。深傷《ふかで》を負っている船員もいるのに出港できるのだろうか。輝雅は他人ごとながら心配だった。それにしても凄まじい喧嘩である。無傷だった者は一人もいない。乱闘は出港前の謝肉祭的な通過儀礼のようにも思えた。

寮に帰ったみんなは出港の準備に追われた。輝雅の荷物にはTシャツとパンツ一枚と、なぜかクレヨンと画用紙が入っていた。他の船員たちの荷物も似たりよったりで身軽であった。そんな中で唐沢はラジオを、広田は蓄音機とレコード十枚を持って行くことにした。

海坊主の寮長が各部屋を巡回しながら大声で、

「船員手帳と名札番号は肌身離さず持ってるんだ。遭難してお陀仏になったとき身元を確認する唯一の証拠だから、死んでも離すな」

と注意している。そして各部屋にウィスキーを一本ずつ置いていった。

「ありがてえ。これで今夜は眠れる」

前歯を二本折られて空洞になっている歯茎を舌舐めずりして唐沢はニッと笑った。黒い穴から血がしたたり、輝雅はぞっとした。船員たちは海坊主の寮長から差し入れられたウィスキーを回し飲みしていたが、輝雅は自分のベッドで横になり、とりとめのないもの思いにふけっていた。明日は晴れるだろうか。雨になると出港は中止になるのだろうか。どんな船に乗るのだろう。自分は何をすればいいのか。甲板でハンモックに揺られながら昼寝でもしていればいいのだろうか。魚釣りをしよう。大海原には魚が無数にいるはずだ。そして輝雅は夢うつつの中でいつしか眠りについた。

誰かに揺り動かされて輝雅は目を覚ました。

「起きろ。早いとこ洗顔して、飯を喰って出発だ」

起こしてくれたのは管野だった。

輝雅は寝呆け眼《まなこ》をこすりながら起床して布団をたたんだ。

「毛布は持って行くんだ。石鹸と歯ブラシとタオルだ」

管野に急かされて輝雅は洗面所に行くと、四つ並んでいる水道の蛇口の前に列ができていた。トイレの前にも列ができている。

洗顔した管野と広田がお互いの傷口にメンソレータムを塗り合っていた。

「しみるぜ」

頬の傷口にメンソレータムをこすりつけられて広田は顔を歪めた。

「五針ほど縫うと傷跡があまり残らないと思う。あとでおれが縫ってやるよ」

と管野が気軽に言った。

輝雅はいったいどんな針で縫うのだろうと思っていたら、部屋にもどった管野が裁縫針の先をマッチの火で焼き、普通の糸を通して広田の頬の傷口を縫いはじめた。

「いてて……お手柔らかに頼むぜ」

広田は顔を引きつらせ、二段ベッドの柱を摑んで痛さを我慢していた。

「我慢しろよ。もう少しで終るから」

管野はほころびた衣服を縫う要領で頬の傷口を縫っていく。長い航海を続ける船員にとって裁縫は必要不可欠な技なのだ。針先が傷口の皮膚を貫通するたびに広田は「いてて……」と悲鳴に近い声を上げていた。端で見ていた輝雅は自分の皮膚が縫われているような気がして体をこわばらせた。

「よし、うまくいった。一週間もすれば抜糸できる」

管野はウィスキーを口に含んで傷口にぷーっと吹きつけ、その上からメンソレータムを塗った。

「ありがとう。これで元の男前にもどれるかな」

と広田は冗談半分に言った。

「その傷じゃあ無理だ」

と管野が言った。

「早いとこ飯を喰って出発しろ！」

寮長のがなりたてる声が聞えた。その声にみんなは荷物をまとめて向いの食堂へ駆け出した。

食事を終えた五十八名の船員たちは二台の大型トラックの荷台に乗って港へ向った。雲の間隙から放射状に発光している朝やけが美しかった。

トラックに揺られながら空を見上げていた広田が、

「いい天気だ」

と言って大きく息を吸った。

早朝の大気は新鮮だった。輝雅も潮の薫りを含んだ大気を胸一杯に吸い込み、空の彼方へ思いをはせた。

「思い出すよ。まるで戦地へ行くような気持ちだ」

一人の船員が誰かに語りかけるように言った。

船員の中には復員兵が何人かいた。

「おれはガダルカナルで死にそこなったよ。あんな経験は二度としたくねえ」

隣にいた男が吐き捨てるように言った。

それを聞いた船員たちの間に妙な沈黙が流れた。

船員たちを積んだトラックが港に着くと、全員が荷台から降りて二列に整列した。昨夜、乱闘の最中にみんなを睨みつけて無言の圧力を加えて出港時間を告げて立ち去った成瀬勝典船長が閲兵するようにゆっくりと歩み、船員たちを一人ひとり確認した。

一等航海士の倉田正之が番号を命じた。一、二、三、四、五……、と五十八名の船員が順に番号を述べると、倉田一等航海士のあとについて、接岸されている水先案内船に乗り込んだ。船長や一等航海士はそれなりの制服をまとっていると輝雅は思っていたが、船長も一等航海士も他の船員と変らない服装をしている。ただし船長だけは白線の入った帽子をかぶっていた。その帽子が輝雅には、威厳の象徴に見えた。

9

横浜桟橋には大小さまざまな船舶が接岸されている。大半は貨物船だが、中には漁船も混じっていた。

大型旅客船の甲板からドラの音が響きわたった。岸壁ではテープを持った大勢の見送り人の歓声と涙とお互いの名前を呼び合う声が入り混じり、感情の渦となって空に舞い上がって、そこだけが異様な雰囲気に包まれていた。アメリカへ帰国する、いわゆる占領軍兵士が友人知人・恋人たちと別れを惜しんでいる光景だった。むろん日本人女性をともなってアメリカへ帰国する兵士もいるだろう。いずれにしろ人生のひと区切りをつける場面である。やがて汽笛が鳴り、旅客船は岸壁をゆっくりと離れていく。輝雅の乗っているサンパンは、汽笛を鳴らして岸壁を離れてゆく大型旅客船を横目で眺めながら沖へと向った。

砂利を満載した船が、いまにも沈みそうになりながら港に入ってくる。静岡の清水港から積み出した砂利を、一昼夜かけて黒潮の流れる伊豆沖の荒波を越えさせ、命がけで搬送してきたのだろう。

砂利を満載している船を見ていた広田が、

「乾舷《かんげん》ゼロ船だ。あの仕事だけはやりたくない。命がいくつあっても足りない」

と言った。

乾舷というのは、水面から最上甲板の舷側までの高さで、その船の予備浮力のことだが、乾舷ゼロ船とは、その喫水線も超えて乾舷がゼロになっている状態のものだ。請負い作業のため少しでも多くの量を積載しようと、船同士が競い合って限界ぎりぎりまで砂利を積み、夜を徹して伊豆沖の荒波を越えてくるので、カミカゼ運搬とも呼ばれている。ところが海の天候は変りやすく、天気予報はあまり当てにならない。去年は、嵐に遭遇した三隻の船が遭難して二十一名が命を落としているとのことだった。

「命あってのもの種だよ」

乾舷ゼロ船に半年ほど乗船したことのある広田は、二度と乗りたくないと顔を曇らせた。

海上保安庁の警備艇が一万トン級の貨物船の水先案内をしていた。輝雅はその巨体に圧倒され、自分はどんな船に乗るのだろうと海上に停泊している船舶を見渡した。しかし輝雅たちを乗せたサンパンは沖へ沖へと走って行き、沖へ出るにしたがって波も高くなってくるのだった。波を切って走る船体の横ぶれがしだいに激しくなり、何かに掴まっていなければ重心を失って倒れそうになった。すでに岸から二キロ以上走っているのに目的の船に到達しない。たくさんの船舶が芋を洗うように、停船していたノースピア（北桟橋）を後方に、川崎方面へと向っている。途中、氷川丸とすれちがった。シアトル、バンクーバーへの定期航路を運航している客船である。

輝雅は氷川丸のような船舶に乗れるのかと期待していたが、氷川丸とすれちがったので他にどんな船舶があるのかと目を皿のようにして探したが、めぼしい船舶は見当らなかった。この頃の日本の船はすべて石炭を焚いていたので、船員たちは「タケタケ」と呼んでいた。しかし、それらしい船は見当らない。漁船は別として、船というのは一般的にハウスまわりがあり、テビッドというクレーンが立っている。そして船体の上部は黒で、喫水から下は真っ赤な色が塗られている。輝雅はそういう船に憧れていたのだ。「あっ、あれかな」「あれかな」とすれちがう船を輝雅が見送るたびに、サンパンは横浜港からどんどん離れていく。そして岸が見えなくなるほど離れたとき、水平線に黒い船体が見えた。船というより岩のような感じだった。こんな場所に岩があるのだろうか？　と思いながら、しだいに胸騒ぎを覚えた。

『まさか、あれとちがうやろな……』

輝雅は自分の目を疑いこすった。

船首がなかった。むろん船である限り船首はあるのだが、輝雅が想像していた船首がないのである。したがってどちらが前なのか後ろなのか定かでなかった。タラップもない。まるで巨大な棺桶のような形をしている。輝雅が考えていた船の概念とはまったく異なっていたのでど肝を抜かれた。これが船だろうか？　接近して見上げると、その巨体に圧倒された。

サンパンに乗っていた五十八人の船員たちもいっせいに、

「おお！　でかい！」

と圧倒されていた。

「これは軍艦だ」

首を後ろへ折って船体を見上げていた唐沢が言った。

その言葉に全員が一様に驚いた。どういう船に乗るかは誰にも知らされていなかったが、まさか軍艦に乗せられるとは思っていなかったのだ。

「それにしても変な形をしてる」

唐沢が首をひねった。

「雑誌か何かの写真で見たことがある。輸送船をかねた上陸艇だ」

もの知りの武藤がようやく納得した表情をした。みんなが戸惑いと不安を隠しきれない様子で見上げていると、一本のジャコップが降りてきた。大きな縄梯子である。

「さあ行くぞ！」

一等航海士の倉田が号令をかけた。

だが、サンパンは波に揺れてジャコップとの距離がとれない。ジャコップに乗り移ろうとするとサンパンが左右に揺れてバランスを崩し、乗り移れないのである。

「サンパンが右へ傾いたときジャコップに飛び移れ！」

たじろいでいるみんなに要領を教えるため、倉田一等航海士が先頭を切ってジャコップに飛び移った。サンパンが右に傾き、上陸艇にもっとも接近した瞬間を狙って飛び移ったのである。

海が荒れているわけではない。だが、岸から五キロ以上離れた沖の波はゆったりしているように見えてじつは潮の流れが速く、波は大きくうねっているのだった。そのうえ上陸艇の船体に砕ける波の反動で小さなサンパンは不均衡に揺れ、ジャコップに飛び移る瞬間を摑むのが難しかった。もしジャコップに飛び移るのに失敗して海に落ちれば、巨大な上陸艇とサンパンに挟まれて波に呑み込まれ、命を落とす危険があった。全員がたじろぎ慎重になるのも無理はなかった。反射神経の鈍い者はジャコップに飛び移れず海に落ちかねない。

頭上から倉田一等航海士の号令が飛ぶ。意を決して若い管野がジャコップに飛び移ると、残りも果敢につぎつぎとジャコップに飛び移った。まるで巨大な岩壁を這い上がっていくように見えた。

「つぎ、曾我！」

成瀬船長の号令に輝雅は、

「はい！」

と答えて姿勢を正し、サンパンが右に傾くのを待っていたが飛び移れなかった。カバンを持っていたので、それを誰かに預けようかと思ったが、誰も預かってくれる者はいなかった。どうしよう……と迷っていると、またしても、

「早く登らんか！　日が暮れるぞ！」

成瀬船長の恐ろしい声が響く。

仕方なく輝雅は通学カバンを肩に掛け、必死の覚悟でジャコップに飛び移り、しがみついた。足元で海がゴーッと咆哮《ほうこう》を上げて渦を巻いている。その海鳴りに輝雅は呑み込まれそうな気がした。

輝雅が乗り込んだＬＳＴ６２９号のＬＳＴとは、ランディング・シップ・タンクの略称である。米船を母船としてそこから各地に物資を運んで直接荷を降ろす、上陸用貨物舟艇。

外航船の船体は普通リベット打ちだが、ＬＳＴの船体は溶接でつながれている。外航船は

外観を考慮してリベット打ちにしているが、外観より強度を重視しているLSTは溶接でつなぎ目を鉄板よりも強くしているのだ。あらゆる事故や状況を想定して船体は四重構造になっている。各ブロックには水窓扉がついており、どこかに穴が開いても沈没しないように設計されているのだ。船体の色は灰色で底は黒色である。灰色はアメリカ海軍の特徴を表す色でもあるが、塗料にはレーダーに感知されないサブマリンという物資が混ぜられている。そして船体の後部に操縦室、船長室、一等航海士室など士官の部屋があり、その下に乗組員の居住区がある。マストは立っているがレーダーは設置されていない。レーダーは逆探知される可能性があるので設置していないのだ。いわば忍者のように航行し、敵と遭遇したときは自力で脱出しなければならない。

だが、速度は最大追風で十一ノットである。高速貨物船は十八ノットから二十ノットは出る。LSTの船底にはキール（竜骨）がないのでひらべったく、波を切れないのだ。浅瀬の海岸や陸へ船体ごと乗り上げて、兵士と物資や戦車や輸送車や武器弾薬の積み荷を降ろすために、船底をひらべったくしてあるわけだ。

船首にはアメリカ海軍の旗がはためき、後部にはアメリカ国旗がはためいていた。正面から見ると蒲鉾《かまぼこ》形の鉄の塊に見えるが、観音開きになっているドアから、兵士や積み荷が陸へ直接降ろせるようになっている。

全長九十八メートル、幅十五メートル、高さ十二メートル、高層ビルを横にしたような大きさである。甲板の下は空洞になっており、通路は船体の縁につくられている。四層になっている各階へ移動するには、ハッチを開け閉めして鉄の梯子を昇り降りする。内部の梯子はすべて鉄で、潜水艦と同じだ。第一層にある数百名の兵員の三段ベッドは、右舷通路、左舷通路に並べられている。灯りは通路の何ヶ所かに赤い裸電球が点けられているだけで薄暗く、殺伐としている。最下層のダンブル（積荷の場所）にはトラック五台とジープ五台、その他雑貨類が積まれていた。

ようやくＬＳＴの甲板に立った輝雅は、風にはためくアメリカ国旗を目にした。それでも輝雅は、全船体が鉄でできているこの船がいったい何なのかわからなかった。不安と好奇心で輝雅は灰色の広大な甲板を眺めながら、もどることのできない地点に立っていることをいまさらのように悟った。下を見下ろすと、乗組員たちを乗せてきたサンパンはＬＳＴから離れ去って行くところだった。はるか遠くに横浜港が見え、メリケン波止場の突堤の大桟橋が見えた。

『ああ、とうとうきてしまった』

輝雅には後悔のような、しかし、これでよかったのだという妙な喜びが湧いてきた。もうどうなってもかまわない、死んでもいい、という気持になっていた。それほど能登川へ帰るのがいやだった。

乗組員たちはすでに居住区に行っている。輝雅は垂直になっている鉄梯子を降りて居住区に向った。ペンキの強いにおいが鼻を突いた。梯子を一段降りるごとに光が届かなくなり、まるで異次元の地底の世界へ入っていくようだった。光の世界から闇の世界へ降りていく。赤い電球が一つ点いていたが何も見えなかった。むしろ赤い電球の光が穴の底に暗い影を落として不気味だった。すえたにおいと鉄のにおいと、それまでかいだことのない混濁した澱《おり》のにおいに輝雅は吐き気をもよおした。

居住区には両脇に二段ベッドがずらりと並べられ、真ん中が通路になっているが、その通路に上半身裸の船員が十人ほど座って煙草をふかし、酒を飲んでいた。

おそるおそる入ってきた輝雅に、

「おまえはどこの部だ」

と一人の船員が言った。

「わかりません」

輝雅はきょとんとした。

「わからない？　ここは甲板部だ。おまえはなんて名前だ」

学生服に学生帽をかぶり、運動靴をはいて突っ立っている輝雅を密航者ではないかと疑っ

て、

「船員証はあるのか」

と訊いた。

「はい、あります」

輝雅は上衣のポケットから船員証を取り出し、同時に首に吊ってある認識番号を見せた。

船員は輝雅の船員証を見て、

「おまえ学生なのか？」

といぶかしげに訊いた。

「いいえ、卒業しました」

服装に決まりがあるわけではないが、学生服に学生帽をかぶっている船員は珍しいというよりお目にかかったことがないので、船員がいぶかるのも無理はなかった。

船員は部の責任者に輝雅の船員証を見せると、責任者は乗船者の名簿を調べ、

「曾我輝雅か。おまえは機関部だ。機関部の居住区は右舷の第二層だ」

と言った。

「右舷の第二層って、どこですか？」

「ここは左舷だから、向うの扉を出て右に行くと別の扉がある。そこが右舷だ」

輝雅は指示された通り左舷の部屋を出て右舷の扉を開けると、上半身裸の広田や唐沢がいた。

「遅かったな。この船は馬鹿でかいから迷い子になったと思ったぜ」

二本の歯を折られて黒い穴をのぞかせている唐沢が心配そうに声を掛けてくれた。

ここでも船員たちは煙草をふかし、酒を飲み、花札賭博に興じている。密閉されている部屋は紫煙にけむり、裸電球の光をさえぎって、まるで濃霧の中にいるようだった。汗と脂と酒臭い吐息が充満し、むせかえり、輝雅は大人の悪臭に辟易した。

「おまえのベッドはここだ」

広田に言われて輝雅は二段ベッドの上段にカバンを降ろし、やっとひと息ついた。しかし、大人たちの仲間には入れず、これからどうしていいのかわからず手持ちぶさたの輝雅は、ベッドの上で横になってぼんやりしていた。

カン、カン、カンと金属音が響いた。食事の時間だった。厨房係がスプーンでフライパンの底を叩いて食事の時間を知らせているのだ。

「おい、曾我。調理場へ行って食事を運んでこい」

花札を座布団に叩きつけながら広田が言った。ベッドで横になってぼんやりしていた輝雅はびっくり人形のように跳ね起きて、

「はい！」

　と答えて、ベッドを降りて調理場へ行った。

　調理場は回廊になっている居住区の隣にある。すでに二人が並んでいた。厨房係の若い船員が大きな鍋に牛肉、タマネギ、ジャガイモ、ニンジンなどを煮込んだスープを注ぎ、満杯になると待っていた船員が運んでいった。もう一人の船員は、飯を運んでいる。二人が一組になって食事を運んでいたが、輝雅は一人で十五人分のスープ、飯、野菜、食器などを運ばねばならなかった。各部にはそれぞれ十五人前後配属されていた。それとは別に賄い係も三人いたが、新米の輝雅は賄い係もさせられていた。先輩たちの飯をつぎ、スープのお替りを入れ、足りないおかずを調理場へ取りに行き、結局全員が食べ終ったあとで残飯整理をさせられるはめになる。

　あと片づけも大変である。鍋や食器類を調理場へもどすだけではすまないのだった。ついでに食器洗いもさせられるのだ。

　食事が終り、あと片づけもすんで一段落したかと思う間もなく、出発の時間がきた。全員が甲板に集められ、船長の簡単な説明を聞かされた。

「これから出航する。航海日数は半年くらいかかると思ってくれ、行き先と任務はいまのところ言えない。以上」

行き先と任務は秘密だった。

船員たちは口々に、ヤバイ仕事かもしれないと呟いていた。

「海に出れば、どのみち同じことだよ。ヤバイことに変りはない」

諦めているのか達観しているのか、広田はひとりごちて機関室に向った。

日本の船舶は石炭を焚いていたが、アメリカの船はすべてディーゼルエンジンで、石炭よりはるかに強力で耐久性がある。

輝雅は機関部に配属されていたが、機関室ではたいした仕事がないので、雑用係兼賄いをやらされることになったのだ。

エンジンが始動し、船首と後部にある錨《いかり》が揚げられ、LSTの巨大な船体がゆっくりと動きだした。隠密行動のためか沿岸部を避け、太陽の軌跡を追うように西へ向っている。最大十一ノットしか出ないLSTは、進んでいるのか停滞しているのかわからない感じである。

船の揺れもスローモーションで、立ったり歩いていたりしていると、重力に引きずられるように、船体が右へ傾斜していくのとは反対に、左へ体が傾き、バランスをとろうとすると、船体が傾斜している方向へ滑っていくのだった。船底が扁平なため一般の船とはちがう揺れ方をするのである。船員たちは平気だった。ただ一人輝雅だけは、この奇妙な揺れ方にバランスを崩し、突然、何の前ぶれもなく胃袋に収まったものがこみ上げてきて、梯子を降りているときや暗い通路を歩いているときに、嘔吐をくり返した。

そのたびに他の船員たちから、

「何やってんだ、この馬鹿もん！」

と怒鳴られた。

食事のあと片づけが終るとすぐにつぎの食事の用意にとりかからねばならない。食事のとき大量に発生したゴミを甲板まで運び海へ捨てる作業を、何度もさせられた。しかし、水平線の彼方に沈んでいく真っ赤な太陽を眺めていると輝雅は、その雄大な美しさにしばし何もかも忘れるのだった。

10

山に囲まれていた能登川の生活が、いまでは嘘のようである。偏見と差別から解き放たれ、自由になりたいという思いから海に憧れ船乗りに憧れていた輝雅の夢は実現されたが、仕事は想像以上にきつかった。大きな客船に乗り、甲板でハンモックに寝ながらのんびりと船旅を楽しめるものと思っていたが、ＬＳＴという、米船の上陸用貨物舟艇に乗り合わせたのも何かの因縁だろう。輝雅はそう自分に言い聞かせて与えられた仕事に専念した。

無限大にひろがる海の力。途絶えることのない波の動きはどこか人間の感情に似ていると思った。底しれぬエネルギーを秘めて地球を丸ごとかかえ込むように周回している海の変幻自在な姿に輝雅は魅了されていた。LSTがどこへ向って航海しているのか、輝雅にはどうでもいいことだった。果てのない果てへ旅している自分がいる、それだけで満足だった。

乗組員たちは二十四時間体制で勤務していた。四時間、四時間、四時間……と四時間ごとにワッチ（当番）があって交替しながら誰かが働いているのだ。広い海を航海している船は、いわば孤立無援の状態であり、不測の事態にそなえてつねに誰かが船全体と航海を監視していなければならないのである。急変する海の天候もその一つであった。

輝雅はみんなから「ボーイチョウ」と呼ばれていたので、「ボーイ長」と勘ちがいして得意がっていたが、チョウはチョウでも「懲役」の懲を意味していたのだ。

実際、仕事は懲役の苦役にも等しい内容だった。大きな真鍮《しんちゅう》製のトレーで食事を運ぶのも、乗組員たちの交替時間を知らせるのも、掃除、洗濯も新米の輝雅の仕事だった。したがって眠る時間があまりなかった。みんなから怒鳴られながら、それでも若い輝雅はあまり苦にならなかった。

横浜を出た次の日、

「曾我、おれを四時に起こせ」

小川機関長に言われて、

「はい」

と答え、輝雅はまんじりともせずに午前四時まで眠らずに時計とにらめっこしていた。居住区の一つの大部屋には二段ベッドに十五人の乗組員が寝ている。それぞれのベッドはカーテンで仕切られ、その狭い空間だけが乗組員たちの唯一のプライベートな空間だった。ベッドの隅に小さなロッカーを置き、その中にタオルや下着類や歯ブラシ、石鹸、コップなど、最小限の日用品が保管されている。

輝雅は四時きっかりに非常灯の点いている薄暗い大部屋に行った。体をこごめて前方を透かして見なければどこに何があるのか判然としない。輝雅は懐中電灯をかざして小川機関長が寝ているベッドを探した。音色のちがういろんな鼾《いびき》がまるで合唱でもしているように部屋の中に共鳴している。ヒーッと喉を絞めつけられている鼾や息を詰まらせていまにも窒息しそうな鼾や、ゴーッと唸りをあげて疾走してゆくトラックのエンジン音のような鼾が渾然一体となっていたが、中でも大部屋の暗い奥から怪獣が吠えているような恐ろしい鼾が他の鼾を圧倒していた。不思議なことに、それでもみんなは平気で眠っていたのである。

怪獣が吠えているような恐ろしい鼾をかいている主が小川機関長であった。耳をふさぎたくなるような凄まじい鼾に輝雅は起こしていいものかどうか戸惑うほどであった。しかし四

時に起こしてくれと頼まれているので輝雅は小川機関長の太い筋肉質の腕を触ってゆり動かし、

「機関長、四時です」

と声をかけたとたん、いきなり顔面を殴られた。

「人の体を触るんじゃゃねえ！」

あれだけの鼾をかいて眠っていたはずの小川機関長は、体にちょっと触られただけで反射的に拳を飛ばし、がばっと跳ね起きた。その敏感な反応に輝雅は殴られた痛みも忘れて畏怖を覚えた。船乗りたちは眠っているときでも五感が働いているのだ。突然、不測の事態が発生したとき反射的に対応しなければ命を落とすかもしれないからだ。それだけ自己防衛本能が強いのである。

なぜ殴られたのかまだ理解できない輝雅は、しかし「すみません」と謝った。

「起こすときはベッドを仕切ってる板を叩け、体には触るな、わかったな」

船乗りの気質と習慣を教えられて、

「わかりました。これから気をつけます」

と輝雅は謙虚に受け止めた。

その翌日、今度は加藤という乗組員に、やはり午前四時に起こしてくれと頼まれた。輝雅は小川機関長に教えられた通り、体には触れず、ベッドを仕切っている板を叩いた。するとまたしても拳が飛んできて殴られた。

「起こしにきたんですけど」

小川機関長に教えられた通り体に触らずに板を叩いたのに殴られたので、輝雅はいささか憮然とした。

「板を叩くときは、こうして叩くんじゃ」

加藤乗組員はコン、コン、コンと、はじめは小さく、だんだん強く叩く。乗組員の張り詰めている神経を気づかって、あまり刺激しないように、しだいに音を大きくしていくのである。加藤乗組員に教えられて、なるほど起こし方にもいろいろあるものだ、と輝雅は納得した。

何もかも目新しいことばかりであった。たとえば、

「おい、曾我、マンゴロウを拾ってこい」

と命じられて、

「マンゴロウって何ですか？」

輝雅は訊き返す。

「煙草の吸い殻だ。二、三十本集めてこい」

と言われ、輝雅が右舷から左舷へ探しに行くと、輝雅と似たような新米がいて、

「ここはおれたちの縄張りだ。あっちへ行け！」

と追い返されたりした。

船員の間でよく聞かれる「カタをフル」とは雑談のことである。「おしゃべりしようぜ」というときに「ちょっとかたふろうぜ」などと言う。土方、馬方、船方の世界における独特の隠語を、ベテランの乗組員たちは使っていた。

横浜を出て二日目、夕食を終えてひと息ついていると、機関部の班長でもある小川機関長が居住区の黒板につぎの寄港地を記入した。沖縄だった。

みんな口ぐちに、

「沖縄か」

と言った。

沖縄には極東最大の米軍基地がある。輝雅の乗っているＬＳＴのホームポートは横須賀だったが、出発間もない数時間後に一度東京湾に入って積荷をしている。それらの積荷は沖縄基地を補強するための資材や物資だった。それを沖縄に搬送しているのだ。

ＬＳＴの運航は軍事行動である。したがって日本の領海外を航行し、沖縄へは大きく迂回しながら他の漁船や舟艇との接触を避けていた。だから行けども行けども陸らしきものは見

えず、まるで漂流しているようだった。

横浜を出港するときから二羽のかもめがついてきている。つがいかもしれないが、いつも一緒に飛び回り、ＬＳＴの周辺の海を旋回してきてはマストをねぐらにしていた。まるで周辺の海を偵察しているかのようだった。

「どこまでついてくるつもりか」

広田がマストに止まっているかもめを見上げながら言う。

「漁港のにおいをかいだら去って行くさ」

唐沢が手をかざして太陽の光を避けながら言った。

輝雅と他の船員が海へ捨てる残飯を漁っていたので、かもめは食糧には不自由していなかった。残飯を海へ捨てると、マストに止まっていたかもめはそろって急降下し、波に呑まれて沈んでいく残飯を素早く嘴《くちばし》でとらえて食べる。そのあとも甲板に散らばっている残飯を漁るので、掃除の手間がはぶけるのだった。茫漠としている海を航海しているＬＳＴの乗組員たちにとって、二羽のかもめはマスコット的な存在であった。

三日目の夜、ＬＳＴは沖に停泊した。エンジンを止め、錨を下ろし、遠くに見える陸と対《たい》峙《じ》した。沖縄に着いたのである。

甲板に集合した乗組員たちに向って船長が行動規範を述べた。

「明朝五時に那覇港に入港する。燃料補給と物資、資材の積み降ろしに半日かかるが上陸はできない。作業が終り次第、出港する。以上」

上陸できるものと期待していた乗組員たちは失望した。

「港で一杯飲ませてくれたっていいじゃねえかよ」

「女の顔くらい拝ませてくれよ」

乗組員の間に不満と溜め息がもれた。

「何ぶつぶつ言ってるんだ。先はまだ長いんだ。三日ぐらい陸に上がれないからって文句言うんじゃやねえ。陸に上がりたい奴は、ここから海に飛び込んで泳いで行け。二度ともどってくるな」

レスラーのような体格の小川機関長がみんなに檄《げき》を飛ばした。鼾も凄いが怒声も凄い。そのだみ声に圧倒されて、みんなは黙ってしまった。

「この調子じゃ、いつ陸に上がれるんだかわかんないぜ」

武藤が諦め顔で言った。

「曾我、マンゴロウを集めてこい!」

唐沢が輝雅に八つ当りした。輝雅は急いで煙草の吸い殻を集めてきた。

静かな夜だった。波は穏やかで、夜空に星屑がきらめき、甘い果物の匂いを含んだ潮風が絹を撫でるように吹いている。大部屋で花札賭博に興じている者、甲板で酒を飲んでいる者、ハーモニカを吹いている者もいた。

デッキにもたれてマンゴロウをふかしていた唐沢が、

「明日はどこへ行くんだろう」

と言った。

「風に訊いてみな」

ハーモニカを吹いていた管野が言った。

月が穏やかな海に映っている。手を伸ばせば届きそうな距離である。その月の中から銀色にきらめく魚が飛び跳ねた。

輝雅は甲板を散歩していた。仕事はきついが、そして乗組員たちは荒くれ者だが、やさしい男たちだった。少しずつ大人のにおいを身につけた輝雅は、自ら望んで飛び込んだ海の世界に満足していた。

星空の美しさにみとれながら散歩していた輝雅は、ぎょっとして立ち止った。甲板に大の字になっている唐沢が下半身を晒《さら》して自慰行為にふけっていた。目のやり場に困って踵を返し、あわててその場を去ろうとする輝雅に、

「おまえも甲板に寝っころがって、お星さまを眺めながらせんずりをかいてみろよ。気持い

いぜ」

とすすめるのだった。

「いや、ぼくは……そんなこと、したことありません」

輝雅はしどろもどろに答えた。

「せんずりをかいたことないのか、その年で。だったらやってみろよ」

唐沢は勃起したペニスを握りしめ悠々とマスをかいている。

「好きな女を思い浮かべながらマスをかくんだ。おれは野毛のバーにいる里美ちゃんを思い浮かべてるよ」

ゆっくりとした手の動きがしだいに速くなり、ピストンのように激しくなって、

「里美ちゃーん！」

と名前を呼んだかと思うと亀頭から精液が小便のように噴き出し、ぐったりした。勢いよく噴き出した精液が一メートルほど飛んだので輝雅は驚いて一歩さがった。輝雅にとっては、まだ経験したことのない不可思議な光景だった。

タオルでペニスを拭き、ズボンをはいて立ち上がった唐沢の顔がふっきれたように晴れ晴れしていた。そして口笛を吹いて居住区の方へ歩いて行った。

夜明けとともにＬＳＴは動き出した。朝食をすませた乗組員たちは甲板に集合し、船長の

指示に従って、それぞれの配置についた。イルカの群れがＬＳＴの水先案内でもするようにつかず離れず泳いでいる。そして二頭がジャンプすると後続のイルカもつぎつぎとジャンプし、水飛沫《みずしぶき》を上げ、美しい曲線を描きながら泳いでいた。

やがて透き通った紺碧《こんぺき》の海のいたるところに沈没している船が見えた。マストだけが水面に突き出している船もあれば、船首を天空に向けて仁王立ちになっている船もある。海底に沈んでいるＬＳＴもあった。戦艦や輸送船や漁船や潜水艦など、さまざまな船が沈没したときの様子をそのままに、その最期を伝えていた。沖縄戦がいかに激戦であったかを物語る光景であった。それらの残骸には美しい熱帯魚が群れ、東の空から昇ってきた太陽の光を浴びてきらきらと輝いていたが、この海でいかに多くの人びとが犠牲になったのか、それを思うと、乗組員の誰一人、言葉を発しようとはしなかった。戦争が終って十年がたっているというのに、海底に沈没した船の残骸は手つかずのまま放置されていた。美しい海底は死の世界だったのである。

那覇港に接岸されたＬＳＴに三人のアメリカ将校が乗船してきた。三人の将校を、船長以下、一等航海士、機関長が敬礼して出迎えた。間近で見るアメリカ将校は日本人よりはるかに体格がよく、堂々としていて立派だった。

『恰好ええなあ』

西宮にいた頃、闇市の中を通って小学校に通学していた輝雅は、阪神国道を疾走して行くジープや甲子園を占有していた米軍を見て憧れていたが、あらためて『恰好ええなあ』と思った。

将校がひとこと、ふたこと話すと船長は、
「イエッサァー」
と直立不動の姿勢になって答え、手渡された書類にサインした。

そして将校が帰ったあと船長は乗組員たちに、
「外出を許可する。午後十時に出船だ」
と外出許可を出した。

外出を諦めていた乗組員たちは大喜びして、さっそく一張羅の服に着替えて、われ先にと外出した。

荷役人夫たちによって基地拡張のための資材や物資、トラックやジープが降ろされ、続いて戦車五台、大量の砲弾、武器弾薬が積み込まれた。

国際通りは舗装されていなかった。三日前に降った雨がトラックやジープの通過したタイヤの跡に溜まっていて道路はぬかるみ状態だった。国際通りにはバラック小屋の飲食店が軒を並べ、娼婦がもの欲しそうな顔で外出してきた乗組員たちに黄色い声を掛けていた。その黄色い声に乗組員たちは鼻の下を長くして、早くも値段交渉している者もいた。娼婦たちに混じって襤褸《ぼろ》をまとった素足の子供たちが乗組員たちにまとわりついて、

「ギブ・ミー」

と手を差し伸べて小銭をねだる。

一人の乗組員を確保した娼婦が、

「あっちへ行きな！」

まとわりつく子供を追い払いながら、

「お金をあげちゃ駄目よ。あげると大勢の子供がたかってくるから」

と腕組みをしている乗組員に言った。

学生服に学生帽をかぶっている輝雅に子供たちは寄ってこなかった。まだ学生なのでお金が無いと思ったのだろう。女を抱きかかえて往来を闊歩しているアメリカ兵は、寄ってくる子供たちにチューインガムやチョコレートを気前よく与えていた。

「ヘイ！　カモン！」

女をかかえている一人のアメリカ兵に呼ばれたので行くと、そのアメリカ兵は愛嬌のある笑顔でチョコレートをくれた。輝雅は他の子供と同じように見られていたのだ。横浜にもまだ多くのバラック小屋が建ち並んではいたが、沖縄は、海底に沈没した無数の船がそのまま

残っているのと同じく、街にも戦火の傷跡がなまなましく残っていた。

腹が減り、飲食店を物色していた輝雅は、背後から、

「曾我、おれたちと一緒にこい」

と管野に声を掛けられた。

「おまえはせんずりもかいたことがないそうだな。今日はおまえを男にしてやる」

武藤が意味ありげにニヤニヤしている。

「女はおれが選んでやる。おまえにはまだ女を見る目がないからな」

管野は知ったかぶりをして輝雅の肩を抱きかかえ、表通りから裏通りに入った。

「女って……」

管野に強引に引きずられながら輝雅は警戒し、不安を覚えた。

11

表通りとちがってバラック小屋の裏は無数の細い通路が錯綜しており、いったん踏み込むと元の場所にもどれそうもない迷路になっていた。糞尿《ふんにょう》のにおいが漂う路地のいたるところで立っている女が客を引いている。武藤は声を掛けてくる女と冗談を交しながら腰を触った

りお尻を触ったりして品定めをし、自分の気に入る女を物色していた。

「おまえはどういう女が好きだ」

管野も声を掛けてくる女にほほえみかけながら、それとなく物色し、輝雅の嗜好を訊いた。

「わかりません」

不意に女の好みを訊かれて、輝雅は実際にどういう女が好きなのか、いままで考えてもみなかったことに気付かされた。

「わからない？　十歳の子供でも好きな女のタイプがあるのに、おまえはいい年こいて好きな女のタイプがわからないとは情けない奴だ。それでよく船員になれたな」

何かというと船員の資格を問われるので輝雅は滅入るのだった。

「しようがねえ奴だ。とにかくおまえを男にしてやる」

管野はこの機会に何がなんでも輝雅を男にすることが自分の責務でもあるかのように輝雅にふさわしい女を物色していたが、戸口や壊れかけた塀にもたれて煙草をふかしながら投げやりに声を掛けてくる女がみんなあばずれに見えて、まだ女を知らない純な輝雅には手に負えないだろうと思うのだった。

前を歩いていた武藤が一人の女と気が合ったらしく、

「おれはこの女とつき合う。先に失礼するぜ」

とバラック小屋の薄暗い部屋に入っていった。

武藤に先を越された管野は、いい女を先取りされたような気になって焦りだした。しかし、その前に輝雅の面倒を見なければならない管野は、えり好みしている場合ではなかった。

バラック小屋の薄暗い陰にしょんぼり佇んでいるゆかた姿の女がいた。どこか寂しげで憂いを含んでいて客引きをしない遠慮がちなところが気に入って管野は二、三言葉を掛けて交渉し、金を渡して女に輝雅を預けた。

「いいか曾我、女ははじめてだと言うなよ。はじめてだと言うと舐められるから」

管野は先輩らしい口のきき方で輝雅に忠告すると、うまくやれ、とウインクして立ち去った。バラック小屋の薄暗い部屋の中に一人とり残された輝雅は何をどうしていいのかわからず逃げ出したい心境だった。

「はじめてなの？」

女の湿った声が輝雅の耳の奥に響いた。それまで聞いたことのない大人のしっとりした声だった。胸の鼓動が高鳴った。

「はじめてじゃない」

輝雅は管野に言われた通り、虚勢を張った。

だが、女には見抜かれていた。

「はじめてなのね」

　近づいてきた女が輝雅の手を握った。輝雅の全身に電流が流れて痺れた。女は黙って輝雅を部屋の中に誘導して板の間に敷いてあるござに座らせ、握っていた輝雅の手を乳房にあてがった。柔らかい感触と女の甘酸っぱい薫りが輝雅の五感を刺激し、一瞬感覚が麻痺した。

「学生さんなの？」

　と言って女は輝雅の着ている学生服のボタンをはずしはじめた。密集しているバラック小屋は陽の光を遮断していて、わずかなこぼれ陽が一つの窓から射している。その薄明りの中の女は幻のようだった。

　女は輝雅の上衣と下着を脱がせ、今度はズボンを脱がせて裸にした。身の隠しどころのなくなった輝雅は恥ずかしそうに両手でペニスを隠してうずくまった。

「何も恥ずかしがることなんかないのよ。みんなやってることだから。わたしが教えてあげる」

　女はゆかたを脱いで仰向けになりながら輝雅の首に両腕を回して引きずり込み、輝雅はなし崩しに女の体の上におおいかぶさった。

「あわてないで。ゆっくりするの。ゆっくりとやさしくわたしの体を愛撫してちょうだい」

　すべすべしている女の体を輝雅はおそるおそる愛撫した。女は驚愕動転して石のように硬直しているペニスを摑み、腰を動かしながら自分の中へ挿入した。ぬるっとした生暖かい体液と柔らかい膣が輝雅のペニスを咀嚼していく。未知の快感が光よりも速く輝雅の脳天を貫いた。めくるめく一瞬の快感とともに輝雅は射精した。

「もう終ったの？」

女は不満げに、なかばあきれたように言った。

「すみません」

輝雅は自らのふがいなさを恥じて女の体から離れた。

「もう一回やる？……」

女の挑発的な目が恥じている輝雅に迫った。男として逃げるわけにはいかなかった。だが、自信がなかった。

「今度は大丈夫、少し長く持つわよ」

女から励まされるように言われて輝雅は躊躇した。

「ほら、もう勃起しているじゃない」

射精したばかりなのに若い輝雅のペニスは意思とは関係なく強い欲望にふるい立っていた。

今度は女がもたれるようにしながら輝雅を仰向けにして上に重なった。

「さあ、わたしの中へ入れてちょうだい」

そう言いながら、しかし女は腰を沈めて輝雅のペニスを呑み込んだ。

快感がゆっくりと血液の隅々に満ちてくる。女が腰を動かすたびに血液の流れは恐ろしい速さで全身を駆けめぐり、爆発しそうになった。輝雅は必死に歯を喰いしばって射精しまいとあらがった。こめかみあたりの血管がいまにも切れそうになって、つぎの瞬間、射精していた。

女が薄ら笑いを浮かべてさっと起き上がりゆかたを着た。仰向けになっている輝雅は晒し者にされているようだった。

そそくさと服を着た輝雅に、

「二回分の料金をちょうだい」

と女が請求した。

「二回分？　さっきぼくの連れがお金を渡したと思うんだけど……」

輝雅は虚を衝かれて欲の深い女の顔を見た。

「何言ってんの。あれは手付け金よ。そんなこともわからないの」

女にねじ込まれて輝雅はいまさらのように後悔した。女に請求された金を払うと懐には小銭しか残っていなかった。

金をもぎ取った女は厄介払いでもするように、

「さあ、早く出て行って！　わたしは忙しいんだから」

と輝雅を外に追い出した。

輝雅が振り返ると、明るい陽射しの中の女の顔がみるみる皺だらけになり、六十歳くらいの老女のように見えたのである。そのとたん輝雅の手に残っているすべすべした女の肌の感触が、ざらざらした砂のような感触に変った。『この女はいったい何歳だろう……』。年齢不詳の不可解な女の精気に翻弄されて、輝雅は周囲の女たちから笑われているような気がして逃げるように走った。方向感覚を失って、輝雅はバラック小屋が密集している迷路の中をぐるぐる回っていた。やっと迷路を抜け出して大通りに出てみると、女の肩を抱いて闊歩しているアメリカ兵がおり、数人のアメリカ兵と女が乗っているジープが走っていた。アメリカの軍用トラックや戦車まで走っている。輝雅はここはアメリカなのか日本なのかわけがわからなくなり、ひたすらＬＳＴの停泊している場所をめざした。

那覇港には同じＬＳＴが何隻も接岸されていて、どのＬＳＴが輝雅の所属しているＬＳＴなのか見分けがつかない。軍用トラックやジープや戦車や物資がひっきりなしに積み込まれている。積み荷を満載した数十台の搬送車が倉庫と船の間を往来していた。巨大な砲身を備えた艦船が数珠つなぎに接岸され、沖には島のような航空母艦が停泊している。沖縄戦のあと朝鮮戦争に動員された艦船群が那覇港に集結しているのだ。さながら戦時体制を思わせる景観だった。

　自分の所属しているＬＳＴのナンバーを覚えていなかった輝雅は那覇港を一時間ほど探し回ったあげく見つけられず、また市内にもどって、今度は仲間を探した。裏通りには入らず、表通りを徘徊しながら食堂や飲み屋をのぞくと、そこにも娼婦たちがたむろしていて輝雅を誘うのだった。

　輝雅はしだいに心細くなり、仲間たちはいったい何処《どこ》にいるのだろうと街角に佇んで往来の通行人を見ていた。するとまたしても娼婦が「お兄さん……」と声を掛けてくるのである。追い払っても追い払っても娼婦たちはハエのようにたかってくるのだった。日が暮れ、出港時間は刻々と迫ってくる。このままではおいてけぼりにされるおそれがあった。かといって裏通りに入って武藤と管野を探す勇気もなかった。あの年齢不詳の皺だらけの女に出会うのがなぜか怖かった。快感とも嫌悪ともつかない、ぬめぬめとした感触が体にへばりついて離れないのだ。脳の中枢に射精したときの快感が灼熱の弾丸を撃ち込まれたように残っていた。

　日が暮れた街は薄暗かった。バラック小屋やその他の建物に灯りは点いていたが、五十メートルほどの間隔をとって立っている電柱に取り付けてある裸電球の灯りは、そこだけが陽溜りのように光の輪郭をつくっているだけで、あたりはほの暗い闇に包まれていた。いつまで待っても武藤と管野を見つけられそうもなく、輝雅がもう一度港へもどってＬＳＴを探そうかと思っていると、目の前を図体の大きな男が千鳥足で通り過ぎた。小川機関長だった。

「機関長！」

輝雅はまるで懐かしい友人に偶然、邂逅《かいこう》したかのように大声で機関長を呼び止めた。

千鳥足でうつむきかげんに歩いていた小川機関長が立ち止まり、目深にかぶっていた帽子の鍔の陰から鋭い目をのぞかせて輝雅を見た。船員の中で学生服を着ているのは輝雅一人である。

「曾我か。こんなところで何をしてる？」

バリトンのような低い声で小川機関長は途方に暮れている様子の輝雅に訊いた。

「みんなとはぐれてしまったんです」

「みんなとはぐれてしまった？　おまえは女を抱かなかったのか」

小川機関長から単刀直入に訊かれて輝雅は返答に窮したが、

「抱きました」

と率直に答えた。

「だったらいいじゃねえか。さっさと船にもどって寝ろ。夜、こんなところでうろついてると毛唐にからまれてひどい目に遭うぞ。酒に酔った毛唐は何をするかわからん。この前も女が一人殺されてる。だが、ここは治外法権だから日本の警察に逮捕権がない。日本人はやられっぱなしの泣き寝入りだ」

　毛唐という言葉に輝雅はどきっとした。陽気で気前のいいアメリカ兵を毛唐呼ばわりする小川機関長の言葉の響きには、嫌悪と軽蔑の入り混じった感情がこもっていた。かつてフィリピンで戦ったことがあるという小川機関長の胸の奥には、戦勝国であるアメリカに対する敗戦国の劣等感のような感情も含まれているような気がした。

　小川機関長は腕時計を見て、

「わしと一緒にもどろう」

とうながした。輝雅はほっとした。

千鳥足で歩いていた機関長が空を見上げ、

「沖縄の空はいつ見てもきれいだ。フィリピンの海と空に似ている。みんなつながってるからな」

　とフィリピンを懐かしむように言った。

猛スピードで疾走してきた一台のジープが水溜りを擦過した。その水溜りからはねた泥水が小川機関長のズボンを濡らした。

「あいつらはクレイジーだ！」

小川機関長は、ウィスキーの瓶を振り回して奇声を上げ、ジープの座席で騒いでいるアメリカ兵に罵声を浴びせた。

ＬＳＴにもどってみると、武藤と管野ももどっていた。甲板でアワモリを飲みながら談笑している。月明りの中の人影は青かった。

管野はもどってきた輝雅に、

「どうだった。うまくいったか。いい女だったろう。本当はおれの相手にしたかったが、おまえに譲ったんだ。感謝しろ」

と恩きせがましく言うのである。

輝雅は内心、忿懣《ふんまん》やるかたない思いだったが、

「ありがとうございます」

と礼を述べた。

「これでおまえの元服式も済んだ。今日からおれとおまえは兄弟分だ」

と管野は兄貴風を吹かせて輝雅にアワモリをすすめるのだった。

出港まであと一時間しかないのに数人の乗組員がもどってこないので小川機関長がいらいらしていた。

「唐沢と広田はまだもどってこないのか！」

小川機関長が武藤に訊く。

「まだ、もどってきません」

武藤が小川機関長の顔色をうかがいながら答える。

「毛唐と喧嘩してるんじゃねえだろうな。もし喧嘩でもしていたら、当分はムショ入りだ」

ただでさえ人数の足りない機関部に所属している唐沢と広田が事件を起こして乗船できないとなると、小川機関長の仕事は二倍になるのだ。

「武藤、管野、おまえたちは二人で広田と唐沢を探してこい。三十分で探してくるんだ」

小川機関長に命令されて、せっかくいい気分で飲んでいる武藤と管野はしぶしぶ立ち上がって、唐沢と広田を探しに出掛けた。

「どいつもこいつも、飲んだくれやがって。出港時間に一分でも遅れてみろ、乗船させねえから」

鬼瓦のような顔の小川機関長は武藤と管野が飲んでいたアワモリをラッパ飲みして、そのまま機関室に降りて行った。

すでにエンジンは始動して出港のときを待っている。成瀬船長と倉田一等航海士が甲板に姿を現して、乗組員たちの様子を見て回っていた。点呼の時間が近づいているのだ。唐沢と広田を探しに出掛けた武藤と管野も時間までに帰ってこないのではないか、と輝雅は息をひそめていた。各部から三々五々、乗組員たちが点呼のため集まってきている。機関室から出てきた小川機関長が緊張した面もちで腕時計を見ながら口をへの字に曲げている。

乗組員たちが整列すると倉田一等航海士の横に立っていた小川機関長が、

「もう少し待ってもらえませんか」

と耳打ちした。

乗組員が六人もどっていないのである。

倉田一等航海士は腕時計をちらと見て渋い顔で成瀬船長に、あと五分待ってほしいと頼んだ。だが、成瀬船長は認めなかった。

「これより出港する。夜の出港は注意を要する。特に沖縄の沖には沈没船が多数あり、接触する危険をともなう。甲板要員は船首で沈没船との接触を回避するために配置につけ。他の要員は積み荷を固定しているロープを再点検せよ。出港は十時五分とする」

成瀬船長は倉田一等航海士の要請を認めなかったが、実際は考慮したのである。

成瀬船長の挨拶が終ったとき、六人の乗組員がもどってきた。へべれけになっている二人の乗組員を武藤と管野が支え、頭から血を流している広田と、左の頬を腫《は》らし唇から血を流している唐沢が、整列している乗組員の中に入った。

倉田一等航海士は遅れてきた六人を黙って見つめ、

「解散！」

とひとこと発して成瀬船長とともに操舵室へと向った。

「誰かバケツに水を入れて持ってこい！」

小川機関長が怒鳴るように言った。

それから広田と唐沢に、

「その顔の傷はどうした！」

と唾《つばき》を飛ばして詰問した。

「はい、女のことで店の者とちょっともめまして……」

広田が直立不動の姿勢で答えた。

「毛唐ともめたのか！」

「いいえ、ちがいます」

「それならよし！」

乗組員の一人が水の入ったバケツを運んできた。そのバケツの水をへべれけになっている二人の乗組員の頭からぶちまけた。へべれけになっている二人の乗組員はびっくりして一瞬体をしゃんとしたが、すぐに頭をたれて腰をふらつかせるのだった。

「もう一杯、バケツに水を入れて持ってこい！」

こうして二人の乗組員が小川機関長からバケツに入った水を頭から四杯ぶちまけられて、LSTはようやく出港したのである。

12

夜に那覇港を出航したLSTは進路を南へとっている。つぎはどこの港をめざしているのか、乗組員たちは不安だったが、輝雅はわくわくしていた。つかの間の上陸だったが、そのわずか数時間の間に輝雅は女体というもっとも神秘的な世界と交合し、その不思議な得もいわれぬ快楽を味わった。だが同時に、ある種の空しさも残っていた。一瞬の快楽が稲妻のように体を突き抜けたあとの欠落感は何だろう？

甲板のベンチに座って星空を眺めている輝雅の目に、いくつもの流星が映った。はじめはなにげなく眺めていたが、あまりの多さに夢でも見ているのではないかと思ったほどだった。一つまた一つと流星は宇宙の彼方へと消えていく。それぞれの星が消滅していく最後の姿を競い合っているようだった。

流星の群れに見とれている輝雅に、煙草をふかしながら近づいてきた広田が、

「星空に見とれていたら、流れ星に当たって死んだ奴がいる。よっぽど運の悪い星の下に生

まれたんだな」

　と駄洒落を言った。

「え、本当ですか」

　輝雅は驚いて訊いた。

「本当の話だ。インド洋を航海中、百数十個の流星群が落ちてきて、その一つに当たって死んだんだ。海を航海してると不思議なことが起こる」

　実際に体験した話なのか、人から聞いた話なのか、あるいは作り話なのかわからないが、航海していると不思議なことが起こる、それこそは輝雅の期待していることだった。

　輝雅は居住区にもどって、家を出るときなにげなく鞄に忍ばせた画用紙とクレヨンを持ってふたたび甲板にきてベンチに座り、夜空を見上げて、百数十個もの流星群が海に落ちてくる光景を想像しながら描いてみた。たぶん光と炎があたり一面を赤々と照射し、天国のような地獄のような、この世のものとは思えぬ美しくも恐ろしい光景だったにちがいないと思った。輝雅は時間がたつのも忘れて描き続け、気がつくと水平線からは光明が射していた。その光明が、あたかも流星群の落ちた閃光のように輝雅の目に映った。

　その後、輝雅は、いつものように朝食の用意に追われた。積み荷のロープを締め直し、居住区の清掃をすませると、今度は甲板の掃除である。扁平な船底で切っ先のないＬＳＴは波の揺れをもろに受ける。そのたびにLSTは大きく傾き、甲板を清掃していた輝雅は右舷から左舷へ、左舷から右舷へと滑走してゆき、まるで横に動くエレベーターに乗っているような感覚に船酔いした。

「踊ってる場合か。しっかり甲板を磨け」

武藤に茶化されて輝雅は腰をすえ、両脚に力を入れてふんばるのだが、どうしても波の揺れに引きずられて左右に滑ってゆくのだった。

「バランスなんだよ。バランス。波に抵抗するから引きずられるんだ。抵抗せずに体の重心を置き換えるんだ。波っていうのはな、風向きで変化するんだ。だからいつも風向きを体で感じ、風に体をあずけるとバランスがとれるようになる」

新米の輝雅に武藤は先輩らしい口のきき方をして、自ら左右に揺れる甲板の上でバランスをとってみせるのだった。確かに武藤は傾いている甲板の上を斜《はす》になりながら歩いた。

晴れていた空にいつしか雲が低く垂れこめ、風とともに波はしだいに高くなってきた。低く高く風に煽られながら、波は海底から突き上げてくる強い力でLSTを翻弄し、叩きつけるように押しよせてくる。風に引きちぎられた波は飛沫となって飛び散り、墨で塗りつぶされた空に舞い上がって、一瞬白い花が咲いたようだった。予測していなかった嵐が接近しているのだ。乗組員たちは一度締め直した積み荷のロープを再点検し、居住区にこもった。

「海はこれだからやっかいなんだ。天気予報はどうなってんだ」

口髭をはやしている清水義正は眉間に皺をよせて言った。その表情がいかにも年寄りくさいので、清水はみんなからおじいさんと呼ばれていた。

「天気予報なんか当てにならないよ」

ベッドの柱にしがみついていた管野が横揺れに耐えきれず、逆立ちになりながら言った。

横なぐりの風が、大粒の雨を船窓に叩きつけている。十メートル以上あるかと思える大波が船窓におおいかぶさり、LSTを呑み込もうとする。ドーン！　とはらわたに響く音がしてLSTは大きくのけぞった。大波をまともに喰らったのだ。居住区にいた乗組員たちは、その反動ではじき飛ばされ、部屋の荷物が四散した。

「各班から二名、甲板に出よ。ドラム缶のロープが切れた」

船長の船内放送だった。

予備燃料として甲板に積んでいた、重油の入った百本のドラム缶が、風と荒波に揺れて荷崩れしたのだ。

小川機関長がただちに武藤と管野を選んだ。

そのとき輝雅が、

「ぼくも行かせて下さい」

と志願した。

「すぐに船酔いして、ろくに甲板に立っていられない奴が、この台風の中で作業なんかできるか」

機関長は一蹴したが、

「お願いします。経験してみたいんです。必ずやります」

と輝雅は一歩前へ進み出た。

「駄目だ。海へ放り出される。これは命がけの作業なんだ」

ベテランの船乗りでさえ台風の中での作業は困難をきわめるのに、新米の輝雅が作業に参加すれば、他の乗組員の足手まといになるのは明らかであった。だが輝雅は台風の海がどういうものか体験したい一心から機関長に強く願い出た。

「おれが面倒みます」

管野が言った。

時間がなかった。甲板を転げ回り、何かに激突しているドラム缶の音がする。

「わかった。体にロープを巻いて作業するんだ」

輝雅の熱意にほだされて許可したものの、小川機関長はじっとしていられず、自分から先頭に立ってハッチを開けた。いきなり大波をかぶって小川機関長は階段から転げ落ちそうになった。その小川機関長の体を下から管野が支えた。

ハッチから甲板に出た輝雅は、空が海なのか海が空なのか区別がつかなかった。見上げると巨大な波が雲のように頭上にのしかかってきた。

「ロープに摑まれ！」

誰かの叫び声が風と砕ける波の音にかき消され、つぎの瞬間、一本のドラム缶がハッチを出ようとする輝雅の頭上を飛んでゆき、揺りもどされてふたたび輝雅の頭上を擦過した。輝雅の背筋が恐怖で凍てついた。

「早く出ろ！」

と小川機関長が叫んでいる。

甲板には二十人ほどの乗組員が作業していたが一人として立っていられる者はいなかった。左に揺れ右に揺れ、前のめりになりながら、中には砕けた波に流されて危うく海へ転落しそうになってもがいている者もいた。風と飛沫で視界はほとんどゼロに等しかった。全員がひたすら声を掛け合って、互いの存在と位置を確認し合いながら、転げ回るドラム缶をロープにつないでいたが、つないでもつないでもＬＳＴが大きく揺れるたびにほどけるのである。

「ロープで柵を作れ！」

倉田一等航海士の声だった。

乗組員たちは数本のロープを甲板の端から端に張ってデッキに縛り、ドラム缶の動きをせばめていった。数本のドラム缶の蓋が開き、そこから重油が流出している。その重油にまみれて乗組員たちは真っ黒になっていた。

「やられた！」

誰かが叫んで呻いた。

振り返ると輝雅の後ろにいた乗組員がドラム缶とドラム缶に脚を挟まれていた。

輝雅はすぐにドラム缶を排除して、その乗組員を救い出そうとしたが、そのときLSTは大波に十メートル以上の高さにまで持ち上げられたかと思うと波の谷間へ急降下した。輝雅は瞬間、一種の無重力状態になって体が宙に浮き、甲板に叩きつけられた。そして甲板に叩きつけられた輝雅の上を凄い勢いで転がってきたドラム缶が擦過した。肋骨が砕け、内臓がひしゃげたかと思ったが、不思議なことに痛みも感覚もなかった。輝雅が必死になって海へ放り出されないようデッキにしがみついていると、百メートルも離れていない距離に別の船が、いままさに転覆しようとしているのを目撃した。それはまるで自分の乗っているLSTが横転していくような錯覚に陥ったほどであった。幻なのか、それとも現実なのか、どちらともわからぬ輝雅は、

「船が転覆していく！」

と叫んだ。

だが、空と海は恐ろしい咆哮をあげて輝雅の叫びを打ち消した。

輝雅は腹の底から恐怖を覚えた。空一面が波におおわれ崩れてきたのである。みなはひき続き、デッキにロープを縛りつけて柵を作り、ドラム缶の動きを封鎖しようとしていたが、デッキがねじ曲げられ、切断されてロープがゆるみ、数十個のドラム缶が再び甲板を激しく転がり出し、乗組員が極度の危険に晒されることになったので、結局作業は中止となった。

居住区にもどってきた乗組員たちは、重油にまみれて真っ黒になっている衣服を着替える気力もなくへたり込んだ。あとは運を天にまかせるしかなかった。

ドラム缶に挟まれた乗組員は左脚を骨折し、武藤と管野は体のあちこちを打撲していた。小川機関長も額に大きな痣《あざ》を作って拳ほどの瘤《こぶ》ができている。輝雅は全身を打撲していたが興奮しているためか妙に元気だった。

みんな黙っていた。ひたすら台風が通り過ぎるのを待って、風と波と甲板を転げ回るドラム缶が何かに激突し炸裂する不気味な音に耳を澄ましていた。ベッドの柱や鉄製の階段にしがみついていても、ＬＳＴが大きく傾くと強い力で無理矢理もぎ離されて、乗組員は部屋の中を転がった。

やがて台風は西の彼方へ去っていった。しかし乗組員たちはしばらく互いの顔を見つめ、生きているのを確かめ合った。

「台風は去った。乗組員は全員、甲板に集合」

船長の船内放送に、金縛り状態になっていた乗組員の顔に安堵の色が蘇った。全員が体の力を抜いて甲板へぞろぞろと出た。

あれほど荒れていた海は静まり返り、低く垂れこめていた雲は払拭されて青空がのぞいている。まるですがすがしい朝でも迎えたかのようだった。

各班ごとに全員が甲板に整列し、一、二、三……と番号を発しながら、人数を確認した。脚を骨折した乗組員も仲間の肩を借りて整列していた。

「台風の中をみんなよく頑張った。ドラム缶は約半分、海に流されたがやむを得ない。今後、目的地まで台風がないことを願うが、念のため予備燃料を船底の倉庫に厳重に保管する。以上」

船長の挨拶が終ったとき、台風が去っていったにび色と青色が重なった西の空に閃光が走り、稲妻が海に向って垂直に落ちて水平線を真っ二つに引き裂いた。

それを見ていた乗組員はいっせいに、

「おお！」

　と驚嘆の声を上げた。

　その荘厳な美しさは言葉では言い表せないものであった。輝雅は大いなる自然の力に畏怖の念を覚えずにはいられなかった。稲妻の落ちた水平線は、そこだけが黄金色に輝き、雷鳴が轟いた。

　感動していた輝雅はふと、台風の大波に呑まれて転覆した船を思い出し、

「ぼくは転覆する船を見ました」

　と小川機関長に言った。

「転覆する船を見た？　そんな船はどこにもない。幻覚を見たんじゃないのか」

　経験したことのない強烈な風と見たこともない大波に遭遇し、恐怖のあまり幻覚を見る船員がまれにいる。まだ十代の少年、輝雅もそうした一人だろうと、機関長はとり合わなかった。

「ぼくは見ました、この目で」

　とり合ってくれない小川機関長に輝雅はむきになって主張した。恐怖で混乱し、幻覚を見たと思われるのがしゃくだった。

「よくあることだ。忘れろ」

小川機関長はあくまで輝雅の話を信じようとしないのだった。

「ぼくは見たんです、この目で。嘘じゃないです」

輝雅は側にいた管野に、

「管野さんは見なかったですか、船が転覆するのを」

と訊えるように言った。

「いいや、見なかった。いいか、曾我。おまえはLSTが転覆するのではないかと思って転覆した船を見たような錯覚をしたんだ。そういうことは誰にでも一度や二度は起こる。おれも昔、といっても六年ほど前だが、海坊主を見たんだ。話には聞いていたが、海坊主を見たときは足が震えたよ。しかし、あとで幻覚だってことがわかったんだ。長い航海をしてると陸もないのに水平線に陸が見えたりする」

したり顔で言っている管野の目の色が変った。

「機関長、あれは船じゃないですか」

管野の指差す方向を見ると一キロほどの距離に船らしきものが見えた。

機関長が双眼鏡で管野の指差す方向を見ると、一隻の漁船が平行して航行していた。

「漁船だ。曾我が見たのは、あの船かもしれない」

機関長は呟くように言った。

転覆したと思ったのは錯覚だったが、目にしたのはあの船に間違いないと思った。輝雅は台風を乗り切って航海している漁船に喝采を送りたい気持だった。

「あの船に間違いないです。転覆したと思ったけど、転覆していなかったんですね。ほっとしました」

そう言って輝雅は内心、自分を納得させた。

「あの台風を、お互い、よく乗り切ったもんだ。向うの船の連中も、そう思ってるよ」

小川機関長の唇にかすかな笑みが浮かんだ。

台風が去ったあとＬＳＴは南へ南へと航海していた。そして居住区に目的地が表示された。行き先は台湾である。

一九五〇年から五三年まで続いた朝鮮戦争は、休戦協定を結んで一応戦火はおさまったが、中国と台湾は厳しく対峙していた。金門島では中国軍が連日大演習を行い、台湾を威嚇していた。それに対して蔣介石に肩入れしているアメリカは大量の軍事物資を台湾に輸送し、空母や戦艦を台湾海峡に展開していた。朝鮮戦争が休戦協定を締結して二年になるが、中国と台湾は一触即発的な状況だった。その台湾にＬＳＴで沖縄から大量の軍事物資を輸送しているのだった。

「台湾か、いやな予感がするな」

台湾の表示を見て年輩の広田が苦い表情をした。

「どうしてですか」

と管野が訊いた。

「いつドンパチが始まってもおかしくないからさ。中国は武力行使も辞さないとか言ってる。アメリカもやるならやってみろとか言ってる」

「本当ですか」

と管野は疑り深い目をした。

「本当だ。たまには新聞くらい読んだらどうだ」

広田から無知をなじられて管野は頭を掻いた。

「大丈夫、大丈夫。中国もアメリカも本心は戦争なんかやりたくねえんだ」

喧嘩で折った前歯を舌舐めずりしながら唐沢が、毛布を敷いて花札賭博の用意をした。

「さて、開帳するからよ、上限なしの勝負だ」

唐沢が花札を切りはじめると、居合わせた乗組員が五、六人車座になった。

ベッドに横になっていた輝雅は、今夜も徹夜賭博になるな、と思いながら、寝返りを打って背を向けた。

天井から吊るされている一個の裸電球の下で、乗組員たちは花札賭博に夢中になりだした。

13

海上から見る台湾は緑豊かな島である。小さな漁船が漁をしていたが、そのほとんどは網打ち漁であった。日本の手漕ぎ船やカヌーのような船で網を打っていた。浜辺では水揚げした魚を種類ごとに分けて箱に入れ、それを自転車の荷台に積んで運ぶ者もいれば、魚を入れた箱を頭に載せて運んでいる女もいた。大勢の子供たちも魚の陸揚げを手伝っている。

小船で漁をしている漁師や子供たちが、ゆっくりと通過していくＬＳＴに向って手を振っていた。甲板にいた乗組員たちも手を振って応えた。

赤や緑の腰布を巻いて歩いている女たちの姿を、

「いい尻してるな」

と唐沢は折れた前歯を舌で舐めながら、助平ったらしい目で見ていた。

「舌で舐めるのはやめろよ。気持悪いぜ」

武藤が言う。唐沢は舌で前歯を舐めるのが癖になっている。そのいかにも卑猥な表情が、みんなの生理的な反発を買っていた。

「折れちまった前歯から風がスー、スー、と吹き抜けるからさ、つい舌で防ぎたくなるんだ。

時間があれば歯医者で治したいけど、そんな時間はねえしよ、しようがねえだろう」

そう言いながら舌で舐めるのである。

やがて灰色の巨大な軍艦が数隻見えてきた。二キロほど沖に、空母が水平線を遮って視界にひろがった。軍港と漁港が渾然一体となって水路をはばんでいる。LSTがどの水路を選択すればいいのか迷っているとき、一隻の水先案内船が近づいてきて合図したので、その水先案内船に誘導され、漁船の間をぬいながら軍艦と軍艦の間に挟まれるような形で停泊した。

沖から台湾の風景を見たときから輝雅の胸はときめいていた。亜熱帯の台湾の大気はしっとりしていて、航海の間、潮風に吹かれて乾いた喉をうるおしてくれる感じだった。海岸に沿って亜熱帯林が茂り、森の上空に数羽の鳥が舞っていた。戦災で焼け野原になっている横浜や横須賀の殺伐とした情景とはちがって、戦災のなかった台湾は、本来あるべき自然の姿をそのまま残しているのだった。

錨が下ろされ、岸壁にロープがつながれ、乗組員たちは甲板に集合して点呼を受けた。

「基隆《キールン》に二日停泊する。外出は一日だけだ。もめごとは絶対に許さない。明日の午後一時までに帰船せよ。以上」

成瀬船長の挨拶が終ると、乗組員たちはわれ先にと上陸していった。

なまぬるい風に異国の匂いが漂っている。森林の草花や果実や食べ物の香辛料や豊かな魚介類の匂いが、輝雅の旺盛な食欲を刺激した。

ＬＳＴから降りて少し歩くと、大きな市場と数十の屋台が海岸に並び、多くの買い物客で賑わっていた。子供の頃読んでいた漫画の中に出てくる「裸の土人」をイメージしていたが、そういう人間は一人もいなかった。かつて日本の植民地だった台湾では、みなが日本人を怨《うら》み憎んでいるだろうと思っていたが、みながみな親切で、しかも日本語を喋るので驚いた。植民地時代に日本語の教育を受けていたので、日本語が上手だったのだ。

屋台にはバナナが山のように積まれている。日本では高価な果物として高嶺の花だったバナナが、ひとふさ十円くらいで売られていた。ドルに換算すると一セントにも満たない金額だった。ＬＳＴに乗船している乗組員たちは給料をドルでもらっていたのだが、一ドル三百六十円だったドルは、実質的にはその三倍ほど強かった。したがって一ドルもあれば欲しい物はほとんど買えたのである。輝雅は二十本ほどついているバナナのふさを三つ買ってＬＳＴに持ち帰り、自分のベッドに吊るした。

「曾我、そんなにたくさんバナナを買ってどうする気だ」

管野が無邪気な輝雅を子供あつかいしながら、ポケットからリンゴを三個取り出し、にやにやしていた。

「このリンゴはな、紅玉といって台湾の高級レストランでは食後のデザートにひときれだけ出る高価な代物だ。このリンゴ一個で女一人買えるんだ」

それほど高価なリンゴだという意味だが、リンゴ一個で女一人買えるという算術が輝雅にはよく理解できなかった。

リンゴは沖縄で仕入れた物である。台湾へいままでに三、四回来たことのある乗組員たちは、沖縄の次の目的地は台湾であることを知らされてはいなかったが、直観的に次は台湾ではないかと感じ、リンゴを仕入れていたのである。

「おまえも厨房へ行って、リンゴを二、三個持ってこい」

管野にうながされて、輝雅が厨房へ行ってみると、誰もいなかった。今夜は外泊できるので、おそらくみんなは外食をし、売春宿に泊まるだろうとみなし、夕食の仕度はされていないのだ。しかも厨房の担当者も外出していた。輝雅は誰もいない厨房の中を探し、リンゴを三個持ってきた。

「よし、おれについてこい」

輝雅は好奇心にかられて管野のあとをついて行った。

日は暮れかかっていた。沖縄でもそうだったが、南の海の夕陽は空と海を真っ赤に染め、闇と重なって、軍港と沖に停泊している軍艦の黒い巨大な影をくっきりと浮き彫りにしていた。市場と屋台には、裸電球が碁盤の目のように配列されていて、繁華街の派手なネオンが爆竹のように点滅している。

不思議なのは、アメリカ兵がほとんど見当らないことだった。沖縄にはアメリカ兵がごまんといたのに、台湾にはほとんどいないのである。軍港と沖には空母をはじめ数隻の軍艦が停泊しているのに、どうしてアメリカ兵はいないのだろうと、輝雅は思った。

管野に訊いてみると、

「アメリカと中国は睨み合いをしてるからさ、いつドンパチが始まるかわかんないんで、アメリカ兵は陸で飲み呆《ほう》けていられないんじゃねえの」

という返事が返ってきた。

そうか、中国と台湾は目と鼻の先にあるんだ、と輝雅は妙に納得した。

那覇港の飲み屋街は、ほとんど焼け跡に建てたバラック小屋で、どこか暗い気分が漂っていたが、台湾の飲み屋街は寺院のような屋根が多く、黄や赤や緑に縁どられていて、ネオンの輝きとともに、南国の陽気で楽天的な雰囲気をかもし出していた。

管野は一軒の飲食店に入った。朱色の柱に緑色の屋根は、竜宮城のようだった。満席に近い店内で、弁髪の男が給仕していた。赤いチャイナ服を着た娘が輝雅の前を通り過ぎた。輝雅はもの珍しさも手伝って、チャイナ服姿の娘を目で追った。

ネクタイを締めた支配人らしき男が、何人か、と管野に訊いた。管野が反射的に指を二本上げて、二人だと答えると、男は店内を見回し、空いている席を探して二人を案内した。席に着いた管野は、ポケットからおもむろにリンゴを三個取り出してテーブルの上に置いた。管野に見習って輝雅も三個のリンゴをテーブルの上に置いた。

そのリンゴを支配人らしき男が手に取って観察し、

「いくらですか」

と訊いた。

「三個で一ドル」

管野は答えた。

すると支配人らしき男は頭を横に振り、

「六個で一ドル」

と値ぶみした。

今度は管野が頭を横に振った。

結局、六個で一ドル五十セントで合意した。

「さあ、食べようぜ。げっぷが出るまで思いきり喰おう」

まず紹興酒を一本注文し、それからメニューを上から順番に注文した。

「そんなに食べられないですよ」

大喰いの輝雅も、全てのメニューを注文する管野にあきれた。

「残ったら包んでもらえばいいんだ。夜食とビールの肴にもってこいだ」

つぎつぎと運ばれてくる料理で、テーブルの上は埋めつくされたが、管野はさらに追加注文し、二人は鯨飲馬食の言葉通り、喰らい続けた。このときとばかりに輝雅は食べられるだけ食べたが、半分も食べられずにギブアップしてベルトをゆるめた。

「もう駄目です。お腹がパンクしそうです」

「そうか、じゃあ、残りは包んでもらおう」

管野は支配人らしき男を呼んで、食べ残した料理を包んでくれるよう頼み、ついでに料金を精算した。支配人らしき男は二人が食べた量に驚き、感嘆の声を上げて、記念に写真を撮りたいと言うのだった。そして男はホールの従業員のみならず厨房にいる者まで全員集め、さらに店内にいた客と一緒に記念写真を撮り、

「この写真は大きく引き伸ばして店に飾っておきます」

と笑顔で言った。

勘定は四ドル五十セント、リンゴ六個の値に三ドルうわ乗せしなければならなかったが、
管野は持ち金を全部はたき、

「曾我、いくら持ってる」

と訊き、輝雅が有り金の三ドルを出すと、チップだと称して気前よく八ドル払った。支配人らしき男は感激して、赤いチャイナ服姿の娘を呼び、今夜この娘を可愛がってほしいとすすめるのである。

「わたしの娘です。嫁にもらってほしい」

と真顔で言った。

十代の後半と思われる美しい娘は、管野に気に入られようとにっこり微笑み、恥ずかしそうにうつむいた。その仕草が可憐で、しかも性の薫りを漂わせていた。

「わかった。おれの嫁にしてやる」

酔ったうえでの酔狂なのか、その場をとりつくろうための冗談なのか、唖然《あぜん》としている輝雅に、

「曾我、おまえはこの手土産を持って先に帰れ」

と追い出すのだった。

「管野さんはどうするんですか」

本気とは思えないが冗談とも思えない酔眼朦朧とした管野に不安をいだきながら、輝雅は訊いた。

「おれはちょっと用がある。おまえは先に帰れ」

再度言われて輝雅は、一人で店をあとにした。

自分の娘を、どこの馬の骨ともわからない初対面の男に嫁にもらってくれと言う支配人らしき男も男だが、それを引き受ける管野も管野である。それに娘も、まんざらでもなさそうに管野に愛嬌を振り撒いているのが輝雅には解せなかった。あの美しいしなやかな娘の体を、管野は今夜抱くのだろうか。輝雅はなぜか嫉妬のような感情を覚えた。

翌日の正午頃、管野がＬＳＴに帰ってきた。やはり一夜の夢を共にしてきたのだろうと思っていたら、管野は成瀬船長に、台湾の娘と結婚したいので、ついては仲人になってほしいと頼むのだった。

藪から棒に言われて、成瀬船長はあっけにとられ、

「誰と結婚するんだ」

と訊き返した。

「『金城閣』という料理店の娘と結婚します」

管野は緊張した面もちで言った。

「いつ知り合ったんだ」

「昨夜です」

「昨夜知り合った相手と今日結婚するのか？」

「はい！」

管野は直立不動の姿勢で、はっきりと意思表示した。

「うーむ、わたしにはよくわからん。今日結婚して明日別れるわけにはいかんぞ」

「わかっています」

「一生の問題だ。おまえにとっても、相手の娘にとっても」

「わかっています」

「本当にわかっているのか」

側にいた小川機関長が、軽薄すぎると管野をなじった。

「一生添いとげます」

船乗りが、ある港で突然、その国の女性と結婚するケースはよくある話だが、昨夜知り合って今日結婚するというケースはまったく珍しい。

一抹の不安はあるが、本人の意思が固い以上、親でもない第三者がとやかく言える立場ではないのだ。

成瀬船長は考え込んでいたが、

「わかった。おまえがそこまで言うのなら仲人になろう。ただし両親には、おまえたち夫婦が日本に赴いて事後報告するんだ」

と言った。

「両親はいません。先の戦争で亡くなりました」

もはや何をか言わんやであった。性急な結婚に反対していた小川機関長も、管野に両親がいないのを知って黙ってしまった。

出港まであまり時間がない。成瀬船長以下、倉田一等航海士、小川機関長、その他数人の友人たちがあわただしく『金城閣』に赴くと、店内はすでに赤、青、金色のテープが飾りつけられ、各テーブルにはご馳走が並べられ、経営者の親族や友人・知人たちが席に着き、正面の屏風《びょうぶ》の前に、きらびやかな黄金の冠をかぶり、華やかな衣装で着飾った花嫁が立っていた。その美しさにみんなは息を呑んだ。

「あんなにきれいな女だったら、おれだって結婚したくなるぜ」

折れた前歯をいつものように舌で舐めながら、唐沢がうらやましそうに呟いた。

昨夜の今日である。その場限りの酔狂か冗談かと思っていた輝雅は、まるで夢でも見ているようだった。

やがて台湾式の花婿衣装に身を包んだ管野が現れ、花嫁と並んだ。花娘側の長老が挨拶し、つづいて花婿が誓約書を日本語で読み上げ、それを花嫁側の親族の一人が台湾語で読み上げたあと、仲人役の成瀬船長が乾杯の音頭をとった。そして歓談する間もなく、管野と別れを惜しみながら、成瀬船長以下、乗組員たちはＬＳＴに急いでもどった。

「管野はうまくやりやがったな」

広田は口惜しそうに言った。

「しかしあいつは、婿入りしたってわけだ。娘は高砂族らしいが、高砂族の娘に手を出すと絶対結婚させられるらしいぜ。結婚しなかったら、親、兄弟、親族そろって、地の果てまで追ってくるそうだ」

知ったかぶりの武藤は、酔った勢いで娘に手を出した管野が、高砂族の親族一統にとり囲まれてにっちもさっちもいかなくなり、逃れられないと観念して結婚したのではないかと推理した。

「どっちだっていいよ。あんな可愛い娘だったら、かしずきたくなるぜ」

ひしゃげた顔の唐沢は欲求不満をつのらせて体をねじ曲げ、ズボンの上から勃起しているペニスを握りしめた。

輝雅は漠然と、管野は台湾へ三、四回来たことがあると言っていたことを思い出し、最初に『金城閣』で娘と会い、お互いにひと目惚れしていたのではないかと考えた。もしかすると娘は管野に対する想いを父親に告白していて、父親が管野が訪れるたびに観察していたのではないのか。昨夜、はじらいながら管野を見つめている娘の瞳の奥に輝いていた性の薫りは、それを物語っているような気がしたのだ。管野は一人で店へ行くのが照れくさく、無害な自分をカムフラージュのつもりで連れて行ったのだろう。そう思うと青天の霹靂《へきれき》のような結婚もつじつまが合うのだった。そして自分が二人を結びつけるなんらかの役割を果たしていたかもしれないと思うと、輝雅は単純に嬉しかった。

いっぽう、船内では管野の結婚話で持ちきりだった。

沖縄から運搬してきた戦車や軍用トラックや医薬品は降ろされ、大量の食糧と台風で海に流出した重油を補給した。そして夜の十時頃に、どこからともなく軍用トラックで運ばれてきたアメリカ兵たちが、ＬＳＴに乗船した。その数はざっと二百名ほどだった。ぞくぞくと乗船してくるアメリカ兵に、日本人乗組員たちは緊張していたが、輝雅は背筋にぞくっとするものを感じた。憧れのアメリカ兵が真近にいる。金髪や茶髪の背の高いアメリカ兵がガムを嚙み、おしゃべりをしながら乗組員に手を振り、陽気に笑っている。それだけで輝雅は恰好いいと思った。自分がアメリカにいるような気分にさえなった。故郷のガキどもに見せつけてやりたかった。そもそも自分が船乗りになりたかったのは、アメリカへ行きたいがためでもあった。戦勝国であり、巨大な国であり、自由の国であるアメリカ――そのアメリカへいつか必ず行かねばならないと、アメリカ兵を見やりながら、輝雅は決意を新たにした。

14

ＬＳＴは四重構造になっている。第一層の右舷と左舷に数百名の兵員が眠れる三段ベッドがカイコ棚のようにずらりと並び、その間に鉄の暗い通路がえんえんと続いている。通路はいくつかにブロックされ、小窓がついている。要するに潜水艦と同じように一つのブロックに穴が開いても他のブロックに浸水しないよう遮断されているのだ。灯りは各ブロックの出入り口に赤い裸電球が点いているだけで、殺伐としていた。乗船してきた約二百名のアメリカ兵は、船体のバランスを保つため、右舷と左舷の三段ベッドにそれぞれ百名ずつ分けられて眠ることになる。目的地に着くまで、ひとつひとつのベッドが兵員たちの居住空間になるのだ。

第二層は乗組員たちの居住区、厨房、食糧保管室、雑貨類の倉庫からなり、第三層はエンジンルームで排気口が居住区の横にあり、小窓を開けると煤煙が入ってくるので開けられなかった。そして船底がダンブル（積荷室）になっている。

兵員たちはアメリカ海兵隊だった。重装備している海兵隊は、それだけで重々しい雰囲気に包まれていた。これから前線へ赴くいでたちである。朝鮮戦争は二年前に休戦協定が結ばれているが、どこの戦場へ行くのだろう？　と乗組員たちは不安がった。朝鮮戦争のとき、ＬＳＴで兵員や武器弾薬を輸送していた日本人の乗組員たちが戦闘に巻き込まれて何人もの犠牲者を出している。成瀬船長、倉田一等航海士、小川機関長、そして広田は朝鮮戦争を体験していた。

「危険がともなう仕事には特別手当がつく。金になるんだ」

不安がっている乗組員に広田はほくそえみながら言った。

「ということは、これからおれたちはどこかの戦場へ行くのか？」

武藤が訊いた。

「それはおれにもわからん。ただ海兵隊が乗船しているということは何かある」

広田の意味深長な言葉に、

「何かあるって、何があるんだ」

と唐沢が訊いた。

「それもわからん。おれの長年の勘だ。海兵隊が乗ってくるってことは普通じゃ考えられない」

海兵隊の赴くところに戦場がある。いったい世界のどこで戦争が勃発しているのか。唐沢は頭の中でこれまで寄港したことのある世界の港を思い浮かべてみたが、戦争をしている港は思い浮かばなかった。

「アフリカのあちこちで戦争が勃発してる」

と広田は得意そうに言った。

「アフリカ……。おれたちはアフリカまで行くのか」

唐沢が素頓狂な声で言った。気の遠くなるような距離である。

「アメリカはアフリカで戦争してるのか」

武藤が訊いた。

「だから、おれにはわからんと言ってるだろう。ただ海兵隊が乗ってるってことは普通じゃ考えられないってことだ。朝鮮戦争のときもそうだった。海兵隊が乗ってきて、仁川へ行くと、いきなり敵の砲弾に爆撃されたんだ。海兵隊が乗るってことは、そういうことなんだ」

広田に脅されてみんな沈黙したが、輝雅は内心、戦争を体験してみたいと思った。星条旗をひるがえし、敵の陣地へ突撃して行くアメリカ兵の戦いを見てみたいと思った。

朝食のとき輝雅は汗だくになりながら、アメリカ兵にパンとバターとスープを配った。アメリカ兵の主食は缶詰の肉類や魚介類だったが、愛想を振りまきながらパンとバターとスープを配る輝雅を、「ナイス・ボーイ」と可愛がってくれるので、輝雅は嬉しくなって、アメリカ兵の中の誰かがアメリカへ連れて行ってくれないだろうかとひそかに期待したりした。

アメリカ兵はよく喋る。喋りながら食事をし、食事をしながら喋りまくり、言葉の通じない輝雅にもあれやこれやと話しかけ、ついでに缶詰やチューインガムやチョコレートをくれるのだった。気前のいいアメリカ兵にすっかり溶け込んだ輝雅はアメリカ兵になりたいと思った。豊かなアメリカへ行けば夢は必ずかなえられるにちがいない。輝雅の夢は大きく膨らむのだった。

その日の夜、乗組員たちは全員甲板に集合させられた。真っ暗闇の静かな海にLSTのエンジン音が低く唸《うな》りを上げていた。

「これから古い武器弾薬を海に廃棄する。爆発するおそれがあるので、充分気をつけるように」

成瀬船長の号令にしたがって乗組員たちは三班に分かれ、一班は船底に降り、二班はハッチ式の前部の甲板を開けてクレーンを操作し、三班はクレーンで吊り上げた武器弾薬を海へ投棄する作業にとりかかった。その作業の様子を三人のアメリカ将校が眺めていた。

クレーンで吊り上げられた一トン爆弾が夜目にも禍々《まがまが》しく映った。

「気をつけろ！」

と船長の注意が飛ぶ。

張りつめた空気が全船をおおっていた。ロープでしっかり巻いて固定した一トン爆弾をクレーンでゆっくりと吊り上げ、海へ沈めていく。ＬＳＴが波で揺れるたびに吊り上げた一トン爆弾も揺れる。そのたびに緊張している乗組員たちは金縛り状態になって息を呑んだ。そしていくつ目かの一トン爆弾を吊り上げて海へ沈める途中、ロープの結び目がゆるみ、一トン爆弾が落下した。全員いっせいに甲板に伏せて両手で耳をふさいだ。一トン爆弾は飛沫を上げて海底へ沈み、ことなきを得たが、もし爆発していればＬＳＴは破損し、犠牲者が出て航海不能になっていたかもしれない。

「馬鹿もん！」

成瀬船長の怒声が響いた。

「ロープを二重に巻け！」

倉田一等航海士が怒鳴った。

緊張感はさらに高まった。

「なんでこんな仕事をやらされるんだ。アメ公にやらせろよ」

武藤はいまさらのように愚痴をこぼした。

「ションベンがもれそうだ」

実際、唐沢は歯を食いしばって小便を我慢していた。

「エンジンを止めろ！」

小川機関長が叫んだ。

波の揺れを緩和するためにエンジンを止めた。しかし、船底にキールのないＬＳＴは波動を拡散できず、揺れを緩和できないのである。

「同じ位置に停まっていると廃棄物が重なるおそれがある。船は移動させた方がいい」

倉田一等航海士の意見にしたがって、ふたたびエンジンが始動し、ＬＳＴは動きだした。

五十個の一トン爆弾が廃棄され、砲弾・機関銃の弾、使い古した重油その他を海に沈めた。

午後十時から始めた廃棄作業は七時間にもおよび、東の空が明るくなっていた。恐怖と闘いながら作業を終えた乗組員たちは疲労困憊し、小便を我慢していた唐沢がデッキから海に向って放尿した。

「血のションベンが出てる。こんなのははじめてだ」

ショックのあまり唐沢は動けなくなり、

「誰か助けてくれ！　おれは死ぬかもしれない！」

と大袈裟にわめくのだった。

輝雅が駆けよると肩に摑まって、

「医務室に連れて行ってくれ。当分仕事を休みたい」

と、さぼる口実を見つけたように言って体をぐったりさせた。

「曾我、ほっとけ！　いつもの手だよ」

唐沢の猿芝居を見抜いている広田は、こともなげに大きな欠伸をして、

「さて、一杯飲んで寝るか」

と居住区へ降りて行った。

すると輝雅の肩に掴まっていた唐沢が、広田を追い抜くような速さで居住区に行き、焼酎を飲みはじめた。体から恐怖を払拭する最良の方法は酒を飲んで眠ることだった。

行き先はフィリピンだった。マニラ近郊のスービックにはアジア最大のアメリカ海軍基地がある。沖縄基地は東アジア全域を視野に入れ、スービック基地は東南アジア全域を視野に入れている。この二つの基地はアメリカにとってアジア戦略の要になっている。数千の島からなるフィリピン諸島は、かつて連合軍と日本軍が熾烈《しれつ》な戦闘を展開した地域である。成瀬船長、倉田一等航海士、小川機関長の三人はフィリピン戦線の生き残り組である。その三人が今度はアメリカのＬＳＴに乗船してフィリピンにやってきたのは歴史の皮肉だった。成瀬船長はフィリピン海域のみならず仏領インドシナ全域にわたって熟知していたので、ＬＳＴの船長に採用されたのだ。

寡黙な成瀬船長は操縦室で水平線を眺めていた。その表情には忸怩《じくじ》たる思いがこもっていた。この海域でマッカーサーが率いる連合軍の猛攻を受けT戦艦は撃沈され、二千人の兵士

は海の藻屑となった。そして当時、少尉だった成瀬は捕虜として生き残ったのである。倉田一等航海士と小川機関長は、そのときの部下だった。

「この海の色は懐かしいですね。フィリピンにもどってくるとは思いませんでした」

操縦していた倉田一等航海士が感慨深げに言った。

「この海で死んでいたはずだが、いま生きているのが不思議な気がする」

あれから十年以上がたつのに昨日の出来事のように思い出される。数十隻の連合艦隊が水平線を埋めつくし、凄まじい艦砲射撃の砲弾が海流をも変化させるほど降りそそぎ、空から急降下しながら一秒間に数十発の弾を連射してくる戦闘機の猛攻に翻弄されて、日本兵はつぎつぎに倒れた。そして成瀬少尉も肩に盲管銃創を負い、海へ投げ出されて意識を失ったが、気がつくとアメリカ軍に救助され、ベッドの上にいたのである。

静かな海は濃紺からしだいに緑色に変化し、イルカの群れが水先案内でもするように水面すれすれに泳いでいく。巨大な流木が漂っていた。手足のような枝は長い歳月と厳しい環境に耐え抜いた透明な墨色をしており、威厳に満ちた名状し難い生き物のようだった。水藻や苔が生え、貝類や色とりどりの魚やクラゲが棲みつき、数羽の渡り鳥の休息の場にもなっている。陽の光を浴びた巨大な流木は無限のエネルギーを吸収して蓄え、新しい生命の息吹きを感じさせる。流木の下には小魚の群れが影のように黒い塊となって泳ぎ、飛び跳ね、いぶし銀にきらめき、豊饒な時の流れを生きている。巨大な流木の後ろには小魚よりひとまわり大きな魚の群れがついている。太古の昔から海流に乗って地球を何周も回遊しているかのようだった。悠然と漂っている巨大な流木を眺めていた成瀬船長は祈りにも似た敬虔《けいけん》な気持にさせられた。

「凄い！」

甲板で巨大な流木を眺めていた乗組員の一人が言った。

「ノアの箱舟みたいや」

自然の不思議に感動した輝雅は、巨大な流木をいつまでも眺めていた。

やがてＬＳＴはいくつもの島が点在している間隙をぬってスービックの米軍基地に近づいていった。突然、強烈な爆音とともに二機のジェット戦闘機がＬＳＴの真上を瞬時に飛び去った。同時に硝煙のにおいがたちこめ、遠くに数隻の艦船が見えた。樹木におおわれた島々には猿や鳥の飛び交う姿が目認できたが、湾に入ったとたん風景は一変して、鉄とコンクリートに囲繞されたものものしい殺伐とした光景に変った。那覇軍港よりはるかに整備された軍港だが、スービックは海軍基地を主体としている。編隊を組んだジェット戦闘機がひっきりなしに飛来している。島やジャングルや山岳地帯の多いフィリピンや近隣地域の地形を想定した訓練をしているのだろう。耳をつんざくジェット戦闘機の爆音にＬＳＴの乗組員たちは耳をふさぎたくなるほどだった。

「戦争でも始まるのかな」

空を見上げながら武藤が言った。

ＬＳＴが接岸されると船首が観音開きになって、そこから約二百名の海兵隊が上陸した。二十四時間体制の軍港は夜になっても軍用トラックや大型貨物車が行き交い、コンテナの積み降ろしが行われている。米軍基地では夜間訓練も行われていた。その爆音が雷のように夜空に轟き、地響きをたてるのだった。

乗組員たちの上陸は翌日の一日だけである。

「せめて二、三日、陸でゆっくりしたいよ」

若い清水義正は疲れきった様子で言った。

マニラ市内への立ち入りは禁止されていた。アメリカ兵以外の人間は危険だというのである。クーデターが起こり、五十万人の共産主義者が抹殺されたといわれるが、それでも政情不安は続いているのだった。ゲリラ戦を展開するモロ民族解放戦線との戦闘は拡大しており、マニラではテロ事件も頻発しているとのことだった。

武器弾薬の廃棄作業で特別手当がつき、乗組員たちの懐は温かかった。その金を遣いたくてむずむずしているのだ。明日はどこへ行くのかわからない乗組員たちは、ひと晩の時間をもてあまし、すぐに開帳が始まるのである。これが喧嘩の元凶になるのだった。

その夜は他の班の船員も参加し、時間がたつにしたがって賭け金が大きくなり、殺気だってきた。やがて機関部と甲板部の対決となり、どちらかが文無しになるまで勝負を続けることになったのである。居住区の機関部の部屋に三十人ほどが集まり、勝負の行方を見守っていたが、勝ったり負けたりのシーソーゲームは夜明けまで続き、ついに甲板部が勝利すると、唐沢が相手の花札をひったくり、

「インチキだ！」

とわめいたので、一触即発状態だった賄場はつぎの瞬間、とっ組み合いの喧嘩になり、三十人ほどの船員が入り乱れての大乱闘になった。賭博とはなんの関係もなく二段ベッドの上で寝ていた輝雅も甲板部の者に引きずり降ろされて殴られ、否応なしに乱闘に巻き込まれた。

班長が大声で、

「やめろ！　やめるんだ！」

と叫んだが、強者《つわもの》ぞろいの乱闘はおさまらなかった。歯をむき、唸り、罵詈雑言を浴びせ、肉と肉がぶつかり、のめり、腕を骨折し、頭や口から血を流し、居住区全体の家具や器物を破壊しつくし、船長が鐘を鳴らして制止するまで続いた。

「わしが船に乗って二十年この方、こんな乱闘を見たのははじめてだ。それでもおまえたち

は船乗りか！　おまえたちはただのならず者だ！　屑だ！　恥を知れ！　恥を！　賭博に参加した者は厳重に処罰する！　明日の上陸は禁止だ」

怒り心頭に発した成瀬船長は声を震わせて怒鳴った。

乱闘が終ってみると乗組員の間には空しさだけが残った。賭博に喧嘩はつきものだが、破壊された部屋と傷ついたお互いの顔を見て愕然とした。一人として無傷の者はいなかった。輝雅は顔が歪むのではないかと思えるほどしたたかに殴られ、目のまわりに大きな痣をつくっていたが、誰に殴られたのか判然としなかった。群集心理に触発されて相手かまわず殴り合っていたのである。誰かが死んでいてもおかしくないと思った。

主謀者の唐沢と甲板部の原野吉郎は三ヶ月間、給料の三割カット、主謀者に加担した十二名は一ヶ月間、給料の三割カット、そして輝雅を含めて他の十六名は同様に一ヶ月間、給料の一割カットを言い渡された。もちろん居住区の修復と器物の弁償は乱闘した三十名の責任であった。

「陸に降ろされなかったのが、せめてもの慰めだよ」

さらに前歯を二本折った唐沢は血のしたたる歯ぐきを舌で舐めながらぼそりと呟いた。

結局、割りを喰ったのは乱闘に参加しなかった者である。上陸を禁止されて、日がな一日、手持ちぶさたの時間を過ごさねばならなかった。

多くの医薬品と毛布、衣類、食糧、二台の軍用トラック、五台のジープを積み、三人の医師と五人の看護婦を乗せ、ＬＳＴは翌日の深夜にフィリピンを出航した。

負傷したからといって二十四時間三交替の仕事を休むわけにはいかなかった。輝雅は体の節々の痛みを我慢しながら食事を運び、怒鳴られながら雑用に追われていた。つぎはどこへ行くのだろう、と先が思いやられた。

小窓から海を眺めると月光の下で飛び魚の群れが海面を埋めつくし、飛び跳ね、ガラスの破片のように輝いていた。

15

花札賭博で機関部と甲板部が起こした乱闘騒ぎは懲罰を受けて一件落着したかに見えたが、そうはいかなかった。数人の間に貸借が清算されていなかったのである。そのことが機関部と甲板部の間でしこりになり、何かにつけて口論やいいがかりの口実になるのだった。このまま放置しておくと、いずれまた乱闘騒ぎを起こすかもしれないと懸念した小川機関長は、甲板部の吉岡為三郎班長と相談し、手打ち式を行った。機関部と甲板部の乗組員を集め、全員に金を拠出させて貸借を清算させ、今後、花札賭博を禁止した。だが、禁止されるとますますやりたくなるのが賭けごとである。花札は禁止されているが、トランプならいいだろうと都合のいい解釈をして、今度はポーカーがはやりだした。ポーカーが禁止されると、つぎは厨房からゴキブリを捕まえてきて、板でコースを作り、ゴキブリ競走がはやりだした。乗組員たちはそれぞれ紙で作った箱に入れてゴキブリを飼い馴らし、せっせと餌を与え、艶を出すために脂肪で磨きをかけ、名馬ならぬ名ゴキブリを自慢し合っていた。

「どうだ、この黒光りした色艶といい脚の棘《とげ》といい、こいつに勝てるゴキブリはいねえ」

唐沢茂孝が自慢すると、甲板部の原野吉郎が針金で編んだ鼠捕りのような大きな檻で飼っている十数匹のゴキブリをみんなに見せて、

「よりどり見どり、一匹五十円だ」

と売り出す始末であった。

そして競走に負けたゴキブリは床に投げつけられたり、踏み潰されたりした。それを見た輝雅は何か残酷な気がして、ゴキブリとはいえ、いたたまれない気持になるのだった。

しかし三日もすると、彼らはゴキブリ競走にもあきて、またしても花札賭博がはじまるのである。その間、輝雅は機関長と甲板部の班長がくるのを見張らされた。ときには一晩中、見張らされることもある。

果てしなく続く大海原を、ＬＳＴは荷物を積んだロバのようにのろのろと航海していた。

行けども、行けども陸は見えない。灼熱の太陽に灼かれ、鉄板で建造されているLSTの甲板は素足で歩くと火傷《やけど》しかねない熱さだった。今回はつぎの目的地が表示されていなかった。つぎはどこだろう……なぜ表示されないのか……。乗組員の間に不安がひろがっていた。

「機関長、つぎの目的地はどこですか」

唐沢が訊いても、わからん、の一点張りである。機関長がわからないはずはないのだが、教えないのである。

スービック基地を出港して四日目の朝、前方に陸が見えた。上空に海鳥が舞い、陸全体が鬱蒼とした樹木におおわれている。

「陸が見えたぞー！」

甲板部の原野吉郎がデッキで叫んだ。

待ちに待った陸である。スービックでは陸に上がれなかったが、ここでは陸に上がれるだろうと乗組員たちは期待した。

全員が甲板に集められ、成瀬船長の挨拶に耳を傾けた。乗組員以外に二人の医師と五人の看護婦も集まっている。みんな日本人だった。医務室には専属の医師が一人いる。それ以外に二人の医師と五人の看護婦が乗船しているのが、輝雅には奇妙に思われた。

「いまわれわれがいるところはトンキン湾である。前方に見える陸はハイフォンだ。そこにフランスの外人部隊が数百人、ＬＳＴの到着を待っている。ディエンビエンフーの戦いに敗れ、ハノイでも敗北を余儀なくされ、外人部隊はハイフォンから撤退することになっている。外人部隊には多くの死傷者がおり、われわれはその死傷者と兵士を救出する任務を遂行する。敵は目前に迫っており、予断を許さない状況だが、すみやかに死傷者と兵士を救出し、サイゴンまで輸送する。諸君の迅速なる対応に期待する。以上」

成瀬船長はいままでにない厳しい表情をしていた。乗組員たちの間に緊張と不安がひろがった。

「敵って、誰だ？」

唐沢は突然、胸倉に刃物を突きつけられたかのように怯えた。

「誰だか知るもんか」

武藤が吐き捨てるように言った。

「フランスがヴェトナムで戦争してるってことだけは確かだ」

広田が言うと、

「そんなこと、おれたちに何の関係があるんだ。冗談じゃねえよ」

と武藤が甲板に唾を吐いた。

「危険手当は出るんだろうな」

唐沢が歯の抜けた口を開いて言った。

「バカ！　死んじまえば危険手当もくそもねえよ」

武藤がハッチを開けようとしたとき、ジャングルの中から突然、爆発音とともに巨大な炎が噴き上がり、黒煙が数百メートル上空へ舞い上がった。

「おお！」

乗組員たちの間に驚きと恐怖の叫びがあがった。

甲板部の吉岡班長は乗組員たちの動揺を抑えるために言った。

「外人部隊が燃料タンクを破壊したんだ」

しかし、乗組員たちにしてみれば、敵の砲撃によって破壊されたように思われた。爆発はつぎつぎに起こり、凄まじい轟音と炎と黒煙がジャングル一帯にひろがり、火の海と化した。

爆発は港から四、五キロほど先だったが、黒煙の重油のにおいが海岸をおおっていた。混乱をきたしている漁民たちは荷物を担いで海岸づたいに逃げている。数十隻の小さな木舟にも着のみ着のままの漁民が乗って沖へ沖へと逃れていく。豚や鶏を積んでいる舟もある。

海岸に着いたLSTは前部のハッチを開け、運転できる乗組員たちが五台のジープと二台のトラックを降ろした。岸で待っていた三百名ほどの外人部隊が、負傷した兵士を助けながらLSTに乗り込んできた。船内で待機していた医師と看護婦が負傷した外人部隊の兵士の応急手当てをする。撤退の途中、地雷を踏んで脚や腕を吹き飛ばされた兵士が何人もいた。

乗組員たちは十七人の遺体を収容した。それらの遺体は目をおおいたくなるような見るも無残なものであった。首のない遺体もあれば、破裂した腹部から大腸が飛び出している遺体もあった。手足がばらばらの遺体、砲弾の破片が背中に突き刺さり、骨を砕いて心臓に達している遺体、などが泥にまみれていた。たぶん仲間たちが海岸まで引きずってきたのだろう。

タンタンタン……。ダダダダ！！！　銃と機関銃の音が交々《こもごも》に響く。敗走している外人部隊が迫ってくる敵に向って銃をやみくもに撃ちまくりながらＬＳＴに乗り込んでくる。藁《わら》の袋に入れたワインを片手に、ほうほうの体《てい》で逃げてきた兵士が、ＬＳＴに乗船するや否や、栓を開けてひと口飲み、

「くそ！　残りのワインが台なしだ」

と悔しがり、周囲の兵士に回し飲みさせた。するとべつの兵士が胸ポケットから携帯用のウィスキーの瓶を取り出し、回し飲みした。

「チーズもあるぜ」

ワインを持っていた兵士が鞄からチーズを出して分け合った。それを見ていた輝雅は、恰好いい、と思った。こんなときにワインやウィスキーを飲み、チーズをかじっている姿が、自由で外国人らしいと思った。

戦闘の前線へ救助に向った五台のジープと二台のトラックに、フランス軍の将校と外人部隊が満載されてもどってきた。死傷者がかなりいる。憔悴《しょうすい》した多くの兵士は恐怖で顔を引きつらせ、中には戦友の死に涙している者もいる。死傷者が予想よりはるかに多いので、治療に当たっている三人の医師と五人の看護婦は人手が足りなくてパニック状態に陥っている。板で作った急ごしらえの手術台で手術を施されている途中、死亡する兵士が何人もいた。右舷と左舷のベッドから呻き声と悶絶の声が聞えてくる。

「水だ、水をくれ！」

一人の医師がヒステリックに叫んだ。

輝雅が厨房からバケツに水を入れて運んだ。

「この水は飲み水か」

と医師が訊く。

「はい」と輝雅が頷いた。

「よし、水を兵士に飲ませてくれ」

手術台の上でうつろな目で喘いでいる兵士の口に水をそそぐと、水を飲み込む力のない兵士の口から水がこぼれ落ち、兵士は瞳孔を開いたまま息絶えた。父が死んだときの光景とそっくりだった。輝雅は恐ろしくなって立ちすくんだ。息絶えた兵士の切開した腹を医師は素早く縫って閉じると、二人の看護婦が遺体の両手、両脚を持って降ろし、つぎの兵士の手術にとりかかった。

「何をぼやっとしてる。その遺体を別の場所へ運べ」

手術している医師に言われて、輝雅は遺体が並べられているところまで引きずっていった。床一面にぬるぬるした血が流れている。二、三時間たった遺体は腐敗がはじまり、あたりに腐臭が漂っている。乗組員の一人が厨房から消毒液を持ってきて遺体にまいた。三十六の遺体が並べられ、さらに遺体は増え続け、まるで屠場のようだった。

苦しみ、もがき、叫びながら死んでいく兵士を見るのは耐え難かった。遺体のむっとする腐臭に、輝雅はその場で吐いてしまった。

五台のジープと二台のトラックは救助した兵士を降ろすと、また前線へ救助に向った。数発の迫撃砲が二百メートルほど手前で炸裂し、一台のジープが空中に吹き飛ばされた。輝雅は胸が灼きつく思いだった。

「敵が近づいてくるぞ。いつまで救助を続ける気だ」

迫撃砲で吹き飛ばされたジープを見て、武藤は恐怖をつのらせた。

「逃げ遅れると、おれたちまでやられる」

広田が声をからして言った。

だが、ＬＳＴの撤退命令はまだ出ない。四、五キロ四方の建物や森は火の海に包まれ、ドン！　ドン！　と迫撃砲の鈍い音が響くと大地が激しく揺れ、砲弾の破片が散るのだった。外人部隊は退却しながら応戦しているが、退却しながらの応戦は、むしろ敵の士気を高めるのである。

外人部隊は軍の施設を敵に残さないため、建物に火を放ち、手榴弾を投げて破壊した。そして四台のジープと二台のトラックを収容して、ＬＳＴはようやく海岸を離れた。全速力をあげて沖へ避難したが、それでも九ノットしか出ない。

ＬＳＴに救助された外人部隊は幸運であった。指揮系統を失った多くの外人部隊は、ジャングルの中を迷いながら敗走を続けていた。

敵の追撃から逃れたものの、船内は混乱していた。疲弊した兵士たちはベッドに体を投げ出し、医師と看護婦は呻吟《しんぎん》している負傷兵の手当てに追われ、輝雅は水や食事やその他の雑用で一層から四層までの間をひっきりなしに上がったり下がったりしている。機関室では小川機関長をはじめ四人の機関員がふんどし一つでボイラーを焚いていた。

海岸はまさに戦場だったが、沖に出ると紺碧の空と海が溶け合い、美しく静かだった。遠くに鯨の群れが潮を吹きながら悠然と遊泳している。陸から離れて見るハイフォンは緑豊かな大地であった。

一昼夜続いた混乱もおさまり、三日後にＬＳＴはサイゴン川流域の沼沢地に入った。二メートル以上もある葦がえんえんと続き、肥沃な干潟《ひがた》には水鳥や小動物が棲んでいる。ＬＳＴが進入して行くと数百羽の渡り鳥がいっせいに飛び立ち、空を黒く染めて旋回しながらどこかへ去った。ハイフォンでの激戦は嘘のようであった。ところどころに浅瀬があり、ＬＳＴが乗り上げる危険がある。

ＬＳＴは速度を落とし、船首に四人の見張りを立て、夜を徹してサイゴンをめざした。敵に発見されるのを警戒して、サーチライトを照らさずに手探り状態で運航を続けた。特に川辺の村落は危険であった。南ヴェトナムは一応、南ヴェトナム政府の支配下にあると言われているが、ヴェトコンがゲリラ戦を展開しており、小さな村落にひそんでいる可能性があるのだ。外人部隊もヴェトコンのゲリラ戦に悩まされ、ジャングルに踏み込めないのである。

四人の見張りを立て、慎重に用心深く運航しているつもりだったが、ＬＳＴは浅瀬に乗り上げ、スクリューが空転して船体が左へ少し傾いた。

「バックさせましょう」

倉田一等航海士が成瀬船長に言った。

「よし、バックせよ」

倉田一等航海士がバックに切り替えると、船体の前部がずずず……と沼にのめり込んだ。

「エンジンを停止せよ！」

成瀬船長はあわてて指示した。

フランス軍の将校が操縦室にやってきて、

「何ごとだ！」

と成瀬船長と倉田一等航海士の不手際を責めるように言った。

「船体が浅瀬の泥へ乗り上げ、動かせません」

倉田一等航海士が英語で成瀬船長をかばうように言った。

「浅瀬に乗り上げた……見張りを立てていたのに浅瀬に乗り上げたのか。見張りは何をしてる！」

今度は見張りをおこたった四人に将校の怒りが振り向けられた。

すぐに見張りに立っていた四人が呼びつけられ、

「おまえたちは盲《めくら》か！」

と一喝された。

「お言葉を返すようですが、この暗闇では何も見えません」

直立不動の姿勢で甲板部の吉岡班長が言った。それを倉田一等航海士が英語で通訳した。

「弁解はするな。このままだと、いつ敵に襲撃されるかわからない。とにかく船を動かせ！」

将校はわめくように命令した。

「夜明けを待って、船体の状態を調べてから動かした方がよいと思います」

倉田一等航海士が言った。深閑として物音一つ聞えない沼沢地の暗闇に将校は怯《おび》えていた。

「われわれは大勢の負傷兵をかかえている。いまのわれわれに戦力はない。敵に襲撃されると全滅する。とにかく動かすんだ」

なにがなんでも動かせと将校は強引に主張するのだった。

将校の命令にはそむけなかった。そむくと民間人といえどもサイゴンで叛逆罪として軍事法廷にかけられるおそれがある。仕方なく成瀬船長は甲板部の吉岡班長と原野を沼沢地に降ろして、船体の状態を調べることにした。

二人の体にロープを巻きつけ、懐中電灯を持たせ、沼沢地へゆっくり降ろした。だが背丈よりはるかに深い沼沢地に二人は立てなかった。そこで二人はロープを頼りに宙吊りのまま船体の状態を調べた。その結果、船体は浅瀬に十メートルほど乗り上げ、前のめりになっていることが判明した。

方法は二つしかない。積み荷を捨てて船体を軽くするか、積み荷を後部へ移動して前部を少し浮かすか、そのどちらかである。積み荷の中でもっとも重量があるのは四台のジープと二台のトラックだった。

将校に告げると、ＬＳＴの構造や機能に無知な将校は、はたと困ってしまった。

しばらく考えていた将校は、

「船長にまかせる」

と責任転嫁した。

船首のハッチを開いて車輛を捨てるとき、さらに重量が掛かって船体が前のめりになるのではないか、それが心配だった。

「車輛を後ろへ移動させよう」

成瀬船長が決断した。

乗組員たちは麻袋に入った遺体をトラックの荷台に積み、四台のジープと二台のトラックと、乗組員、兵士、その他、もろもろの積み荷を後ろへ移動した。するとＬＳＴの前部が少し浮いた。

「うーむ、あまり効果がないな。とにかくバックしてみよう」

成瀬船長はエンジンを掛け、バックに切り替えたが、やはりＬＳＴは動かなかった。何度もバックを試みたが、三千八百トンもあるＬＳＴは沼沢の底へ沈んでいくようにさえ感じられた。

「船全体を軽くするために車輛を捨てましょう」

と倉田一等航海士が言った。

「いや、車輛を捨ててもキールのないこいつは同じことだ。沼にへばりついてる」

らちがあかないとみた将校は、他の二人の将校と相談していたが、三百名ほどの兵士を集合させ、甲板を一周するような陣形を取って警備に当たらせた。どうやら夜明けを待つつもりらしい。何も見えず、何も聞えない真っ暗闇に異様な緊迫感だけが高まり、心臓の音が聞えるようであった。そして二時間も過ぎた頃、ＬＳＴがかすかに揺れ、ゆっくりと浮かんだ。それは不思議な感覚だった。まるで巨大な力で船体ごと持ち上げられているようだった。満潮で川の水嵩が増し、三千八百トンのＬＳＴは軽々と浮いたのである。天の助けというべきか、水の偉大な力を全員が思い知った瞬間であった。思わず乗組員の間から歓声が上がった。

ＬＳＴはバックする必要もなくなり、ただちに発進した。

「どうして満潮のことを忘れてたんでしょうか」

舵を取りながら、もっとも基本的な知識を忘れていたことを倉田一等航海士は恥じた。

「まったくだ。ドンパチのおかげで理性が狂っちまったんだ。今後は気をつけなきゃ」

成瀬船長の顔に苦渋がにじんでいた。

16

サンジャック岬からサイゴン川にかけて満ちてくる海の水は激しい海嘯《かいしょう》となって川上へ遡行し、肥沃な土地を形成している。ＬＳＴはジャングルの間を蛇行しているサイゴン川を遡上して行った。激しい戦闘から一夜明けて落着きをとりもどした外人部隊の兵士たちは安堵の色を浮かべていた。

「一時はどうなるかと思ったが、これで無事にサイゴンまで着くだろう」

双眼鏡をのぞいていた成瀬船長が、ほっとひと息ついて言った。

「それにしても敵の攻撃は凄まじかったですね。フランス軍は撤退するんでしょうか」

と倉田一等航海士は訊いた。

「どうなるかわからんが、西側陣営が共産主義者に、ヴェトナムをそう簡単に渡すとは思えない。朝鮮戦争もそうだったが、噂ではフランス軍が撤退したあと、アメリカ軍が交替するらしい」

「本当ですか」

「日本船舶の貨物船がアメリカの軍需物資をサイゴンに運んでいるという情報がある。この

ＬＳＴも沖縄・台湾・マニラ基地に軍需物資を頻繁に運ぶようになると思う」

「そうなれば、われわれも危険です。船員たちの中から船を降りる者が出るかもしれません」

「そのときはまた船員を補充するしかない」

成瀬船長の声は重かった。

曲りくねったサイゴン川を遡上して行くと四、五百メートル離れたジャングルの上に大きな客船が浮かんでいた。デッキにいた輝雅は目をぱちくりさせて何度も確認したが、その向うにも二隻の船舶が浮かんでいた。ジャングルの上を何隻もの船舶が航行している光景など想像したこともない。まるでアラビアンナイトの空飛ぶ魔法の絨毯のように船舶が空を飛んでいるように見える。乗組員たちも、この摩訶不思議な現象に驚き、

「凄い！　船がジャングルの上を飛んでいる！」

と誰かが叫んだ。

ジャングルの間をぬって流れる曲りくねったサイゴン川を行く数隻の船舶は、見る位置によっては船とジャングルとが重なり、とくに遠くにいる船舶は、まるでジャングルの上を航行しているように見えるのだった。シュールで幻想的な光景に、乗組員も兵士たちも、しばし時の過ぎるのを忘れて見とれていた。

点在している小さな村落の岸で女たちが洗濯をし、子供たちは泳いでいた。数隻の小船が投げ網漁をしている。そしてLSTに向って手を振っていた。メコン河の流れのように平穏でゆったりした時間が流れている。のどかな風景がどこまでも続き、この国で戦争が勃発しているとは思えないほどのんびりしていた。

やがて川岸に巨大なコンクリート造りのトーチカがいくつも並んでいるのが見えた。眼窩《がんか》のようなトーチカの穴の中から、黒光りした砲身が航行する船舶に向って狙いを定めている。フランス軍が築いた砦のようなトーチカだが、それでも不気味だった。

いつの間にか蜃気楼のようにジャングルの上を航行していた船舶が前を走り、さまざまな客船と行き交った。そして港が見えてくると、あたりの雰囲気は一変し、華やいだ色とりどりの建物が視界に入ってきた。川幅の広い桟橋にはヨットや帆船や客船がところ狭しと接岸され、ヨーロッパのどこかの国へきたようだった。

モーターボートに牽引されて水上スキーをしている、筋肉質のサングラスを掛けた白人が馬のたづなを引くように牽引されているロープを握り、巧みにあやつりながら飛沫をあげて川波を切り裂き、水上を舞うように飛んでいく。LSTのデッキにいる外人部隊の兵士たちはいっせいに歓声をあげ、指笛を鳴らし、手を振って喝采した。はじめて見る水上スキーに乗組員たちも驚き、さすがはフランス人だと思った。優雅でリッチな生活を堪能している白人たちに輝雅はますます憧れ、いつか自分も水上スキーをやってみたいと思うのだった。

岸には藁ぶきの集落とコロニアルの白亜の建造物が混在していて、そのコントラストは妙に異国情緒に満ちていた。桟橋に接岸されている豪華な船舶に比べて、鼠色のＬＳＴはがさつで惨めに思えたが、船尾にスターズ・アンド・ストライプスがひるがえっているのが誇らしかった。アメリカの船でフランスの外人部隊を救助しているのだ、という自負心が輝雅を得意にさせていた。

接岸されたＬＳＴは船首のハッチを開け、負傷兵が運び出され、続いてトラックの荷台に積まれている麻袋に包まれた遺体を運び出した。あたりはフランスの警察官と兵士によって厳重に警備され、作業は秘密裏に行われて乗組員たちに箝口令《かんこうれい》がしかれた。

「まさか上陸できないんじゃないだろうな」

唐沢は乾いた唇を舐めながら言った。ハイフォンでの激しい戦闘から命からがら逃走してきただけに、船員たちはやすらぎを求めていた。いうまでもなくやすらぎとは酒と女である。

「機関長とかけ合ってくる」

汗と油にまみれて真っ黒な顔をしている武藤が、待ちきれないといった調子で小川機関長に掛け合いに行こうとしたとき、原野が居住区の掲示板に一枚の紙を貼った。三日間の上陸許可がおりたのである。

金はたっぷりある。基本給以外に、兵員輸送手当、武器弾薬輸送手当、日本から離れた距離の海里手当も上積みされる。さらに戦闘になった場合、船体を直撃した小銃弾一発につき手当がつく。加えてハイフォンでの撤収作業には死傷兵士収容作業という高い手当がついたのだ。これらを合算すると月給は基本給の数倍になる。輝雅の基本給は七千五百円だったが、上積みされる手当を加算すると二万七、八千円にもなるのだった。この額はもっとも高給とされる銀行の初任給一万二千七百円（昭和三十二年）の二倍以上であった。したがってベテランの乗組員の月給は新米の輝雅の月給の二、三倍あり、家族に仕送りしてもかなりの金が残るのである。輝雅は船長から毎月家族へ五千円送金するように言われて、給料から天引きされていたが、それでも手元に二万円以上の金が残っていた。だが、少年の輝雅には遣い道がなく、残りの金は手つかずのまま残っていた。

ときどき先輩の船員から、

「輝雅、金あるか」

と言われて、輝雅は言われるがままにポケットにある金を貸していたが返済されたことはない。輝雅も金を貸したという意識がなく、返してもらおうと思ったりはしなかった。能登川のどん底生活の中で金で物を買った経験があまりない輝雅には、金銭感覚が欠落していたのである。

乗組員たちは作業服を脱ぎ捨て、一張羅の服を着て上陸した。

武藤は半分割れている鏡の前で髭を剃り顎や頰にメンソレータムをこすりつけ、頭髪にポマードをたっぷり塗ってオールバックにして、鏡の中の顔を何度も見つめ直し、まるで俳優のように凜々《りり》しい表情をしたり、女にほほえみかけるような優しい顔になったり、喧嘩を売られたとき相手を威嚇するような表情を作って、ようやく鏡の前を離れた。

広田、唐沢、武藤の三人組が肩で風を切って闊歩して行くあとを、学生帽をかぶり、半袖の白いシャツにてかてかに光っている黒の学生ズボンと横浜で買った中古の船員用の底の厚い編み上げ靴をはいた奇妙な恰好の輝雅がついて行く。

街の大通りには朱色と黒のツートンカラーの乗用車やオープンの赤いスポーツカーなどが走っていた。フリルを何枚も重ねたような長いワンピースを着て広い鍔《つば》の帽子をかぶり、日傘をさした金髪の女が、黒のスーツに蜂ネクタイを締め、カンカン帽子をかぶって口髭をはやしている男と腕を組み散策している姿があちこちに見うけられる。街には南フランスの避暑地の別荘を思わせる白い建物が建ち並び、商店は賑わっていた。見る物、聞く物すべてが珍しく、輝雅がきょろきょろしていると、目の前を通りかかった馬車から貴婦人のような女が白いポシェットを開け小銭を取り出して輝雅に投げ与えた。

馬車に乗っていた女がなぜ小銭を投げたのか、さっぱりわからない輝雅に、

「おまえは物もらいに思われたんだ」

と唐沢が言った。

「くそったれ、日本人を馬鹿にしやがって。今夜は毛唐の女を抱いてやる」

輝雅に投げられた小銭に、い合わせた三人組は屈辱を覚え、武藤が去って行く馬車に罵声を浴びせた。

だが輝雅は白昼夢でも見ているようだった。コロニアルなマジェスティックホテルの前で輝雅は立ちすくんだ。白亜の優雅なホテルのベランダは陽の光を浴びて黄金色に輝き、女王のような威厳ときらびやかさに圧倒された。

「このホテルに入ってみよう」

武藤が胸を張って言った。

「このホテルに入ってどうすんだ」

気紛れな武藤に広田が訊いた。

「バーで一杯飲もう」

「高いぜ。ぼったくられるかもしれない」

と唐沢が言った。

「どうってことない。金はたっぷりある」

自信満々の武藤が肩をゆすりながらマジェスティックホテルの玄関ドアを開けて入ろうとすると、現地人と思われるドアボーイに制止された。

「ちょっと待って下さい」

ドアボーイはフランス語で武藤を制止してホテルの中に入り、フロア係の男を連れてきた。

白のスーツに白の蝶ネクタイを締めた四十過ぎの男は、武藤と他の三人を頭のてっぺんから足の爪先まで点検し、頭を振って、

「ノー」

と断った。

「ノー？　なぜノーなんだ」

フランス語で説明しながら男は武藤を一歩も入れない構えである。

フランス語のわからない武藤は懐からドルの札束を出して見せ、

「金はある」

と強調したが、それがかえって男の軽蔑を買い、手を真一文字にさえぎって「いっさい受け付けない、帰れ」というジェスチュアをした。

馬車に乗っていた女から小銭を投げ与えられ、今度はホテルの玄関で門前払いされて二重の屈辱を味わわされた武藤は引くに引けない心境だった。

「どうする？　こいつを殴り倒して入るか、それとも黙って引き揚げるか」

武藤は広田と唐沢の意見を求めたが、たぶんドアボーイが連絡したのであろう、警棒を握った二人の警官がやってきた。そして少しでも抵抗しようものなら叩きのめしそうな形相をしていた。

形勢不利と見た広田が逆上している武藤の腕を引っ張り、

「行こう。このホテルは白人専用なんだ」

と言った。

腹にすえかねた武藤は持っていた紙幣を空中にばらまき、

「馬鹿野郎！　なめやがって！」

と叫ぶや否やフロア係の男に突進した。

武藤に突進されたフロア係の男はもんどり打って後ろへ倒れた。暴れだした武藤の体や頭上に、二人の警官は容赦なく警棒を振りおろした。額を割られて血を噴き出した武藤の顔面がみるみる血だらけになった。仲裁に入ろうとした広田も警官に殴打され、見かねた唐沢がつい警官を殴ってしまったので、集まっていたホテルの従業員たちから袋叩きにあい、駆けつけたパトカーに引きずられて連行された。その間、輝雅は空中にばらまかれた紙幣をかき集め、ＬＳＴに走って行き、ことの次第を小川機関長に報告した。

「上陸したとたん喧嘩か。まったくもう、どうしようもない連中だ。二、三日、豚箱に入ってろ！」

と怒ってはみたものの、じっとしてはいられなかった。

小川機関長は倉田一等航海士に相談し、警察へ赴いた。

警察も白亜の瀟洒《しょうしゃ》な建物だった。いろいろな事件があるらしく、署内は白人や現地人で混雑していた。

受付で倉田一等航海士が流暢な英語で来署の目的を話すと、受付の警官が建物の奥へ行き、しばらくして倉田一等航海士と小川機関長を署長室へと案内した。署長室の高い天井には大きな扇風機がゆっくり旋回していたが、窓は開放されていた。

ハンカチで首の汗をぬぐっていた背の高い署長が、部屋に入ってきた二人に椅子をすすめた。そして椅子に座った二人に署長は警告するように言った。

「ご存じのように、われわれはいま共産主義者と戦っている。共産主義者は、この街にも潜伏し、隙あらばわれわれを攻撃しようと企てている。この街の治安の悪化は共産主義者に隙を与えることになる。ただでさえ神経をとがらせているのに、日本人はなぜ悶着を起こすのか。われわれは世界のファシズムと戦って勝利し、いま現在、共産主義者と戦っているのに、なぜそのことを理解しないのか。そのことを理解していれば、フランス領であるこの街で日本人が事件を起こしたりしないはずだ」

無知をなじっているのか、第二次大戦の勝利を誇っているのか、あるいは敗北の色が濃いヴェトナム戦を憂えているのか。署長は葉巻をふかしながら高飛車に二人を見下ろした。

「誠に申しわけありません」

倉田一等航海士と小川機関長は深々と頭を下げた。

それから倉田一等航海士は、乗組員たちがハイフォンの激戦地で命を懸けて数百人の外人部隊を救助して無事サイゴンまで輸送してきた努力を認めてほしいと訴えた。

「努力は認めるが、だからといって事件を起こしてもいいということにはならない」

口髭をはやした、いかにも頑固そうな署長は、留置場にいる三人を容易に釈放しそうになかった。

「ごもっともです。船員たちは久しぶりに上陸したものですから、つい気がゆるんで……」

倉田一等航海士が弁明しようとしているとき、電話が鳴った。署長はふかしていた葉巻の煙を口から吐き出し、電話を取った。

「もしもし……」

頑固そうな顔に緊張感が走り姿勢を正した。

「はい、はい、そうです。わかりました」

電話を切った署長は苦々しい表情になって葉巻の火を灰皿に押しつけて消し、書類にサインすると倉田一等航海士に手渡し、

「誰かいないか！」

と大声で呼んだ。

ドアの外にいた部下が入ってくると、

「三人の日本人を釈放してやれ」

署長は言った。

「ありがとうございます」

倉田一等航海士が深々と頭を下げると、それが署長には慇懃《いんぎん》無礼に映るらしく、

「今度、事件を起こしたときは許さんからな」

と敵愾心《てきがいしん》に満ちた顔になった。

三人はすぐに釈放された。警棒で額を割られた武藤は手当てを受けて包帯を巻いていたが、広田と唐沢は目や顎を腫らし、痛々しかった。

「今度、面倒を起こしたら、お前たちを置いて出港する。わかったな」

大きな子供みたいにしょげ返っている三人に倉田一等航海士は釘をさした。

「連中はおれたちを馬鹿にして、ホテルに入れてくれなかったんですよ」

武藤が悔しそうに言った。

「当り前だ。ここはフランス領だ。しかもフランスは戦勝国で日本は敗戦国だ。そのことを忘れるな」

身にこたえる言葉だった。

「ところで、電話に出た署長は、そのあとすぐに釈放しましたけど、誰からの電話だったんですかね」

小川機関長が訊いた。

「警察へくる前に、船長から外人部隊の大佐に頼んでもらったんだ」

そう言われて小川機関長は納得したように頷《うなず》いた。

釈放された三人は意気消沈していたが、レストランで食事をすることにした。

「面倒を起こすな」

別れ際に、三人は小川機関長から念を押された。

「まったくついてないぜ。毛唐の女を抱くと刑務所にぶち込まれるんじゃないか」

と広田が言った。

「毛唐の女だろうと誰だろうと、金を払えば、どうってことねえよ。正当な取引きだからさ」

フランスの警官にさんざん殴打されて豚箱に放り込まれたのに、唐沢はまったくこりていない様子だった。歯の抜けた黒い穴から、スー、スーと音をたてて喘息病みのように空気を吸ってにやにやしている。

三人のあとを歩いていた輝雅は、また何かやらかすのではないかと気が気ではなかった。

三人はアーチ形をした大きな建物の前で足を止めた。市場だった。中に入ると高さ十メートル、奥行百メートルはあるかと思える空間に数百の商店が四列に並び壮観だった。野菜、果物、香辛料、魚介類、肉類、雑穀類などが陳列されていて、混雑している買い物客の食欲をそそっている。これほど大きな市場を見たことがない四人は、購買欲を刺激されて、ついつい果物や野菜、肉類、魚介類を買い漁り、酒店でワインを二十本も買い占め、荷物を持てなくなって市場の管理人に頼み、車で荷物をＬＳＴまで運搬してもらった。

厨房に運んできた買い物の山を見て、

「こんなに買って、どうする気だ」

とコックがあきれていた。

その日の夜、居住区にいた二十人ほどの乗組員が飲めや歌えやのどんちゃん騒ぎをして、山ほど買ってきた食料と二十本のワインを消費した。

したたかに酔っぱらっている武藤は、

「明日は絶対、毛唐の女を抱いてやる！」

とわめいてぶっ倒れてしまった。

17

深夜までどんちゃん騒ぎをしていた乗組員たちは、狭い居住区の中で折り重なるように寝ていたが、昼過ぎに一人起き、二人起き、やがて彼らは残された上陸時間を有効に使うため街へ出掛けた。

「飲み過ぎた。頭ががんがんする」

武藤はしきりに首を左から右へ、右から左へ回転させ、肩の筋肉をほぐし、アルコール漬けになっている体を鞭打って、最後の目的を果たすために街を歩いていた。

「まだ時間が早いぜ。夜になるまで、どこかで休もう」

二日酔いでぐったりしている唐沢はヴェトナム人が経営している飲食店に入った。

高い屋根、竹で編んだ壁の四方に窓があり、その窓から風が通り抜けて店内は涼しかった。十テーブルある広い店内には十五、六人のヴェトナム人が飲食していた。武藤たちが入ると十五、六人の視線がいっせいに集中した。同じアジア人でもヴェトナム人とは明らかにちがう日本人に違和感と興味をいだいたのだろう。というより、どこか警戒しているようであった。

　武藤、広田、唐沢の三人組と輝雅が窓際の四人掛けテーブルに着くと、髪の長い若い女店員がオーダーを訊きにきた。黒いパンツに白のシャツは質素だが似合っていた。言葉が通じない武藤はかたことの英語でメニューの中の品を適当に指差し、そしてビールを注文した。言葉が通じないこともあるが、無愛想な女店員は黙ってテーブルを離れて厨房へ行った。

「またビールかよ。昼間だぜ」

　アルコールに辟易している広田は拒絶反応を示した。

「二日酔いには迎え酒が一番効くんだ」

　肩を落とし、目をとろんとさせている武藤はアルコールの力を借りて精気をとりもどそうとしていた。

　窓の外はサイゴン川が流れ、その向うには湿原がひろがっている。その地平をくろぐろとしたジャングルがおおっている。

「あのジャングルの中にはヴェトコン軍がひそんでいるにちがいない」

　と唐沢が言った。

「街の中にだってヴェトコンがいるかもしれない。同じヴェトナム人だから区別がつかないよ」

広田は遠まきにこちらを見ているヴェトナム人の客がヴェトコンではないかと思えるのだった。そう思うとヴェトナム人の目に敵意のようなものを感じた。

フランス製のビールとお茶が運ばれてきた。昼からビールを飲むのをひかえて輝雅はお茶を注文したのである。

それから豚と野菜を炒めた料理や魚を煮込んだ料理や麺類が運ばれてきた。

料理を一口食べた武藤が、

「うまい。結構いける」

と顔をほころばせると、四人はいっせいに食べはじめた。食がすすむにしたがってアルコールもすすむ。飲むほどに酔うほどに、またしても三人組は猥雑な話題で盛り上がるのだった。しこたま食べて飲んだ三人組は精気をとりもどし満足して店を出た。

「さて、と」

満腹になった腹を叩き、武藤は方向を定めて歩きだした。目的は飾り窓の白人女である。勘を働かせ、それらしい地域と建物を探し求めて一時間も徘徊して、ようやく白人女の娼婦がいる場所にやってきた。ピンクのネグリジェ姿の女やコルセットとガーターベルト姿の女が飾り窓や建物の入口に客を誘うような姿態で立っている。金髪や茶髪のグラマーな白人女の肢体に圧倒されながら、三人組の欲望は、はやくも頂点に達していた。

武藤はさっそく女に近づいて交渉しようとしたが、女は手で払いのけるようにしてそっぽを向くのだった。中には蔑んでさえいる女もいる。武藤はかたことの英語で必死に交渉しようとしたが相手にされなかった。武藤があまりにも執拗なので、女は店の中にいる男を呼んだ。すると百キロはあるかと思える大男が出てきて武藤を睨みつけ、

「ここはおまえたちのくるところじゃねえ。おまえたちは、あっちへ行け」

と遠くを指差した。

大男が指差した方角を見ると、藁ぶきの家が密集している場所だった。白人は白人しか相手にしないというのである。

ホテルで拒否され、今度は白人の娼婦に拒否された武藤は、「くそったれ！　差別しやがって。頭にきた」と地団駄を踏んだ。

だが、喧嘩はできなかった。喧嘩をすると当分、豚箱から出られないだろう。

三人組は負け犬のようにすごすごと、大男に指差された藁ぶき家の密集している方向に歩き出した。

「ぼくはここで別れます」

輝雅が足を止めて言った。

「別れてどこへ行く」

唐沢が訊いた。

「もう少し、街を見たいんです」

少年の輝雅は女より街の様子に好奇心が働いているのだ。

「そうか、じゃあ、あとで会おう。迷い子になるなよ」

別れ際に唐沢は、

「おれは歯がねえから、やるよ」

とチューインガムをくれた。

どこで手に入れたのかわからないが、唐沢がチューインガムを持っているのがおかしかった。

輝雅は唐沢からもらったチューインガムを嚙みながら街を散策した。チューインガムを嚙んでいると、まるでアメリカ人になったような気分になり、足どりも軽快だった。実際、街には白亜の建物が並び、白人の男女が行き交い、港には帆船や客船が接岸されている。そしてアメリカ兵の運転するジープが何台も走っているのだ。輝雅はジープに乗っているアメリカ兵に「ヘイ!」と声を掛けてみたくなるのだった。

街角で、両手に買い物袋を提げた甲板部の原野吉郎と出くわした。

「一人か」

と訊かれて、

「はい」

輝雅は答えた。

「買い物はしないのか。日本では手に入らない珍しい物をいろいろ売ってる」

原野吉郎は買い物袋から白のワンピースやベージュのセーターを出して、

「恋人にプレゼントするんだ」

と嬉しそうに言った。

そして目の前の化粧品店に気付くと、

「ちょっと入ってみよう」

と輝雅を誘った。

男が化粧品店に入っていいものかどうか、どぎまぎしている輝雅の気持などおかまいなしに、原野吉郎は化粧品店に入るのだった。店に入ると化粧品の匂いがぷーんと鼻を突いた。

中年のフランス人女性が赤いシャツを着た原野吉郎と、学生帽をかぶり学生服を着た輝雅をいぶかしげに見つめた。

原野吉郎は何かを顔や首に吹きつけるようなジェスチュアをして香水を買い求めようとし

ていた。原野吉郎のジェスチュアに気付いた女はカウンターウインドーから数種類の香水を取り出して並べ、キャップを開けて原野吉郎に匂いをかがせながら説明した。何種類かの香水の匂いをかいだ原野吉郎は、その中から一つを選び、

「おまえには女友達はいないのか」

と訊いた。

「いません」

輝雅は照れながら答えた。

「姉妹はいないのか」

「姉と妹がいます」

家族を思い出すのは久しぶりのことであった。

「だったら、姉と妹に買ってやれよ。喜ぶぞ」

原野吉郎にすすめられて輝雅も香水の匂いをかいだ。それまで経験したことのない人工的で強烈な匂いに頭の芯が痛くなり、しびれた。

「女の体液の匂いだ」

そう言って原野吉郎は卑猥な笑みを浮かべた。

結局、輝雅は香水を二壜《びん》買うはめになった。そして二人はヴェトナム料理を食べてＬＳＴ

にもどった。ＬＳＴには交替で宿直している五人の船員以外はほとんど残っていなかったが、原野吉郎は女を買おうとしなかった。恋人に操を立てて女を買わないと言うのである。

「それが愛ってもんだ」

誇らしげに、しかし、どこか潔癖癖のある原野吉郎は、買い物袋を大事そうにかかえて甲板部の居住区に入った。

翌日の早朝、ハイフォンから避難してきた外人部隊が客船に乗船してフランスへ帰国して行った。午後にはＬＳＴの乗組員たちも帰船してきて、二時にサイゴンを出港した。そしてサイゴン川を下って海へ出たとき、アメリカの艦船とすれちがった。数門の巨大な砲身が水平線の彼方を睨みつけている。艦船を見上げていた輝雅は、

「凄いなあ」

と、その雄姿にしばし見とれていた。

ＬＳＴはフィリピンのスービック基地に寄港し、沖縄、仁川、釜山を経て、関門海峡から瀬戸内海に入り、和歌山の日《ひ》ノ御埼《みさき》を航行した。故郷の風景が見えるような気がして、輝雅の胸には懐かしさがこみあげたが、同時に絶対に帰るものか、と意固地になるのだった。

横浜に帰港したのは半年ぶりであった。一週間の休暇をもらった乗組員たちは、それぞれ家族のもとへ帰っていったが、輝雅には帰るべきところがなかった。一人で横浜の街をうろ

つき、旅館を泊まり歩いて見物をしているだけで一週間は過ぎた。金の遣い道がわからない輝雅は、マンガ本をどっさり買い込み、画用紙、鉛筆、クレヨン、そして懐中時計を買ってLSTにもどってきた。

一週間の休暇はあっという間に終ったが、乗組員の中には危険がともなう外航船から内航船に転勤したいと申し出る者が何人も出た。LSTには外航船と内航船がある。特に輝雅が乗船していたLSTは外航船の中でもかなりハードな船で、危険度はAにランクされていて、妻子のいる乗組員たちからは敬遠されていたのである。そして五人が内航船に転勤していったが、人員不足を補充する時間がなく、そのまま出港することになった。

「しようがねえよな。おれだって妻子がいたら辞めるかもしれない」

三十歳になる武藤は日頃から、船乗りをしていると、結婚したくても相手がいないと嘆いていた。

「しかし、独身は気楽でいいよ。喰えなくなったら、自分一人我慢すりゃいいんだし、泊まるところがなきゃあ、野宿すりゃいいんだし」

三十四歳になる唐沢は歯の抜けた口を手でふさぎながら、ケ、ケ、ケ、……と笑った。

横浜を出港したLSTはふたたび岩国、佐世保、釜山、仁川、沖縄、台湾の基隆、スービック、サイゴンを巡航しながら物資や兵員の輸送をした。暇なときもあるが、海を眺めていると輝雅は退屈しなかった。変幻自在な空と海は万華鏡のようだった。

事故が起こったのは十二月である。釜山で積んだ軍需物資を江陵《カンヌン》へ搬送したときのことだ。江陵は三十八度線のすぐ近くで、北朝鮮からの密漁や、ときには韓国へ工作員を送り込んでくる地域として警戒されていた。ＬＳＴが江陵へ行くのははじめてだった。小さな漁港はあるが、ＬＳＴが寄港できるような港湾施設はなかったのである。そこで適当な海岸を見つけて荷揚げすることになったのだが、まずは海岸の状態を調べるためにＬＳＴを沖に停泊させることにした。

初冬の空は美しく澄みきっていた。シベリアから飛翔してきたと思われる鶴の群れが弓状になって北朝鮮へと渡っていく姿が認められた。

港のない海岸でＬＳＴが一時停泊するときは、船尾にあるケッジアンカー（錨）を二本打つ。ケッジアンカーのワイヤーロープは何百メートルもあり、ＬＳＴは約三百メートルの距離をとって打った。これで船尾を固定して安定させ、つぎは船首のアンカーを打つのである。

戦闘地域であれば、ＬＳＴは海岸にそのまま乗り上げ、船首の観音開きになっているハッチを開けて兵員や戦車、ジープや弾薬を降ろし、場合によってはＬＳＴを放棄することもある。ＬＳＴは上陸用舟艇であり、消耗品だから、状況次第で振り捨てることもあるのだ。輝雅の乗っているＬＳＴは非戦闘員の日本人が乗務しているので振り捨てるわけにはいかない。

したがって天候の良い日を選んでビーチング（上陸）することになる。ただ風が少し強く吹いていた。冬の晴れた日は、ときどき強い風が吹くこともあり、乗組員たちは、それほど気にしていなかった。日本海に面している江陵は三十八度線に近く、満州の天候に左右されやすい地域である。このことを充分認識しているはずだったが、見張り人のクオーターマスターは一点の曇りもない空につい油断していたのかもしれない。突然、大気に大きな穴が開き、そこから強風が吹き込み、LSTがぐらっと揺れて傾いた。上陸のための作業をしていた乗組員たちは一瞬、均衡を失い、左舷へ引きずられて倒れた。クオーターマスターも、なぜLSTが突然、強風に煽られて傾いたのか理解できなかった。空にまったく変化はない。だが、強風は空を切り、不気味な唸りをあげて乗組員たちの耳を擦過した。ドラム缶がころがり、バケツが舞い上がった。

「何だよ、この風は……」

乗組員の一人が空を見上げ、水平線を透視した。しかし、天候に異変はない。にもかかわらず一段と強い風がLSTの船体を底の方から波とともに持ち上げるように吹いてくる。LSTは風に揺り動かされて、ずるずると海底へ引きずり込まれるように後退した。船首のアンカーが抜けてしまったのだ。うかつにも海底が砂地だったことを考慮していなかったのである。続いて船尾の二本のアンカーも抜け、ＬＳＴは風と波に翻弄されはじめた。それでも船長以下、乗組員たちは事態をそれほど深刻に受け止めていなかった。この突発的な強風は一時的なもので、やり過ごせると思っていたのだ。晴天の下でＬＳＴが遭難するなど考えられなかったのである。

船尾で水平線を観察していたクオーターマスターが、

「何かがやってくる！」

と絶叫したつぎの瞬間、その叫び声は巨大な波に呑み込まれ、ＬＳＴは岩礁にかまれ、ゴーン！　ゴーン！　ゴーン！　と地面に鉄柱を打ち込むような音がしてクオーターマスターは船体から海へ投げ出された。岩礁に乗り上げたＬＳＴはさらに巨大な波に叩きつけられ、二、三人の乗組員が海へ放り出された。

「面舵いっぱい！」

船長が叫び、倉田一等航海士が舵を右舷に切ったとき、岩礁にかまれていたスクリューが折れた。文字通り青天の霹靂だった。動転している乗組員たちは何をしていいのかわからずパニックに陥っていた。

操舵室から出てきた成瀬船長はブリッジに立って、メガホンを口に当て、アンカーの状態を調べさせるため乗組員たちに号令を掛けた。二本のアンカーのうち一本でも海底の地面に突き刺さっていれば、ワイヤーロープを巻き上げてＬＳＴを移動させられると考えたのだ。

乗組員が命綱を胴体に縛りつけ、強風と大波に揺れているＬＳＴのデッキを船首に向って走った。だが、途中で強風にはばまれて前進できず、立ちつくしたまま大波にさらされた。

「つぎ！」

成瀬船長の号令が飛ぶ。

別の乗組員が命綱を胴体に巻き、船首に向って疾走する。だが、大きく揺れるＬＳＴにバランスを失い、大波をかぶって流され、命綱が切れて左舷から右舷へ揺りもどされたかと思うと波の渦に巻きこまれた。乗組員たちは目の前で展開されている死にもの狂いの作業に恐怖と緊張感で震えていた。寒さのせいもある。空は青く澄んでいたが、気温は零下五度だった。海水に濡れた体は凍てつき、歯をガタガタ鳴らし、感覚を失っていた。そんな中で輝雅一人が平気な顔をしていた。それどころか突然発生した遭難のまっただ中にいる自分が信じられないのだった。それは少年の輝雅にとって、血湧き、肉躍る光景であった。

「つぎはおまえの番だ。這ってでも船首に行ってアンカーを確かめてこい！」

小川機関長は輝雅の体に命綱を巻きながら檄を飛ばした。

「はい！」

輝雅は満身の力をこめて走った。そしてデッキの中程まで走ったとき、ＬＳＴの船体を越えていく二十メートル以上の大波の中にきらきらと光る数匹の魚を目撃した。輝雅は自分の目を疑った。船体を越えていく大波の中に魚が泳いでいるとは信じ難いことだった。また三千八百トンのＬＳＴを越えて船体を呑み込んでいく大波の凄さ、自然の力に驚嘆した。輝雅は大波のしぶきで、甲板に跳ね返り、危うく海へ投げ出されるところだったが、幸い命綱が切れなかったので助かった。その直後、ＬＳＴは岩に乗り上げ、もはやアンカーを確かめるのは無意味であった。

江陵にはアメリカの空軍基地がある。成瀬船長は空軍基地にＳＯＳの無線を打電させた。それから十五分後に二機のジェット戦闘機が飛来してきた。遭難現場を偵察するためであろう。パイロットの顔が見えるほど低空飛行してきた二機のジェット戦闘機は轟音を残してＬＳＴの上空を通過したかと思うと、一機が丘陵に激突したのである。凄まじい爆発音とともに黒煙と巨大な炎が垂直に噴き上がり、まるで映画でも観ているようであった。夢なのか現実なのか、どちらともわからない出来事に乗組員たちは声も出なかった。

「輝雅、ボイラールームを見てこい！」

小川機関長に命令されて、輝雅は鉄梯子を降り、三層目のハッチを開けると、ボイラールームの半分が浸水していた。まるでプールのようだった。エメラルド・ブルーの海水が円形の窓から射し込む陽光に美しく輝き、泳いでいる魚が見える。顔をのぞかせると、透き通った海面に輝雅の顔が映り、幻想的で摩訶不思議な世界に輝雅は陶然として、ＬＳＴが難破していることをしばし忘れるほどであった。

デッキにもどった輝雅は、

「ボイラールームはありません」

と小川機関長に報告した。

「何言っとるか！」

小川機関長は輝雅の報告が信じられず、自分の目で確かめようとボイラールームを見に行き、茫然とした。エンジンルームも浸水し、ボイラールームも浸水している。もはや自力脱出は不可能であった。

藁ぶきの屋根が十二、三棟点在している陸では、数十人の人びとが騒いでいた。岩に乗り上げて難破しているＬＳＴと陸との距離は、わずか三百メートル足らずだったが、強風と荒波で救助したくても救助できない状態であった。

「ライフボートを降ろせ！」

ブリッジに立っている成瀬船長は鉄の柵に摑まって叫んだ。

乗組員たちは強風に煽られ、大波をかぶりながら必死でライフボートに乗り、降りていったが、海面に着いたとたんライフボートは巨大な力に巻き込まれて粉々に砕け、数人の乗組員が波に呑まれて消えた。あとには砕けたライフボートの破片が木の葉のように散っていた。一瞬にして数人の命が海の藻屑となった。貪欲な海はすべてのものを呑み込もうと咆哮を上げている。底知れぬ海の力の前で乗組員たちはなす術を知らなかった。

昼過ぎに難破してから五時間が過ぎようとしている。太陽は西に傾き、薄紫に染まった幽玄な空の彼方に金星が燦然《さんぜん》と輝いていた。乗組員の間に絶望感が広がった。強風と大波はおさまりそうもなかった。

そのとき、アメリカ海軍のタグボートがどこからともなく現れた。遅すぎる救助だったが、絶望の淵に立たされていた乗組員たちはそのタグボートに一縷《いちる》の望みを託した。高波の間隙をぬってLSTに五、六十メートルまで接近してきたタグボートからパーン！　とワイヤーを発射する音が聞えた。まるで捕鯨船が銛《もり》を打つように発射されたワイヤーは強風の中を揺れながら飛来してきたが、位置をはずして海に落ちた。ふたたびワイヤーが発射される。その間、タグボートも大波に呑み込まれそうになった。三度目に発射されたワイヤーがLSTに届き、乗組員たちがウインチでワイヤーを巻いていくと、ワイヤーはしだいに太くなってくる。糸を巻いて紐を作っていく原理を応用しているのだ。ところが強風の圧力でワイヤーは極限にまで張り詰め、バン！　と爆発音を発して切れ、火を噴いた。続いてワイヤーはハイスピードカメラで撮った映像のようにゆっくりと、だが猛スピードでLSTに向って飛んできて、まるで恐竜が長い尾っぽを振り回すように、作業中の三人の乗組員を直撃した。猛スピードで飛んできたワイヤーの直撃を受けた乗組員の一人は胴体を真っ二つに切断され、あと二人も頭と胸を打って即死した。恐ろしい光景だった。一秒後に何が起こるのか誰にもわからないのだ。輝雅にとって、すべては夢の中の出来事のようだった。雲一つない晴天の下で、陸から三百メートル程しか離れていない場所で、つぎつぎと命が失われているのである。

三発目のワイヤーが発射された。そのワイヤーをウインチに巻いていく。三人の犠牲者を出した乗組員たちはワイヤーが切れるのをおそれて思うように巻けなかった。強風の圧力で張り詰めたワイヤーが、ギシッ、ギシッと軋んでいる。いまにもワイヤーは切れそうであった。そしてようやくワイヤーをＬＳＴの船首につなぎ、艦船に曳航《えいこう》されて、恐ろしいブラックホールから脱出できた。

原型をとどめなくなった鉄の塊のようなＬＳＴは、二日後にＳＳＫ佐世保船舶工業のドックに入った。難破による犠牲者は十八人であった。乗組員の胸の中には大きな穴がぽっかり開いていた。あのブラックホールのような恐ろしい空間は何だったのか……？

犠牲者の中に、サイゴンで恋人のために香水を買った原野吉郎もいた。混乱していて輝雅にはわからなかったが、飛んできたワイヤーで胴体を真っ二つに切断されたのは唐沢茂孝だった。

18

荒れ狂う波に呑まれて海底へ引きずり込まれたり、あるいは遠くへ流されたりしていたので、十八名の遺体を収容するのに一週間を要した。重軽傷者は二十四名で、ほとんどの乗組員はなんらかの傷を負っていた。輝雅も肩や腕や脚に打撲傷を負っていたが元気だった。しかし、サイゴンの化粧品店で一緒に香水を買った原野吉郎が亡くなり、年がら年中喧嘩に明け暮れ、呑ん兵衛だった気前のいい唐沢茂孝が、切れたワイヤーに巻かれて胴体を真っ二つに切断された信じ難い事故に、輝雅は強いショックを受けた。そしてあの摩訶不思議な、異次元の世界で起こったとしか思えないほどの恐ろしい現象の中で生き残れたのは奇跡のように思えた。数百キロ先のどこかで台風が発生し、その影響で江陵に異常気象をもたらしたという説明だったが、結局のところ謎であった。

合同葬儀は佐世保ドックで行われ、全国から集まってきた遺族たちは、変りはてた遺体にしがみつき、号泣していたが、原野吉郎の恋人は、とりわけ痛々しかった。原野吉郎の鞄の中にあった衣装や香水を抱きしめ、泣き崩れて、いつまでも原野吉郎の遺体から離れようとしなかった。引き取る者がいない遺体は三体あった。その中に唐沢茂孝もいた。それらの遺体は火葬され、遺骨は寺の地下の片隅の棚に無縁仏として安置された。ＬＳＴの遭難事故はマスコミに発表されることはなかった。

武藤司郎は肋骨を三本骨折、右肩を脱臼し、広田功は脚を骨折して二人とも入院していた。

「船の修理が終るまでに退院できるかな」

広田は見舞いにきた輝雅に、屈託のない笑顔で言った。

胸に石膏を施し、右腕を包帯で吊るしている武藤は、身動きとれない状態で隣のベッドに横臥していた。

「おれは全治三ヶ月だ。石膏をはずすまで二ヶ月かかると言われた。その間、自分でウンコもできない。看護婦にウンコを取ってもらって尻を拭いてもらうからさ、恥ずかしくてしょうがねえよ。看護婦は五十過ぎの婆あでよ、おれがむずかったりすると、きんたまを引っぱたかれるんだ。どうしようもないぜ。情けないよ」

泣きごとを並べる武藤の気持がわかるような気がした。もし自分が武藤と同じ状態に置かれたら、たぶん恥ずかしくて病院から逃げだしたくなるにちがいないと輝雅は思った。体のあちこちに痛みは残っているが、幸い入院するほどのケガではなかったので、輝雅は運がよかったと天に感謝した。

ＬＳＴの修理には約一ヶ月かかる。その間に新たな船員を募集し、再編成しなければならない。巷には失業者が溢れていたので人手に苦労はしなかったが、経験豊富な船員の不足は問題だった。

成瀬船長と倉田一等航海士は海難裁判に出廷して、事故についての責任を問われた。裁判は、一点の曇りもない青天の下で、しかも陸から三百メートル程の距離で瞬間風速三十メートルないし四十二メートルという想像を絶する強風を予測できたかという論点にしぼられたが、予測不可能であったとして無罪になった。しかし、予測不可能であったとしても、十八名の死者と二十四名の重軽傷者を出した責任を痛感して、成瀬船長は辞職し、倉田一等航海士を船長に推挙した。倉田一等航海士は固辞したが、周囲の要請に船長の職を引き受けた。

一ヶ月の間、輝雅はアメリカ海軍施設で宿泊しながら佐世保の街をうろうろしていた。原子力潜水艦が入港したとき、佐世保港周辺は数百人のデモ隊で騒然としていた。数隻の漁船が赤旗や「原子力潜水艦入港反対」の幟を立て、軍港を包囲するように周回しながら拡声マイクで「アメリカ軍は出て行け！」と怒声を上げていた。その日、輝雅はデモ隊に包囲されて海軍施設から一歩も外出できなかった。なぜデモ隊がアメリカ海軍の施設を包囲して気勢を上げているのか、輝雅には理解できなかった。それでも輝雅はデモ隊に包囲されているのが、なぜか後ろめたい気持になるのだった。

原子力潜水艦の入港目的は兵員の休養のためであったが、デモ隊に包囲されて兵員たちは結局上陸できず、三日後に佐世保港を去って行った。

修理されたＬＳＴは真新しい姿で沖に停泊していた。倉田船長と新しく就任した古賀正剛一等航海士のもと、四十六人体制で、一月三十一日に佐世保港を出港した。

「今年の正月はみじめだったよ。両親が入院してるおれを見舞いにきてくれたまではよかったけど、妹が結婚するからとか、弟が東京の大学に入るからとか、泣きごとを並べて預金をごっそりもっていかれたよ。どうせおまえは海上で暮らすんだから、金はいらないだろうって、親父がぬかすんだ。死んだ人にはいくらの保険が出たんだい？　と、まるでおれが死ぬのを待ってたような口ぶりでお袋が訊くんだ。おまえは本当に運がよかったねえ、だとよ。冗談じゃねえよ。死んでたまるか！」

全治三ヶ月と診断されていた武藤は一ヶ月で完治し、陸に上がっても仕事がないのでＬＳＴに残ることにしたのだが、稼いだ金は金輪際、家族に渡さないと言うのだった。

輝雅は預金がいくらあるのか確かめたことがない。毎月家族に仕送りしている五千円は生活のたしになっているのだろうかと思った。ＬＳＴの修理の間、能登川へ帰ってみようかと考えたこともあるが、結局今回も帰らなかった。毎月給料から五千円を天引きされて家族に送っているが、家出してから一度も手紙を出していなかった。一度だけ母から手紙が来たが、それ以外は家族からの手紙もない。便りがないのは元気の印というわけである。

仕事は以前と同じである。軍需物資、車輛、武器弾薬、食料、衣類、医薬品、ときには牛や豚や鶏を運ぶこともある。輸送先もほぼ同じだ。釜山、沖縄、台湾、フィリピン、そしてサイゴンへは半年ぶりに行った。自然の風景はまったく変っていなかった。サイゴン川沿岸に点在している藁ぶきの集落も、木舟で漁をしている半農半漁民たちの姿も同じだった。女たちは河で野菜や穀物を洗い、洗濯をし、子供たちは屈託のない笑顔で泳いでいた。

だが、サイゴン港はまったく変っていた。豪華な客船や帆船はほとんど見当らず、五千トン、一万トン級の貨物船が接岸されていた。十数隻のＬＳＴも接岸されている。港湾道路や倉庫が整備され、上空には数機のヘリコプターが舞っている。街のコロニアル風の白亜の建物は同じだったが、大きな鐔の帽子にきらびやかなドレスを着て日傘をさし、男と腕を組んで散策していた女の姿はなかった。マジェスティックホテルのドアボーイは白人の男性に変っていた。原野吉郎と一緒に入った化粧品店は、ヴェトナム人が経営する居酒屋になっている。フランス人がほとんど見当らないのである。ヴェトナム人の警官が街を警備していた。

一九五四年七月にゴ・ジン・ジエム内閣が発足し、翌年の二月十二日にアメリカ軍事援助顧問団が南ヴェトナム軍の軍事訓練を開始してから、サイゴンの様子は変り始めていたのである。そして一九五六年四月二十六日に仏軍司令部がサイゴンを引揚げたあと、街はアメリカ兵で賑わっていた。フランス語に代って英語が、フランに代ってドルが流通していた。半年前まではフランスの民間人が大勢暮らしていたのに、いまではアメリカ兵以外は、外国人といえばマスコミ関係者くらいなものである。

街の変りように輝雅は驚いた。

「アメリカ軍と北ヴェトナム軍が、いよいよドンパチを始めるんだな。この先、ヴェトナムへくるのは考えもんだぜ。ハイフォンの二の舞いはごめんだ」

敗走してくる外人部隊を救助したときのことを思い出して、武藤は顔をしかめた。

夕食のあとだった。その夜は五人の乗組員が宿直していた。宿直といっても五人が甲板で見張りをしているわけではない。ほとんどの場合、居住区で花札賭博をやりながら飲み呆けている。甲板部二名、機関部三名だったが、甲板部二名は新しく採用された乗組員で、輝雅もあまり話したことがなかった。負けがこんできた甲板部の氷川章夫は歯ぎしりしながら焦っていた。骨格の大きな坊主頭は、見るからに凶暴そうだった。事実、氷川章夫は乗船してから誰彼なしに難くせをつけては何度も喧嘩しており、要注意人物であった。焼酎をがぶ呑みして酔いがまわってきた氷川章夫は、いまにも喧嘩をふっかけそうな気配である。

危険を察知した武藤が、

「今夜は、このへんでお開きにしよう」

と言った。

「冗談じゃねえ。勝ち逃げする気か」

氷川は血走った目で武藤を睨んだ。

「金がねえんだろう。給料が入ったら相手になってやる」

武藤は軽くあしらった。

氷川は右手の薬指にはめていた大きな金の指輪をはずして座布団の上に置き、

「これで片をつけよう」

と詰め寄った。

「指輪なんかいらねえ」

武藤は断った。

「この指輪は一万円で買ったんだ。五千円でいい」

あくまで指輪をカタに勝負を強要してくる氷川に、

「一万円だか、五千円だか知らねえが、指輪はいらねえって言ってるだろう」

と武藤は再度断った。

武藤も気が短い。場はいっきに緊張して険悪な雰囲気になった。

「勝ち逃げは許さねえ」

氷川の酔った目が不気味だった。甲板部の重田幸作と機関部の広田功、そして輝雅は、一触即発の状況をかたずを呑んで見守った。
「勝負は時の運だ。今夜はおとなしく諦めな」
冷静を装っているが、氷川の挑発的な態度に、武藤もかなり興奮している。
「なんだと……利いた風な口をききやがって。おれを舐めてんのか！」
氷川は大きな体軀を誇示するように立ち上がったかと思うとズボンのポケットからナイフ
を取り出して構えた。場は騒然となった。武藤は飛び跳ねて二、三歩後ろへさがった。
輝雅が咄嗟に、ナイフを握っている氷川の腕を押さえた。思わぬ相手に腕を押さえられた
氷川は怒り狂って、
「ガキはすっ込んでろ！」
と腕を振り回した。
怪力の氷川に腕を振り回されて輝雅は部屋の隅にころがった。お膳で頭をしたたかに打ち、
一瞬めまいを起こしたところへ仁王立ちになっている氷川の恐ろしい形相を見て、輝雅は無
意識にお膳の上にあった果物ナイフを手に取った。
「やる気か！　小僧……」

氷川が唇の端を歪めて嘲り、怯えている輝雅をからかうようにナイフを振りかざした。つぎの瞬間、輝雅が体をかわして逃げようとしたとき、持っていた果物ナイフが氷川の太腿を切った。切るつもりはなかったが、防御本能が働き、氷川の太腿を切ってしまったのである。

「痛て！」

太腿を切られた氷川は膝をがっくり折ってしゃがみ込み、傷口から流れている血を見て、

「よくもやりやがったな。殺してやる！」

とわめき、輝雅に襲いかかろうとした。

武藤が氷川を羽交い締めにし、広田がナイフを持っている氷川の腕を押さえ、重田は間に割って入り、

「落着け！　落着け！」

と叫んだ。

その騒動を聞きつけて小川機関長がやってきた。

「何ごとだ！」

小川機関長が一喝すると、みんなは静まり返った。

乗組員たちの喧嘩に何度も立ち会っている小川機関長は、その場の状況をすぐに判断し、金縛り状態で立ちつくしている顔面蒼白の輝雅の手から果物ナイフを取り上げ、続いて氷川

の手からナイフを取り上げようとしたが、氷川は握りしめたナイフを離そうとしなかった。小川機関長は拳を固めて氷川の顎を思いきり殴った。石のような拳で殴られた氷川はたまらずのけぞって倒れた。それでも氷川はナイフを離そうとしない。

「わしとやる気か！」

小川機関長の凄まじい気迫に、さすがの氷川も戦意を喪失して握っていたナイフを投げ出した。それから急に、出血している太腿の傷を押さえて呻いた。斜に四センチほど切られていたが、傷は浅かった。

船乗りに喧嘩はつきものだが、刃傷沙汰の喧嘩は船員規則で重い罰則が科せられている。氷川は停職一ヶ月、氷川に傷を負わせた輝雅は停職三ヶ月が言い渡された。

「すまん。おまえを巻き添えにして……」

武藤は忸怩たる思いで輝雅に謝った。

「いいんです。ぼくもつい、かっとなってしまって……」

実際、あのとき止めなければ武藤は氷川に刺されると思ったのだ。同時に、新しく入ってきた氷川が、体力にものをいわせて船内をわがもの顔で闊歩している姿に反発していたのも確かだった。まだ十七歳の少年だが、ＬＳＴに乗船して一年半になる輝雅には自負心があった。三十二歳の氷川は貨物船で十年仕事をしていたというが、ＬＳＴでは輝雅が先輩であった。

輝雅と氷川は停職処分になったが、航海中のことであり、日本に帰港するまで仕事を続けていた。一ヶ月後にＬＳＴは日本に帰ってきた。

横浜港の沖に停泊したＬＳＴからボートに乗って、輝雅は横浜桟橋に降りた。

見送ってきた武藤が、

「三ヶ月後に会おう。待ってる」

とにっこりほほえんだ。

「三ヶ月後に必ずもどります」

武藤と別れの挨拶をして輝雅は「米船運航会社」に向った。

一年半ぶりに見る横浜桟橋は懐かしかった。一キロほど先に停泊しているＬＳＴが遠くへ離れていくような気がした。

「米船運航会社」に行った輝雅が停職処分の事務手続きをしているところへ、奥の部屋から竹山重貴が現れた。

まるでわんぱく小僧でも見るように、

「喧嘩したんだってな？　氷川って男をナイフで切りつけたらしいな。少し見ぬ間に逞しくなったぜ。船乗りをしてると喧嘩の一つや二つは挨拶がわりみたいなもんだ」

と竹山はにこにこしながら言った。

「すみません。ご迷惑をお掛けしました」

輝雅は若者らしく頭を下げた。

「三ヶ月の停職は休暇と思えばいいさ。君は仕事も真面目だし、みんなから可愛がられてるから、三ヶ月後にはもどってきなさい。席は空けておくから」

竹山の好意的な言葉に、

「はい……」

と答えて輝雅はうなだれた。

事務所には一年半前と同じく、職を求めて大勢の男たちが出入りしていた。事務手続きを終えた輝雅は竹山重貴に一礼をして「米船運航会社」をあとにした。

行くあてがない。輝雅はとりあえず繁華街に向った。繁華街に行って映画を観て、食事をして、それから……泊まるところを探さねばならない。船長から渡された預金通帳を見ると二十万円近くある。財布にも二万円入っていた。一人暮らしで節約すれば二年は喰っていけるだろう。

一年半の海上生活をしていた輝雅にとって、繁華街は何か新鮮な感じがした。雑踏にもまれながら、これだけ多くの人間がいったいどこから集まってくるのだろうと不思議に思った。

横浜駅前は一年半前とそれほど変っていなかった。民家とバラック小屋と古いビルが混じり合っている。

輝雅はふとデパートのウインドーに映っている自分の姿を見た。伸び放題の髪が学生帽からはみだし、髭も伸びている。海水に濡れ、潮風に吹かれ、陽に灼けたよれよれの学生服は脱色していて鼠色になっていた。船員靴は、まるで「ポパイ」がはいている靴のように大きすぎた。ウインドーの前に立っている輝雅の背後に、好奇の目で輝雅を見る通行人がバックスクリーンのように映る。自分でもウインドーに映っている姿が異様に思えた。ここにいるのは誰だろう……？　と思ったほどである。LSTに乗船していた一年半の間、輝雅は自分の姿を一度も見たことがなかったのだ。本当に久し振りに自分の全体像を目にした輝雅は、愕然とした。船乗りという重労働を一年半続けてきた輝雅の体軀は大人のそれになっていたが、学生服は高校一年生のままである。したがって上衣の袖もズボンの丈も短く、子供の服を大人が無理矢理着ているような、まったく滑稽な恰好をしていた。恥ずかしさのあまり輝雅は顔が熱くなるのを感じた。輝雅はウインドーの前から逃げ出したが、どうしていいのかわからなかった。父親を早く亡くし、兄のいない輝雅は、社会人としてどういう服装をすべきかという常識を誰からも教わっていず、まるで方向感覚を失った鼠のようにうろたえた。

輝雅は思いつくままにデパートに入った。四階のフロアはすべて紳士服売り場である。何

を選択すればいいのかわからない輝雅はいくつかの売り場を行ったりきたりしながら、それとなく服を探していると、

「いらっしゃいませ」

女店員に声を掛けられ、恥ずかしさのあまりいったんは逃げ出したが、このままでいるわけにもいかず、ふたたび紳士服売り場を一時間以上徘徊した末、意を決して一つの売り場に飛び込んだ。

女店員があれこれとスーツやジャケットやズボンを選び、説明してくれるが、輝雅の頭の中は真っ白になっていた。とにかく学生服を脱ぎ捨て、別の服に着替えたかったので、女店員にすすめられるがままにジャケットとズボンとベルトを買って着替えた。そしてあらためて鏡の前に立って見ると、そこにはまったく別の自分がいた。ワイン色のジャケットに黄色のズボンをはいている。まるでチンドン屋だ。潮に灼けた髪は茶色になっている。日本人でもなければアメリカ人でもない。いったいおれは何人だろうと思った。

輝雅は代金を支払い、デパートの紙袋に包まれた学生服を持ってトイレへ駆け込んだ。それから誰もいないのを確かめて、それをゴミ箱に捨てた。

不思議なことに学生服を捨て、デパートを出ると気分は一新していた。急に大人になったという意識が芽ばえてきたのである。街の風景も、それまでとはちがって見えるのだった。

人からどう見られているのか、という意識は、とりもなおさず人をどう見るのか、という意識であった。そして輝雅はもう一度ウインドーの前に立って自分と背後を行き交う通行人の視線を意識した。すると学生服を着ていたときとはちがう視線で見られているような気がするのだった。

輝雅は颯爽と街を歩き、映画を観賞し、食事のあと、サントリー・バーに入った。煙草の紫煙と人いきれと雑談とジャズが流れていた。ＬＳＴの居住区とは雰囲気がちがうが、毎晩酒を飲んでいた船乗りの仲間たちと一緒だった輝雅にとって、スナックに違和感はなかった。メニューを見るとトリスのストレートシングルが三十円、ダブルが五十円である。輝雅はトリスのダブルを注文した。カウンターのとまり木にずらりと並んで腰掛けている客の姿は、電線に並んでとまっている雀にそっくりだった。

カウンターの中にいる五十過ぎのマスターが、伸び放題の髪と不精髭をはやし、ワイン色のジャケットに黄色いズボンをはいているど派手な輝雅をちらと見て、ウィスキーのダブルをカウンターの上に差し出し、

「五十円」

と無愛想に請求した。

この店はアメリカ式で、一杯注文するたびに現金を支払うことになっているらしい。ある

いは輝雅の派手な姿に警戒して、先に現金を請求したのかもしれない。だが、輝雅は現金を請求されて、ある種の優越感を持った。バーで金を払って飲んだのははじめての経験だったので、一人前の大人としてあつかってもらえたと思ったのだった。

輝雅はダブルのウィスキーをふた口で飲み、そして水を飲んで、追加を重ねた。二時間でダブルを十杯飲んだ。十一杯目のとき、それまで黙っていたマスターが、

「大丈夫ですか？」

と輝雅の顔をのぞき込んだ。

「大丈夫です」

少し目をとろんとさせているが、泥酔している様子ではなかった。

「これ以上飲まない方がいいと思いますがね」

マスターに忠告されて、

「あと一杯でやめます」

輝雅は答えた。

そして十一杯目を飲んで輝雅は立ち上がった。ウィスキーを一本飲んだ勘定になる。しかし輝雅はあまり酔っていなかった。

バーを出たあと輝雅は夜の街を歩いた。どこからともなく潮の香りがして、海が自分を呼

んでいるように思えた。輝雅の足は自然に海岸へと向いていた。繁華街から遠ざかるにしたがって、あたりは薄暗くなってくる。人影が途絶えた横浜桟橋には数隻の大型貨物船が接岸され、巨大なクレーンが輝雅を見下ろすように立っている。沖にも数隻の船舶が停泊していた。輝雅は目を凝らし、沖に停泊している船舶の中からLSTを探そうとしたが、見つけることはできなかった。LSTは出航したのかもしれないと思うと、輝雅は自分がとり残されたような孤独に陥り、夜の暗い海に向って叫んだが、その叫び声は空しく響くだけだった。

このときになってアルコールが全身の血液の中を激しく循環していた。夜景を見上げた輝雅はめまいを起こしてバランスを崩し、体を半転させて地面にころんだ。

「ちきしょう！　伊吹の奴を叩きのめしてやる！」

小学生のころから高校一年まで、自分を差別し、蔑視し、陰湿ないじめをくり返し続けてきたガキ大将の伊吹昌則に対する憎しみと敵愾心が胸の奥で突如めらめらと燃えひろがってきた。家出したのも伊吹のいじめが大きな原因であった。家出するとき、いつか必ず伊吹に復讐してやる！　とも誓ったのである。いまそのときがきたのだ。輝雅のはらわたは憎悪で煮えくり返っていた。伊吹を完膚なきまでに叩きのめし、土下座させ、後悔で落涙し、すがりついて許しを請うまで地面を這わせてやる。

輝雅は大の字になって星空を見上げながら、明日、能登川へ行こうと決意した。

19

酔っぱらった輝雅は横浜桟橋のコンクリートの上で大の字になって星空を見上げながら、伊吹昌則に復讐してやると誓って意識を失い、気が付いてみると旅館の一室に寝ていた。どうやら無意識にたどり着いて眠ったらしい。二日酔いの輝雅はどのようにして旅館までたどり着いたのか思い出せなかったが、横浜桟橋で伊吹昌則を叩きのめしてやると復讐を誓った気持だけは胸の底に残っていた。

胃袋ごと吐きそうだった。喉が渇いていた。服を着たまま寝ていた輝雅はゆっくり起きて共同洗面所へ行き、頭から水道の水をかぶって洗顔した。それから吐きそうなほど気持が悪いにもかかわらず、朝食をたらふく食べて外に出た。腹が減っては戦さはできぬ、というわけだ。

輝雅は理髪店を探した。伸び放題の頭髪と無精髭をさっぱりしたいと思った。

理髪店はすぐに見つかった。店主は、何日も洗っていない、陽と潮に灼けて脱色している茶色い髪を櫛でときながら、

「どうします？」と訊いた。

「整える程度にして下さい」

鏡の中の姿を見ながら輝雅は少し大人っぽい髪型にしたいと思った。

店主は輝雅の注文通り髪を整え、洗髪のあと髭を剃り、熱いタオルで顔をぬぐってメンソレータムを塗った。メンソレータムの清涼な感触が顔にひろがり、二日酔いが払拭されるようだった。

理髪店を出た輝雅は気持も新たに闘志が湧いてきた。ボストンバッグを持って肩で風を切り、美空ひばりの「港町十三番地」を口ずさみながら駅をめざした。

横浜駅の時計は午後一時を指していた。横浜から大阪まで急行でも七時間半はかかる。その足で能登川へ行くより、大阪で一泊して午前中に大阪を出発すれば、午後二時か三時頃には能登川に着くだろう。輝雅は伊吹昌則の下校時間を計算していた。校庭で殴るか、それとも下校途中で殴るか、状況次第である。

時刻表を見ると急行の発車まで一時間以上ある。輝雅は時間潰しに横浜駅前を散策していたが、ふとある店の前で足を止めた。ウインドーの中にさまざまなナイフが飾ってあった。輝雅はそれらのナイフをじっと見つめていたが、おもむろに店内に入って、

「あのナイフを見せて下さい」と店員に言った。

店員は指差されたナイフをウインドーから取り出して渡した。刃渡り十センチほどの折り

たたみ式ナイフである。ポケットに忍ばせるには手ごろな大きさであった。輝雅はナイフを買ってポケットにしまった。ナイフを持っているだけで輝雅の感情が高ぶり、誰でも相手になってやる、と急に目付きが鋭くなるのだった。だが、ナイフを持っているのはかえって危険であるとも思った。とっさの出来事とはいえ、ナイフで氷川章夫の太腿を切った禍々しい感情が蘇ってきた。

急行列車は満席だった。輝雅はデッキにボストンバッグを置き、その上に座って大阪へ着くまでの時間を過ごした。大阪駅に着いた輝雅はタクシーで道頓堀へ行った。そしておぼろげな記憶をたよりに、自分が生まれて五歳まで育った場所を探し歩いた。確か堺筋を越えてはじめての橋あたりだったのではないかと一キロ四方を探し歩いていると下寺町に出た。日本橋から上六《うえろく》(上本町六丁目)にかけて急な坂があり、その坂に段々畑のように建っている古い寺が見えた。長屋の狭い路地から広い道路に出ると、急斜面に建っている寺が見えたのを思い出した。祖母に手を引かれて橋のたもとから道頓堀のネオンを見たこともある。夕焼け雲の下で赤々と燃えひろがるようなネオンの輝きに、幼い輝雅は胸をときめかせたのを憶えている。一時間ほど歩いた輝雅は、ようやくその同じ橋のたもとから道頓堀のネオンの輝きを眺め、なぜか胸が熱くなるのだった。五歳のとき、この場所から夙川へ移り、戦争末期に能登川へ移り、終戦後、父が亡くなってから村の中で家を転々と移り、その日の食事にもありつけないひもじい日々を過ごしたのだ。その思いが輝雅の胸の中で疼くのである。

ミナミに一泊した輝雅は、午前九時に旅館を出て大阪駅に向った。駅で買った駅弁を車中で食べながら、先に家へ帰ろうか、それとも学校へ直行しようか迷ったが、列車が山間部に入り、信楽《しがらき》山地、水口丘陵、鈴鹿山系を右手に見ながら彦根駅に近づくにしたがって輝雅の気持が動揺しだした。ガキ大将の伊吹昌則や、そのとり巻き連中の機嫌をとるために、はしゃいだり、お世辞を言ったり、ときには自らを卑下して、殴られる前に自分でころんだりして面白おかしく振る舞っていた自分の姿に激しい嫌悪を覚えた。家へ帰る前に、伊吹昌則とそのとり巻き連中と決着をつけねばならない。輝雅はポケットの中のナイフをしっかり握りしめた。あたりは見憶えのある景色だった。それもそのはず、遠くに輝雅が通学していたN県立高校の校舎が見えた。

彦根駅に着くと四、五人の乗客が降り、二、三人の客が乗った。ホームに降りた輝雅は厳しい表情であたりを見渡した。何も変っていなかった。改札口にいる四十過ぎの駅員も同じだった。ワイン色のジャケットに黄色のズボンをはいている茶色い髪の輝雅の格好は田舎町では目だちすぎる。改札口を出て行く輝雅を、駅員は異星人でも見るような目で見ていた。売店のおばさんも、二台しかないタクシーの運転手も、地元の人間はど派手な輝雅の服装に好奇の目をこらして、じろじろと見ていたが、それが輝雅を刺激すると同時に闘志をかきたてるのだった。『おれとおまえらとは、ちがうんじゃ』。輝雅はじろじろ見られていることにむしろ快感を覚えた。

　輝雅はこのまま学校に乗り込んでやろうと思った。駅から十数分の距離にある学校をめざして田圃《たんぼ》道を歩いていると、前方から学生の一団が歩いてくるのに出会った。女学生たちは輝雅の突飛な恰好に驚き、体を避けて通り抜け、くすくすと笑っていた。そのとき輝雅は、今日が土曜日であることに気付いた。授業は午前中で終り、学生たちは下校してくるところだった。下校してくる伊吹昌則を待ち伏せるにはちょうどよいと思った。輝雅は田圃道の脇にある地蔵の前で待った。

　やがて伊吹昌則とそのとり巻き連中がはしゃぎながらやってきた。そしてはしゃぎながら歩いていたとり巻きの一人が地蔵の前に立っている異様な風体の輝雅に気付いて急に黙りこくった。輝雅は歩幅を大きく踏み出してゆっくりと歩き、伊吹昌則の前に立ちはだかった。伊吹昌則はチンピラやくざに因縁をつけられると思ったらしく、顔をこわばらせ中腰になっておじけづいていた。

「久しぶりやな、伊吹……」輝雅の声がどこか芝居がかっている。

　名前を呼ばれて伊吹昌則はおそるおそる輝雅の顔を確かめていたが、

「曾我やないか。びっくりしたで。いままでどこ行ってたんや」

と媚びるような声でつくり笑いを浮かべた。

「船乗りやってたんや。世界の海を航海してたんや」

「へえー、船乗りって船員のことか」

「そうや。戦争にも行った」

実際は兵士として前線で戦ったわけではないが、ハイフォンの激戦地で外人部隊を救助するために砲撃の洗礼を経験しているのは確かだった。

「戦争……ほんまかいな」

伊吹昌則にとって航海や戦争は異次元の世界である。驚きと羨望の眼差で伊吹昌則は輝雅を見た。

この一年半で輝雅の身長は伊吹昌則よりはるかに高くなっていた。腕も肩も胸板も伊吹昌則よりかなり太く厚かった。いま目の前にいる伊吹昌則とそのとり巻きは輝雅から見ると子供であった。なんだ、こんな子供だったのか、こんな子供に、おれは怨みを持っていたのか、と思うと、輝雅は落胆し、復讐心も失せ、ポケットの中で握りしめていたナイフを離した。輝雅の中であれほど威圧的な存在だった伊吹昌則は幻影にすぎなかったのである。

「おれはまた海に出る。その前に一度、おまえらに会いたかったんや。今度いつ会えるか、わからんさかい」

復讐心が溶解した輝雅の口から自然にやさしい言葉が出た。

「そうか、ぼくらに会いにきてくれたんか。おおきに」

横柄で悪意に満ちていた伊吹昌則の表情に、ある種の懐かしさが漂っていた。

「ほな、いくわ」

これ以上、何も話すことのない輝雅は踵を返して両手をポケットに突っ込んだまま肩を左右にゆすって去った。

いつか伊吹昌則を叩きのめしてやろうと思っていたが、自分の中で敵愾心を燃やしていた相手はすでに幻だったのである。拍子抜けすると同時に何か目的を見失ったような空しさを味わった。急に何もかもが馬鹿馬鹿しく思えてきた。そして今度は家に帰ろうかどうしようか迷った。よく考えてみると、棺桶屋の二階に間借りしている場所で生活するのが耐えられなくて家出したのだった。そしてこの一年半、輝雅は家族のいる場所から、できるだけ遠く離れようとしていた。伊吹昌則を叩きのめすために能登川へ帰ってきたのであって、家族と会うために帰ってきたのではない、と輝雅は自分に言い聞かせた。家族のことは気になるが、家族のもとへ帰ることは、あの棺桶屋の二階の部屋へ帰ることであった。それが輝雅には屈辱であった。

輝雅は横浜へは戻らず大阪でしばらく過ごすことにした。大阪の街を知りたいと思ったのだ。そして安宿に泊まりながら毎日あてもなく街をぶらつき、夜のミナミを飲み歩いているうちに、しだいに「もう、ええわ」と思うようになってきた。本来なら「米船運航会社」の寮で待機していれば仕事に復帰できたかもしれないが、輝雅は一度も寮に行かなかった。寮で待機しているのが面倒臭かったのだ。それまでの張り詰めていた気持のタガにゆるみが出てきたのである。船にもどりたいと思いながらも、長い孤独な航海と厳しい仕事を続けるのは、少年の輝雅にとって苛酷であった。そして大阪でぶらぶらしているうちに三ヶ月が過ぎてしまった。この時点で輝雅は、復帰を諦めた。二十万円の預金があったので二年は生活できると思っていたが、毎晩ミナミを飲み歩いて散財したので、所持金はまたたく間に底をついてきた。この調子では無一文になるおそれがあり、輝雅は別の仕事につこうと考え、天王寺の職業安定所へいった。しかし手に職のない輝雅にできる仕事は土方しかなかった。くる日もくる日も道路掘りである。こんなはずではなかったと思いながら、輝雅は釜ヶ崎のドヤ街に泊まりながら別の仕事を探したが、結局選んだのはふたたび船の仕事であった。

それまでの土方仕事は日雇いだったので、遅刻したり勝手休みすると、仕事は他の者に奪われてしまう。輝雅は朝五時に起床して、早朝に日雇い人夫たちを相手にしている食堂で味噌汁、卵、ノリ、そしてドンブリ飯の三十円の食事をとり、市電に乗って大阪港へ行った。仕事は船内荷役である。砂利船、石炭船の砂利や石炭を二人で担ぎ、朝から晩まで陸揚げする。二人一組で仕事をしているときは、相方が倒れると仕事はできなくなる。したがって輝雅は肩の肉が剝がれようが、途中で仕事を中断するわけにはいかなかった。船内荷役と船員とでは収入も待遇も格段の差がある。船員から見ると船内荷役は下の下であった。貨物船から降りてくる船員が眩しく映り、LSTを辞めるのではなかったと後悔した。

釜ヶ崎のドヤ街には全国から集まってきた喰い詰め者が数百人いる。木賃宿の一部屋には八人がザコ寝状態で足の踏み場もない。そこで十年以上暮らしている者もいれば、寝たきりの病人もいる。いったんこのどん底に落ちた人間が、そこから這い上がるのは至難であった。

船底で船内荷役をしていると、みじめで悲しかった。もう少しましな仕事につきたいと思った。もう一度、海に出たい、大海原を航海したい、という思いがつのるのである。天から水平線に向って垂直に落ちてきた稲妻の荘厳な光、二十メートル以上もある大波の中をきらきらと輝きながら泳いでいく魚、広大な海を周回していく鯨やイルカの群れ、一万年以上漂流しているのではないかと思えるノアの箱舟のような巨木に棲みついているさまざまな生き物、それら自然の摩訶不思議な光景を輝雅は何度も夢で見るのだった。大海原を航海していると、大いなる時の流れが体内をゆっくりめぐっていくのだ。

だが、いったん辞めた船乗りにもどることはできなかった。どこかに後ろめたさがつきまとい、ふっきれないのである。しかし、このままずるずると釜ヶ崎での生活を続けると先が見えない。どうすればいいのか考えあぐねていたある日、ミナミのバーで飲んでいたとき、マスターからキャバレーのボーイをやってみないかと誘われた。輝雅は、その場で即座に決めた。そして三日後から輝雅は、生まれてはじめて、キャバレーのボーイの仕事についたのだった。

ホステスが四百人いるキャバレーのボーイは、息つく間もないほど忙しかった。主任からキャバレーのシステムを一応聞かされているが、実際に仕事についてみると、広いフロアを右往左往した。マイクでひっきりなしに呼ばれるホステスたちの座席へ注文を取りに行く作業は混乱をきわめ、誰が誰なのかわからなくなるのである。輝雅の持ち場は決められているものの、指名されたホステスはホール全体を移動するので、ホステスの移動と輝雅の持ち場との関係がちぐはぐになり、飲み物を間違えたり、ホステスを間違えたりして、そのたびにホステスと主任から叱責されるのだった。気が短いうえに自尊心の強い輝雅は、女に馬鹿にされるのが屈辱的で我慢できなかった。しかも主任は、あくまでホステスの側に立つので、輝雅の弁明は許されなかった。

「何をやっとるんじゃ、おまえは！　客が帰ってしまうやろ。早よ注文を受けた飲み物を持っていかんか！」

主任に怒鳴りつけられて飲み物を運んでいくと、今度はホステスから、

「遅いじゃないの、お客さんは帰りかけてるのよ」

と、くそみそに言われる。

人間関係も複雑であった。輝雅より三日前に就業したボーイが先輩風を吹かせて、あれこれ指図してくる。自分の失敗を輝雅に転嫁し、チップまで横取りするのである。住み込みで働いている輝雅は寮でも先輩から掃除当番をおしつけられ、洗濯までさせられる始末であった。しだいに嫌気がさしてきた輝雅は、とうとう堪忍袋の緒が切れて先輩と言い争いになり、ボーイを辞めた。

人間関係がわずらわしく、従業員の多い職場は向いていないと思った。一人でできる仕事をしたかったが、そういう仕事は見つからなかった。そして数日が過ぎると、たちどころに金欠状態に陥り、仕事を選んでいられなくなるのだった。ミナミの繁華街をくまなく歩き、求人広告の張り紙を探し回った。そして宗右衛門町《そうえもんちょう》の奥まった路地にある小さな店のバーテンの職を見つけた。

十二人が座れるカウンターだけのバーである。五十歳前後のマスターと、従業員は輝雅一人であった。

輝雅はまずビールのつぎ方から教わった。

「ええか、ビールは泡が大事なんや。泡のないビールはおいしない。ビールの味は泡で決まる。泡の作り方、出し方が難しいんや。これからわしがグラスにビールをつぐさかい、よう見とけよ」

ビールに一家言を持っている頑固そうなマスターは、

「グラスは最初、少し斜めにしてビールを半分くらいついだあと、今度はグラスを垂直に立てて、十センチくらいの高さからそそいで泡を作っていくんや。このとき泡が胞子状にならんように早くても遅くてもあかん。一定の量をそそいで、もし泡がうまくできないときは、いったん待って、ビールの炭酸がおさまってから、またそそぐんや。そしたら、こういう牡丹雪みたいな泡ができる」

とグラスについだビールを見せた。

マスターが自慢するだけのことはあって、グラスの上から二分くらい、牡丹雪のような泡ができていた。

「どや、きれいやろ。一口飲んでみい」

マスターにすすめられてビールを一口飲んでみると、ビールの泡が口中にひろがり、ホイップクリームのような感触がした。

「おいしいです」

輝雅は同じビールでも、こんなに味がちがうのかと感心した。

「ビールをついだらええちゅうもんやない。誠意がこもっていないとあかんのや。キャバレーは女を売りもんにしてるさかい飲み物なんかどうでもええけど、うちはちがう。うちのお客さんは飲み物を味わいながら楽しんでるんや。うまかったら酒もすすむ、話もはずむ、店も儲かる」

マスターの経営哲学に輝雅は感心しながら、いちいち頷いてみせた。

つぎはグラスの磨き方である。洗い方から始まり、水の切り方、そしてグラスの持ち方までマスターは丹念に教えるのだった。

「洗ったグラスを布巾ですぐに拭いたらあかん。水をよく切って拭かんと布巾が濡れてしまう。濡れた布巾で拭くと水がグラスに残ってグラスの透明度が落ちるんや。グラスの透明度が高いちゅうことは、よく磨かれている証拠や。よく磨かれたグラスで飲むとおいしいんや」

それからマスターは洗って水を切ったグラスを布巾で拭いてみせた。慣れた手つきで素早く磨いたグラスは水滴のない透明度の高い輝きを放っていた。マスターはグラスを包むように持って照明の灯りで透明度を確かめた。

「どや、きれいやろ。こういうグラスで飲むとうまいんや」

マスターは得意そうな笑みを浮かべた。

「一に清潔、二に清潔、三、四がなくて五に清潔、これがわしのモットーや。清潔でない店は、それだけずぼらをかましてる言うことや。腕のええ職人は清潔をモットーにしとる。清潔でない店は職人の腕も落ちるし、うまない。清潔は店の基本や。お客さんに対するマナーや」

「清潔」は店の基本であると言う。輝雅は思わず自分の衣服をかえりみた。四、五日入浴していなかったし、下着は十日以上取り替えていなかった。

「掃除のときは隅をよく掃除せなあかん。埃は隅に溜まってくるさかい、隅を掃除せんと掃除したことにはならん。掃除は習慣の問題や。毎日掃除してたら苦にならん。しかし面倒臭がると、店はだんだん薄汚なくなってくる。そしてお客さんもこなくなる」

店内を見回すと、カウンターはむろんのこと、棚、天井、床、椅子、瓶の一つ一つにいたるまでぴかぴかに磨かれていた。掃除に毎日、一時間以上かけるという。そしてマスターは輝雅に掃除を命じた。雑巾五枚、布巾五枚、汚れた雑巾や布巾を途中でゆすいではならないと禁じられた。汚れた雑巾と布巾はあとでまとめて真っ白になるまで洗うのだ。トイレ、椅子、床、壁、天井、ドア、表のランプ、看板などをくまなく掃除させられ、いささかうんざりした。

「どや、掃除したあとは気持ええやろ。これでお客さんを迎えられる」

マスターはこり性というより偏執狂的なところがある。少し禿げている頭を、ときおり長く伸ばした小指の爪で掻くのだ。

用意万端整えて、あとは開店時間の六時になるのを待つだけだったが、そのときマスターがひとこと、

「曾我、明日から毎日風呂に入って下着を替えてこい。ちょっとにおう」

と鼻の穴をふくらませた。

「わかりました」

やり過ごせるだろうと思ったが、マスターの鋭い嗅覚は輝雅の体臭を見逃していなかった。

マスターは腕時計を見て六時きっかりに看板の灯りを点けた。するとまるで開店を待っていたかのように二人の客が入ってきた。一人はグレーのシャツに茶色の革のチョッキを着て、ジーパンに短靴をはいている。どこかカウボーイに似ている。輝雅は恰好いいなあと思った。いま一人はサングラスを掛け、上から下まで黒ずくめである。サラリーマンでないのは明らかだった。とまり木に座った二人にマスターは黙ってビールをついだ。つがれた牡丹雪のような泡のビールを二人は同時にいっきにあけ、

「うまい！　一日に一回、マスターのついだビールを飲まないとおさまりがつかんのや」

と異口同音に言った。

黒ずくめの男が煙草をくわえると、マスターは拳銃式のライターで火を点け、カウボーイの男が煙草をくわえると、今度は外国人女性のグラマーなヌードのライターで火を点けた。グラマーなヌードの女性は口から火を噴いた。

カウンターの下には何十種類ものライターが用意してある。それらの中から客の好みに応じてライターを使うのである。マスターは客の好みを熟知していた。

九時ともなると店は満席になり、立ち飲みしている客も二、三人いた。輝雅は注文に追われながらグラスにビールをつぐと、客と話していたマスターが横目で逐一、輝雅のビールのつぎ方を観察し、うまくいかないときはついだビールを捨てさせ、新しいグラスにビールをつぎ直しさせるのだった。食器を洗っているときもマスターは横目で逐一、観察している。一挙手一投足を注意深く観察しているのである。それがプレッシャーになって輝雅はグラスを落として割ってしまったが、そんなときマスターは、煙草をふかしながら知らんぷりをきめ込んで客と話しているのだった。客が煙草をくわえると輝雅はどのライターを使えばいいのかわからず、いちいちマスターに訊かねばならなかったが、その間に客は自分のマッチで火を点けてしまう。客の煙草に好みのライターで火を点けてやるのが、この店のもうひとつの売りなのである。マスターは渋い顔をした。

営業時間は午後六時から午前零時までと看板に記してある。だが、午前一時になっても、午前二時になっても、客は残っていた。閉店したのは午前三時だった。

「客がいる間は店を閉めるわけにはいかんのや。うちのような小さい店はお客さん次第や」

午前零時には解放されると思っていたが、あと片づけをして店の中二階の汚ない布団にもぐって就寝したのは、明け方に近い午前五時だった。

20

中二階の小さな窓から陽がもれている。輝雅はうっすらと瞼を開けて、薄暗い部屋を見た。低い天井からぶらさがっている裸電球が頭の上に落ちてきそうだった。腕時計を見ると午後一時過ぎである。腹が減っていた。昨日の午後四時頃に夕食をとったきり、何も食べていないのだ。

まず腹ごしらえをして、それから銭湯に行こうと思った。床から立ち上がった輝雅は危うく天井で頭を打つところだった。階段を降りて店の中を通り、外に出ると、暗い洞窟から抜け出したように眩しかった。夜は華やかな歓楽街も昼は厚化粧を落とした女のようだった。軒を並べている薄汚ない店の前にはゴミが散乱していて、まるでゴーストタウンのように人影がない。路地から表通りに出て道頓堀川を渡り、千日前あたりにくると急に人が増え、あちこちに飲食店があった。輝雅は値段を確かめ、安い店を選んで入った。

腹ごしらえをした輝雅は店にもどり、中二階の裸電球を点けてボストンバッグの中身を整理した。下着のシャツとパンツ、靴下二足、それに画用紙、クレヨン、そしてＬＳＴで描いた十数枚の絵。

いまでは懐かしい絵だった。管野、唐沢、広田、武藤の似顔絵もあった。あまり似ていないが、それぞれの特徴を摑んでいた。ハイフォン、サイゴン、沖縄などの風景画もある。大波の中を悠然と泳いでいる鯨、飛び跳ねているイルカの群れ、それらの絵を見ていると潮の匂いがした。部屋の中がゆっくり揺れ、ＬＳＴの居住区にいるようだった。いまにも小川機関長の怒鳴り声が聞えてきそうだった。一年半、東南アジアを航海していたのは夢ではなかったのか？　いまミナミのバーの中二階にいる自分は一体誰なのだろう？　輝雅は時間の中で溶解していく自分の存在を確かめようと無意識にクレヨンで画用紙に絵を描いていた。無数の顔を描き、それを手でこすって塗り潰し、その上にまた無数の顔を描き、手でこすって塗り潰す、それを何度かくり返していくと一つの奇怪な顔が浮き上がってきた。これがいまのおれの顔だ、と輝雅は思った。輝雅はクレヨンを投げ出し、絵をずたずたに引き裂いた。

輝雅は下着類とタオルを持って、マスターから教えられた近くの銭湯に出掛けた。銭湯は店から歩いて五分のところにあった。午後三時から開いている銭湯には三人しかいなかった。

輝雅は番台で石鹸を買い、広い湯舟につかった。一番風呂は気持よかった。湯舟の中で思いきり脚、腰を伸ばして体の筋肉をほぐし、ゆったりとした気分にひたった。それから体を洗い、ついでに汚れているパンツとシャツを洗った。久しぶりの銭湯は、それまでの汚穢《おわい》をきれいに洗い流してくれた。

銭湯を出て店にもどってみると、カウンターの中にマスターの姿が見え、輝雅はどきっとした。何ごとにも几帳面なマスターは、すでに酒の肴の仕込みをしていた。

「ボケーッと突っ立っとらんと、仕込みを手伝え」

と言われて、輝雅はあわてて中二階に上がって濡れたタオルと下着を干して下りてきた。

カウンターの中に入ったが、何をしていいのかわからずマスターの指示を待っていると、ジャガイモ、ニンジン、コンニャクを適当な大きさに切れと言われた。輝雅は野菜をきれいに洗い、言われたとおりに切った。輝雅の包丁さばきを見ていたマスターが、「うまいがな」と誉めてくれた。

LSTに乗船していたとき、さんざん厨房で料理の手伝いをさせられていたので、包丁の使い方を自然に身につけていたのである。

「板前の見習いをやったんか」

「いいえ、ちょっと船に乗ってる間、厨房を手伝ってました」

「船に乗ってた……。ということは船員をやってたんか」

「ええ、まあ、一年半ほど」

「その年で船員になようなれたな」

マスターはあらためて輝雅の顔を見た。

まだどこか、あどけない少年の面影を残している輝雅の顔からは、船員をやっていたとは思えないのだった。

「どんな船に乗ってたんや」

タマネギをみじん切りにしてドレッシングを作りながら、マスターは興味深そうに訊いた。

「LSTに乗ってました」

「LST？　LSTって、米軍の上陸用舟艇のことか」

マスターは少し驚いたように声を上げた。

「そうです」

輝雅は何のためらいもなく答えた。

「ほんまかいな。LSTで航海してたのか」

「はい、横須賀基地から釜山、沖縄、台湾、フィリピン、ヴェトナムを往ったりきたりしてました」

「何を積んでたんや」

「主に軍需物資ですけど、ときには兵員も輸送してました」

「ほう……なんやしらんけど、物騒な仕事やってたんやな」

半信半疑のマスターは、しかしこのときから輝雅を一人前の男としてあつかうようになった。もちろんバーテンとしては新米だが、輝雅の真摯な態度に好感を持つようになった。

とはいえマスターの監視の目はいつも光っていた。ビールのつぎ方が悪いと、あてつけのように客の見ている前で捨てさせ、ビールをつぎ直させる。数種類しかない酒の肴の仕込みにも口うるさく注意し、念には念を入れて作るのである。仕事はキツかったし、口うるさいマスターにうんざりして辞めようと思ったりしたが、マスターから教わることも多かった。

しかし、狭いカウンターの中で肴の仕込みをしたり、客にビールをついだり、何よりも酔った客の機嫌をとりながら話し相手になるのが性に合わなかった。愚にもつかない話にえんえんとつき合わされ、あげくの果ては介抱までしなければならない。客から嫌味を言われても口答えできない悔しさに、胸を掻きむしりたくなることもある。しだいにバーテンはおれには向いていないと思うようになってきた。そう思うと、いっときも店にいられなくなるのだった。

ある日、輝雅は仕込みを手伝っている最中に唐突に、

「店を辞めます」

とマスターに言った。

一秒前まで言うつもりはなかったのだが、瞬間に「店を辞めます」という言葉が口を突いて出ていた。いつ切り出そうかと思いあぐねていたが、言ってしまってから自分でも驚いた。むろんマスターも驚いていた。

「なんでや……？」

豆鉄砲をくらった鳩みたいにマスターは輝雅の気持を測りかねて、

「なにが気に入らんのや？」

と訊いた。

「別に気に入らんことがあるわけやないんですけど、とにかく辞めたいんです」

わけのわからない答弁に、まるで家出をしようとしている息子を見るように、マスターは輝雅を見た。理由などないのだ。とにかくこの狭い空間から飛び出したいのだ。それ以外にどんな理由があるのか。十八歳の若さを閉じ込めておくことはできないのだった。

「わかった」

マスターは諦めるように言った。

「辞めるんやったら、さっさと出ていけ」

マスターは輝雅をカウターの中から追い出した。

後ろめたい気持で輝雅は中二階へ駆け上がり、ボストンバッグを持って降りてくると、

「お世話になりました」

と頭を下げた。

「残りの給料や」

マスターは三千円をカウンターの上に置いた。

素寒貧《すかんぴん》の輝雅にとって三千円はありがたかった。マスターの好意がひしひしと伝わってきた。

「ありがとうございます」

輝雅は礼を述べて三千円を鷲掴みすると逃げるように店を出た。

夜の帳《とばり》に包まれた街は華やいだ灯りに輝いている。

衝動的に辞めたことを輝雅は後悔していなかったが、行く当てもなかった。いつもそうだ。なんとかなるだろうと思って衝動に突き動かされて難渋する。この性分は治らない。誰かが助けてくれるわけでもないのに、何か目に見えない力に翻弄されているような気がするのだった。楽天的といえば楽天的だが、気の向くままに行動していながら、その反面、つねに不安でたまらなかった。何かを必死に求めているのだが、それが何なのかわからないのである。

夜の街を二時間ほど徘徊し、疲れたので飲み屋に入ってビールを飲み、今夜はどこに泊まろうかと思案しながら懐具合を計算した。四千五、六百円ある。天王寺のドヤ街に泊まれば一泊百円ですむが、ミナミの旅館に泊まれば一泊五、六百円はするだろう。店を辞めたものの、すぐまた仕事を探さなければならない。あれこれ考えているうちに道端に寝てもいいのではないかと思えてきた。そう思うと気が楽になり、輝雅は梯子酒をした。そして三軒目の飲み屋を出てふらふら歩いていると、二人の男にからまれた。年の頃は二十歳前後。一人は百六十センチくらいのチビで野球帽をかぶり、いま一人は輝雅と同じくらいの背丈で坊主頭をしている。見るからに、いかにもチンピラという感じだった。

「おまえ、わしに眼《ガン》つけたやろ」

野球帽をかぶったチビが下から輝雅を見上げて威嚇《いかく》した。

「眼《ガン》つけた？　なんのことや？」

実際、輝雅は通行人など見ていなかった。

しかし、いきなりからまれて威嚇された輝雅は本能的に身構えた。ＬＳＴに乗船していたころ、突然先輩から殴られることがよくあったので、輝雅の反射神経は敏感になっていたのだ。

「しらばっくれるな、このガキ！　ちょっとこっちこい！」

今度は背の高い男が輝雅のジャケットの襟を摑んで路地の暗がりへ引きずり込もうとした。その手を払いのけて輝雅は男の顔面に一撃を加えた。輝雅の一撃は男の顎に命中し、つぎの瞬間、男は地面にもんどり打って倒れた。続いて輝雅は下から見上げていたチビの胸を肘《ひじ》で思いきり突く。チビは両手で胸を押さえ、二、三歩あとずさりしてうずくまった。鬱積していた忿懣が一気に爆発して、輝雅がつぎの攻撃を加えようとしたとき、

「ちょっと待ってくれ。すまん、勘ちがいや」

もんどり打って倒れた男が休戦を申し込んだ。

「何が勘ちがいや」

油断させて攻撃してくるかもしれない相手を警戒しながら輝雅は拳を固めた。

「おまえ強いな。相手を間違えた」

唇から流れている血をぬぐいながら背の高い男は起き上がって言った。

肘で胸を突かれたチビはまだうずくまって呻いている。

「一杯おごるさかい仲直りしようや」

その言葉や態度から気さくな印象を受けたが、輝雅は警戒心をゆるめなかった。

うずくまって呻いていたチビがようやく起き上がって、

「痛いがな。瞬間、息がでけへんかった。骨にひび入ったんちがうかな」

と泣きべそをかいた。

「なんのつもりや。いきなり因縁つけてきて」

怒りが収まらない輝雅は相手と距離をとって隙を見せなかった。

「すまん。悪かった。一杯つき合ってくれ。謝るさかい」

背の高い男は両手をひろげて喧嘩の意思がないことを示した。そこで輝雅も握りしめていた拳の力を抜いた。

「おれは海老原忠雄いうんや。こいは小口太郎、チビやけど地獄耳や。ミナミの裏の情報やったら何でも知ってる」

自己紹介した海老原は輝雅が名乗るのを待ったが、輝雅は名乗ろうとはしなかった。

「おまえの名前を聞かせてくれや」

こちらが名前を名乗った以上、輝雅も名乗るのが仁義ではないかというふうに海老原は催促した。

「曾我輝雅や」

輝雅はしぶしぶ名乗ったが、なんでおれが名乗らなあかんのじゃ、と言いたかった。

「このへんでは、あまり見かけん顔やな」

海老原は探りを入れるように言った。

どこへ行くつもりなのか。仲間のいる店へ連れて行かれ、そこでリンチでもされるのではないかと輝雅は内心警戒しながらも、海老原のあとをついて行くのだった。チビの小口は胸を押さえ、脚を引きずっている。

「つい最近まで船に乗ってたんや」

「船？　漁船か」

「ちがう。米軍の艦船や」

「アメリカ海軍の船か」

「そうや」

「凄いな」

海老原は小口を振り返り、本当かな、という目をした。

「ほな、アメリカへ行ってたんか」

足を引きずっている小口は海老原の合図を受けて、信憑性を確かめるように訊いた。

「ちがう。おれはLSTに乗ってたんや」

「LSTってなんや」

好奇心に満ちた小口の目がしばたたいた。

「上陸用舟艇や。横須賀基地を出発して釜山、沖縄、台湾、フィリピン、ヴェトナムへ軍需物資を運んでたんや」

「軍需物資を運んでた？　ほんまかいな」

横須賀や沖縄やフィリピンにアメリカの軍事基地があることさえ知らない海老原と小口にとって、輝雅の話は作り話に思えるのだった。しかし嘘でもなさそうである。自分と同じ年頃の輝雅が米軍の艦艇に乗ってアジアを航海していたとは驚きでもあった。

「喧嘩が強いはずや。船乗りやったさかいな」

脚を引きずっている小口が納得したように言った。

「喧嘩は先手必勝や言うけど、ほんまや。おれも喧嘩に負けたことないけど、今日はやられた」

悔しそうな表情で海老原は、血がにじんでいる唇をぬぐった。

輝雅は小さなスナックに連れて行かれた。カウンターの中に二十四、五歳の男と二十歳くらいの女がいた。女はカウンターのとまり木に座っている三人の客と話している。

唇に血をにじませている海老原の様子を見てカウンターの中の男が顔を曇らせ、

「どないしたんや？」

と訊いた。

「いや、ちょっと……」

海老原は何ごともなかったかのように奥のテーブルに向った。

テーブルの椅子に三人が座るとビールとグラスを運んできた女が怪訝な表情で輝雅を見た。

「おれの妹で、マスターの嫁はんや」

紹介された妹のゆかりは頭をぺこりと下げてビールとグラスを置いてカウンターにもどった。

「マスターは二十五歳でおれより四つ年上やけど、おれは義理の兄になるんや」

海老原は得意そうに言って煙草に火を点けた。

「ところで、おまえは何歳や」

海老原は訊いた。

「二十歳《はたち》や」

輝雅は年を二歳誤魔化した。

「二十歳か。おれより一歳年下やな」

だが、喧嘩で負けている海老原の心境は複雑だった。兄貴風を吹かすわけにもいかず、といって、へり下るわけにもいかない。ここは対等に向き合うしかなかった。

「おれと同じ年や」

小口が言った。

「ところで、なんでおれを暗がりの路地へ連れていこうとしたんや」

いきなり暗がりへ連れ込まれそうになった輝雅の気持がくすぶっていた。

「カツ上げしよう思ったんや」

海老原が薄ら笑いを浮かべた。

「カツ上げ？」

聞いたことはあるが、自分がカツ上げされようとは思ってもいなかった。

「ミナミにはいろんな連中が遊びにきてる。その中には西も東もわからん浮かれた連中も多いんや。そういう奴を脅して金とか時計を巻き上げるんや。今日は勘ちがいしてえらいめにおうたけど、カツ上げは結構、金になるんや。おもろいで。ただし度胸がいる」

海老原は挑発するように言う。

カウンターの中のマスターが輝雅の様子をうかがっている。何かしら怪しげな雰囲気である。表向きはスナックを経営しているが、裏でヤバイことをしているのではないかと輝雅は感じた。

「今夜はおおいに飲もうや、兄弟。なんやったら、今夜は店の二階に泊まってもええで。二階はおれと小口のねぐらや。気がねすることない」

いつしか兄弟と呼ばれ、二階に泊まっていくようすすめられて輝雅は戸惑った。行くあてのない輝雅にとって寝泊まりできる場所があるのは魅力的だった。あとは野となれ山となれだ。どのみち仕事のない輝雅は海老原たちと徒党を組んでカツ上げをやるのも一興だと思った。

「ゆかり、ビールをじゃんじゃん持ってこい。今夜は曾我と義兄弟の盃を交すんや」

喧嘩には負けたが、海老原は気前のいいところを見せて優位に立とうとしている。

ゆかりがビールを三本運んできた。はじめは無愛想だったゆかりも、上機嫌の兄の様子に気を許したのか、愛想笑いを浮かべて輝雅にビールをついだ。

「ゆかりは小学生のとき、おれと同級生やってん。あのころから、ゆかりはきれいやったわ」

小口はやにさがった目でゆかりを見た。

なかなかの美人で、二十歳とは思えない色気を漂わせている。

「こいつはゆかりに惚れてたんやけど、ゆかりは高塚に惚れて一緒になったもんやさかい、こいつはひと晩中、泣いとった」

海老原が茶化すように言った。

「ゆかりはキャバレー『ミス令嬢』のナンバーワンホステスやった。高塚は『ミス令嬢』でバンドマンやってたんやけど、ゆかりが惚れて一緒になったんや。高塚はおとなしい、ええ男や。将来は自分のバンドを作りたいらしい」

　ひとくさり妹のゆかりと高塚との馴れ初めを話して、

「高塚、ちょっとこっちこいや」

　と海老原は、四歳年上の高塚を呼び捨てにした。

　義兄の海老原に呼ばれた高塚はテーブル席にやってきて、丁寧に挨拶した。海老原とはまったく対照的な男だった。

「曾我輝雅、今日から、おれとは兄弟分や。喧嘩強いで。これから面倒見てやってくれ」

　海老原は横柄な態度で輝雅を紹介した。紹介された輝雅は、自分より七歳も年上の高塚の丁寧な挨拶に恐縮して、頭を下げた。

　店にきて五時間以上たつのに五、六人の客がきただけで暇だった。こんなに暇で店の経営はなり立つのだろうかと、いらぬ心配をしていたが、十一時を過ぎた時間から客が二組、三組と入ってきた。いずれもアベックである。中には男一人に女三人という組み合わせもある。女たちはアルバイトサロンやキャバレーに勤めているホステスたちであった。店がひけたあと、客を誘って、この店にきているのだ。酔っぱらってやにさがっている男たちを巧みに誘導しながら、ホステスたちはビール、ハイボール、カクテルをつぎつぎと注文し、中にはすしの出前を頼んだりするものまでいる。ホステスたちの飲み物にアルコール類は入っていない。マスターはアルコールに見せかけた水やお茶を入れて、酔っている男たちの目を誤魔化していた。

ゆかりは抜け目のない目で酔っている男たちを観察し、酔い加減によって適当に勘定をつけていた。そして売上げにしたがってホステスたちにバックマージンを払っていた。ホステスたちは、かつてゆかりがキャバレー『ミス令嬢』に勤めていたときの友達であった。

「カモがネギをしょってくるとはこのことや」

海老原はせせら笑っていた。

なるほど水商売にもいろいろある、と輝雅は妙に感心した。それにもまして女たちの逞しさに脱帽した。

店を閉めたのは午前二時過ぎである。マスターの高塚は黙々と洗い物をしている。ゆかりはカウンターのとまり木に座って煙草をふかしながら、

「お兄ちゃん、ツケがだいぶ溜まってるさかい、そろそろ払《は》ろてや」

と催促した。

「うるさいな。わかっとる。ガメツイ女や」

妹からツケを催促されて海老原は輝雅の手前、恰好がつかず、

「ビール持ってこい！」

と怒鳴った。

妹がビールを持ってくると、

「曾我、金あるか」

海老原は訊くのである。

今日はおれのおごりだと言っていたのに、海老原から「金あるか」と訊かれて、輝雅はあわててポケットからくしゃくしゃの千円札を四枚出した。

そのくしゃくしゃの千円札四枚をゆかりに手渡して、

「とりあえず四千円、渡しとく」

海老原は自分の金のように言った。

ゆかりはにっこりほほえんで四千円を受け取り、洗い物を終えた高塚と腕を組んで、

「ビールを勝手に飲まんといてや」

と釘をさして店を出た。

「げんきんな奴や」

海老原は舌打ちして腰を上げ、カウンターに入って勝手にビールをとってきた。

四千円を出した輝雅のポケットには小銭しか残っていない。泊まるところがない輝雅は、店の二階でざこねするしかなかった。

21

二階に上がってみると六畳の部屋に薄汚ない万年床が二つ並べてあり、片隅に汚れた下着類が山と積まれてあった。ビール、ウィスキーの空瓶、グラス、紙屑が散らかり、一斗缶の中では煙草の吸い殻が腐った悪臭を発していた。ビールやウィスキーをたっぷり含んだ小便を一斗缶に垂れ流しているのだ。輝雅はあまりの悪臭に、思わず吐きそうになった。だが、悪臭になれている海老原と小口は平気だった。

「布団は二つしかないが、なんとか三人寝れるやろ」

そう言って海老原は店から持ってきたビールとウィスキーを枕元に置いて飲むのだった。やがて三人は床に就いたが、三十分もしないうちに輝雅は飛び起きた。疥癬《かいせん》病にでもかかったように輝雅は全身を掻いた。かゆくてかゆくて眠れないのである。ダニに嚙まれているのだ。目に見えないダニに全身たかられているにちがいないと思ったが、防衛策がない。輝雅は全身を掻きまくり、とうとう店に降りてソファで寝ることにした。しかし体のかゆみは止まらなかった。

翌日の午後二時頃、海老原と小口が二階から降りてきた。輝雅はほとんど眠れなかったというのに、彼らは充分睡眠をとっていたのだ。

二人揃ってカウンターの中に入り、塩で歯を磨き、洗顔をすますと、輝雅が横になっているソファの前に座って煙草をふかしながら、海老原は言った。

「曽我、飯でも喰いにいこか。腹へったわ」

睡眠をとっていない輝雅は朦朧とした意識で、

「おまえら、眠れたか。かゆないか」

と訊いた。

「よう寝たわ。もう午後二時やで」

海老原が背筋を伸ばしながら言った。

「おれは眠れなかった。体がかゆうて、かゆうて……」と輝雅は全身を掻きむしった。

「ダニに喰われたんや。せやけど、なれたらどうってことない。飯喰いにいこ」

海老原は平気な顔をして輝雅を急がせた。

海老原にうながされて輝雅は急に空腹を覚えた。なにはともあれ喰うことである。腹を満たしておくことである。輝雅は起き上がってカウンターの中の水道水を頭から浴びた。

外はいまにも雨が降りそうな空模様だった。三人は宗右衛門町の狭い道を横一列に並んで歩いた。前方から歩いてくる通行人を避けようとせず、それどころかわざとはばむように肩をいからせ、のたくりながら歩くので通行人は三人を避けて通るのだった。

店から歩いて五、六分のところにある小さなうどん屋に入った。のれんをくぐって入ると、四十五、六の店の女将がいやな顔をした。

テーブルに着いた海老原に、

「ツケはあかんで。だいぶ溜まってるさかい」

と女将は客のいる前で露骨に言うのである。

「わかってるがな。わしの友達の前で、そんなこと言わんかてええやろ。明日払うさかい」

海老原は壁に貼ってあるメニューを見ながら、女将のいやがらせを意に介さず、

「きつねうどんと他人どんぶりくれや」

と注文して、

「曾我、何注文する?」

と訊いた。

店に入るなり、女将からツケを断れているのに平然と注文する海老原の図々しい神経に、注文していいものかどうか戸惑った。

「心配あれへん。あのおばはんのいつもの口癖や。気にすることない」

脚を組み、煙草に火を点け、海老原は横柄な態度で輝雅に注文をうながした。

「ほな、おれも同じ物を……」

輝雅は気がねしながら小さな声で言った。

「わしは天ぷらうどんでええわ」

チビの小口が厨房にいる女将に大声で注文した。

はたして注文した食事が運ばれてくるのか気が気でない輝雅は、他の客の視線に晒されて肩身の狭い思いをしながら待った。だが、十五分が過ぎても注文した食事は運ばれてこない。

「はよ作ってくれや。腹へってしゃあないんや」

海老原が催促した。

輝雅はいたたまれない気持になって店を出たいと思ったが、海老原と同じく腹がへっていたので屈辱に耐えていた。小口がもの知り顔で新聞を読んでいる。その恰好が輝雅の目には滑稽に映った。

「こいつは、これでも大学一年までいってるんや。インテリなんや。わしは中学しかいっとらんわ」

海老原は唇の端に小口を小馬鹿にしたような笑みを浮かべた。

「新聞を読んどかんと、世の中のことがようわからんようになる。新聞くらい読んどいた方がええで」

そう言うと小口の顔が急に知的になるのだった。

ようやく三人の食事が運ばれてきた。腹を空かした三人は食事にかぶりつき、またたく間にたいらげ、輝雅はもの足りなさそうな表情をした。

「もっと喰うか？」

不満げな輝雅に海老原が訊いた。

「いや、腹一杯や」

輝雅は遠慮した。

満腹になった海老原は満足そうに、

「これで元気も出たし、一発かましたろか」

と、爪楊枝で歯の隙間をほじくりながら不機嫌面の女将をよそに店を出た。

三人は買い物客で賑わっている商店街の通りをぶらぶらと散策した。紳士服店や靴店のウインドーをのぞいたり、通り過ぎる女を振り返って、

「ええケツしてるな。後ろからぶちかましとうなるわ」

と卑猥な笑い声をたてながら、海老原は人混みの中でしきりに何かを物色していた。

そして一人の若い男とすれちがったとき、いきなりその男の腕を摑み、

「おまえ、わしに面切《めん》ったやろ！」

　と因縁をふっかけるやいなや、相手に口を開く間を与えず横道に引きずり込み、外部から見えないように三人で男をかこんだ。なりゆき上、輝雅も手伝わざるを得なかった。

　海老原は男の襟を押さえ、

「刃物を持ってないやろな」

　と男を身体検査するのだった。

「なにするんですか。そんなもん、持ってないですよ」

　突然、いいがかりをつけられた男は怯えきって顔面蒼白になっている。

　身体検査をした海老原は男のズボンの後ろポケットから素早く財布を抜き取り、

「ちょっと金借りとく。あとで返すさかい文句ないやろ」

　と脅迫した。

　体を硬直させて怯えている男は頷いた。これで相手の合意を取りつけたことになるのだった。金を奪った三人は一目散に宗右衛門町界隈の路地裏へ逃げ込み、店にもどった。

　店にもどってソファに腰を下ろした海老原は息をはずませながら、「うまいことといったな」と得意げに笑って奪った金を数えた。

　六千円だった。

「六千円か。昼間はあかんな。今夜、キャバレー『富士』と『美人座』あたりを張り込んで金のありそうな奴を探そ。昨日借りた四千円のうち千円返しとく」

海老原は千円を輝雅に渡し、残りの五千円を小口と分けた。

輝雅は何か途方もないことをやらかしたような気になった。恐喝された男は警察へ訴えるにちがいない。警察はすぐに捜査を始めるだろう。いまにも店へ警察が乗り込んできそうな気がした。一瞬の出来事だったが、加担させられたことをどう弁明すればいいのか。しかも今夜また恐喝をやらかそうと企んでいる。だが、臆病風を吹かしていると見られたくない輝雅は平静を装っていた。

「びびってるんちがうやろな」

輝雅のこころの動揺を探るように海老原は言った。

「いいや、おもろいがな」

実際は動揺していたが、虚勢を張った。

「そうか、ほな今夜、一緒にやろや。曾我が一緒やったらこころ強いわ」

輝雅の内面を見透かすように海老原はにやにやしながら小口にビールを持ってこさせた。海老原は三つのグラスにビールをつぎ乾杯の音頭を取った。仲間からはずれたいと思いながら、その気持とはうらはらに、ずるずると仲間に引きずり込まれていくような気がした。いますぐ海老原と別れて店を出ればよさそうなものだが、行くあてのない輝雅は席を立てなかった。

午後五時に妹夫婦がやってきた。店のソファでふんぞり返ってビールを飲んでいる兄をちらと見て、ゆかりは険悪な表情になったが、同時に諦め顔で、空のビール瓶を数え、さらに二階へ上がって空のビール瓶を持ってくると、それらの数を伝票に記入した。いつものことである。ビールを勝手に飲まないようにいくら注意してものれんに腕押しで、なんの効果もない。あとはできるだけ伝票に記入して請求するしかないのだ。

温厚なマスターの高塚は黙々と仕込みをしている。ゆかりは店の掃除を始めた。

脚を組んでふんぞり返ってる海老原が、

「ゆかり、すしの出前を頼んでくれ」

と言った。

「自分で頼んだらええやろ。うちは忙しいねん」

ゆかりのそっけない返事に海老原は重い腰を上げてカウンターの端にある電話機まで行き、すし屋に電話を入れて五人前を注文した。

「まさかうちに払わせるんとちがうやろな。そんなお金、ないで」

ゆかりは牽制した。

「わしが払ろうたる。心配すんな。いちいち口のうるさい女やで。高塚、おまえようこんな女と暮らしてんな」

なにかにつけてケチをつける妹のゆかりに海老原はうんざりした口調で言った。

「うちらは愛し合ってるもん。兄貴に文句言われる筋合いはないで。ねえ勇」

ゆかりがにっこり微笑して高塚を振り返ると、高塚は照れていた。

すしの出前がきた。海老原が気前よくすし代を支払ったのでゆかりは驚いた。

「すし代が払えるんやったら、店のツケも払ろうて欲しいわ」

そう言いながら、ゆかりは真っ先に取り皿にすしを適当に取って高塚に渡した。気の弱い遠慮がちな高塚の分を確保すると、つぎは自分の分を取り皿に取って食べ始めた。抜け目のない妹に出前のすしを半分も取られた海老原は渋い顔をして、

「ビールくれ」と腹いせのように言った。

ビールを飲みながらすしを食べ、一段落したところへ二組の常連客が入ってきたのを機に海老原たち三人は店を出た。それから海老原は道路を一つ隔てた飲み屋街の中の一軒の店に入った。ジュークボックスから流れる音楽に乗って一組の男女が激しく踊っている。腰を振りながら踊っている女のスカートが輪を描き、それにもまして腰をくねらせている男の動きに輝雅は卑猥な感じを受けた。腰をくねらせて踊っている男を見るのははじめて

だった。

踊っている男女に一瞥をくれて海老原はカウンターに座り、

「オン・ザ・ロック」

と気取った声で注文した。

海老原の隣に小口が座り、その隣に輝雅が座ると、小柄な小口の姿はほとんど見えなくなる。三人は日がな一日、こうして時間をもてあまし、飲み続けながら午後九時になるのを待っていた。腕時計に何度も目を落としていた海老原はようやく席を立ち、

「払っとけ」

と小口に勘定を言いつけて先に外へ出た。ひたすら踊り続けている男女にいささかあきれながら輝雅も外へ出た。

「さて、ひと仕事やろか」

ズボンに両手を突っ込み、背中を丸めて海老原は獲物を探すコヨーテのように夜の街をふらふらと歩いた。街の灯りが揺れている。結構人が出ている。これから何が始まるのかわからない輝雅は、少し酩酊《めいてい》している海老原と小口のあとをついて行った。たぶん恐喝をやるのだろうと思うと緊張した。

海老原はキャバレー『富士』の前の電柱の陰に体をひそめ通行人を物色している。小口と

輝雅は少し離れた建物の陰にたたずみ、海老原の合図を待った。どういう相手を狙っているのか輝雅には皆目わからなかった。小口はときどき通行人から顔をそむけ、あらぬ方向に視線を泳がせながら、それとなく周囲の様子を探っていた。チャンスは一度しかない。

「相手が抵抗したら、どてっ腹に一撃喰らわせてやれ」

小口が低い声で輝雅に言った。

見るからにチンケだが、こういうときは闘争本能をかきたてられるのか、小口の目は鋭くなっていた。

二十分もしたとき、電柱にもたれていた海老原が吸っていた煙草を捨て、吸い殻を靴で踏み潰してゆっくり動いた。海老原の動きに合わせて小口も動き、狙った獲物に近づいたかと思うと体を接触させて小口はわざところんだ。

「何さらすんじゃ!」

ころんだ小口が叫んだ。同時に海老原が相手のスーツの襟を摑み、電柱の陰に引きずり込んだ。起き上がった小口と輝雅が電柱の陰に引きずり込んだ男をかこんだ。

「われ、なめとんのか。おとしまえつけんかい」

どすのきいた声で海老原が男を睨んだ。中年のサラリーマン風の男だった。

「わしが何したいうんや」

理不尽ないいがかりに、男は抵抗した。

輝雅が固めた拳で男のどてっ腹に一撃を加えた。うっと呻いてしゃがもうとする男の上着の襟を摑んでいた海老原が無理矢理男を立たせると、輝雅はふたたびどてっ腹に一撃を加えた。拳に伝わる肉のひしゃげる鈍い感触が兇暴な感情となって全身にひろがった。それは快感でもあった。肉に喰い込んだ拳で内臓をわし摑みにして引きずり出したいという衝動にかられた。

輝雅がいま一度殴ろうとしたとき、

「わかった。やめてくれ。金はやる」

と男は悲愴な声で助けを求めた。

「おまえから金をくれるんやな。わしらは金を要求した覚えないぞ。おまえが金をくれたんや。そういうことやな」

海老原は執拗に念を押して男の上衣の内ポケットから財布を抜き取り、あり金を奪って暗闇の中へ脱兎のように逃げた。

輝雅は逃げるのも速かった。雑踏をぬって路地から路地を逃げる。糞詰まりの路地もあれば迷路のようになっていながら予想もつかない道とつながっている路地もある。路地は自分だけが知っている秘密の通路であり隠れ家でもあった。路地の迷路に逃げ込み、大きく迂回しながら、三人はあるあばら家にきた。このあばら家は五、六年前、六人家族が一家心中したあと買い手がつかず、放置されたまま荒れ放題になっていて「お化け屋敷」と呼ばれている家だった。いまでも夜な夜な霊が彷徨っているという噂があり、誰も近づこうとしない。三人にとって、恰好の隠れ家であった。

すでに何度も利用している海老原と小口は勝手知ったわが家のように壊れた裏口の隙間から内部に忍び込み、マッチの灯りをたよりに部屋に上がると常備してあるロウソクに火を点けた。ロウソクの灯りは四方の壁に三人の影を浮かび上がらせ、いかにも怪しげな、そしていまにも霊が現れそうな薄気味の悪い雰囲気を漂わせた。

「ここは大丈夫や。誰もけえへん」

海老原は声をひそめて言った。

三人は自然にロウソクの灯りに体をよせ合い、互いの顔を確かめた。ほの暗いロウソクの灯りに三人の顔がぼんやり浮かんでいた。まるでお互いが幽霊のようだった。

海老原が奪った金を数えた。八万八千円あった。奪ったとき手ごたえのある厚みを感じたが、これほど大金とは思わなかった。三人の顔に思わず笑みがこぼれた。

「凄い！」

小口の口から驚きの声がもれた。

「あいつはどこかの重役か社長やで」

ほくそえんでいる海老原が八万八千円を三等分した。一人二万九千三百三十三円である。三十三円は切り捨てて一人二万九千三百円にした。久しぶりの大金に輝雅も興奮した。

「曽我の二発は効いたで。あいつ苦しそうな顔してたで」

海老原が輝雅の機敏な反応とパンチ力をたたえた。しかし、殴った拳に相手の肉の感触が残っている輝雅は不安だった。

「警察に訴えるんちがうか」

つい弱音を吐いて不安がっている輝雅に、

「大丈夫、大丈夫、わしらはいままで三十人以上カツ上げしてるけど、カツ上げぐらいで警察は動かへん。ミナミはいま山口組が乗り込んできて南道会と対立してるし、生野《いくの》あたりにいるチョンコーの若い連中がのし上がってきてるし、いつ戦争起こるかわからへん。それに比べたらカツ上げなんか可愛いもんや」

ミナミとキタでは群雄割拠している新興暴力団同士の縄張り争いが激化しており、警察はカツ上げのような事件に人手と時間をさいている場合ではないと海老原は分析しているのである。海老原の鷹揚なご都合主義を鵜呑みにはできないが、なぜか輝雅はひと安心するのだった。しかし、顔を憶えられているのではないかという不安があった。

「人間の記憶なんかええ加減なもんや。わしの両親は十年前に離婚して、どっちも女と男をつくって、どっかへ行ってしもたけど、いまではおとはんの顔もおかはんの顔も忘れてしもた。たぶん道ですれちごうてもわからんやろ」

たとえ相手が憶えていても、こちらがしらを切り通せば相手の記憶は曖昧になってくる、としたり顔で言うのである。輝雅は、そんなものかもしれないと思った。

「お化け屋敷」を出た三人は海老原の妹の店に向った。途中、南道会の組員に出会った。下っぱ組員だが、両手をポケットに突っ込み、亀頭みたいな首を垂れ、貧乏ゆすりをして往来を眺めている。組員の立っているその場所が、縄張りを見張る台座のような場所なのだ。

「ヤバイ……」

海老原が踵を返したとき、

「エビ、ちょっとこい」

と二十四、五になる組員の妙にかん高い声に呼び止められた。

仕方なく海老原は媚を売りながら、

「ご苦労さんです」

とへらへら笑いながら組員に近づいた。

「おまえ、近ごろカツ上げしてるらしいな」

下っぱ組員特有のよたり声で海老原の顔を下から上へ舐めるように見た。

「とんでもない。そんなことしてないですよ」

海老原はへり下って否定した。

「喫茶店『みどり』の従業員がカツ上げしてるとこを見たと言ってた。うちの縄張りでカツ上げしたら、どうなるかわかってるやろな。なんぼ稼いだんや」

証拠もないのに組員は海老原をカツ上げしようとしているのだ。

「そんなことできるわけないでしょう。かんべんして下さいよ」

海老原はしきりにぺこぺこしながら組員の機嫌を取ろうとしている。

「おまえバー『みゆき』に出入りしてるやろ。そこにおまえのボトル入っとるのか」

「いいえ入ってません。今夜、おれの名前でボトルを一本キープしときます」

「そうか、金はちゃんと払っとけよ」

「わかりました」

海老原は頭を下げ、触らぬ神にたたりなしというわけで組員の傍をすり抜けるように通り過ぎた。

「くそったれ！　ゴキブリ野郎！」

組を背景に威張るチンピラやくざに歯ぎしりしながら、

「小口、『みゆき』へ行ってボトル一本入れとけ」

と言った。

バー『みゆき』はチンピラやくざの女が経営している店である。その店にボトルをキープさせ、あとでチンピラやくざが飲むのだ。キープされたボトル代の一部は組に上納し、ウィスキーはチンピラやくざが飲み、一石二鳥の効果がある。

「あんな奴にたかられてたまるか。これからは用心せんと」

せっかくカツ上げした金の一部を巻き上げられて海老原は悔しがった。

「これからは逃げるに限るで。逃げ足やったら、わしらの方が速い」

チンピラやくざにからまれて悔しがっている海老原を見ていると、輝雅は妙に闘争心が湧いてくるのだった。そして通行人たちの中からカツ上げできそうな人間を輝雅は無意識に選別していた。

22

カツ上げで大金をせしめた輝雅は、金がなくなると海老原と小口の三人で街に出て、気の弱そうな男や金のありそうな中高年の男を狙って恐喝していた。多くの場合、相手は怯えて無抵抗で財布を出したが、中には強く抵抗する者もいて、そんなとき輝雅は容赦なく相手を叩きのめした。人間をおとしめる手段として暴力ほど効果的なものはない。しかも暴力には不思議な魔力がある。暴力は人間の精神と肉体に恐怖を刻印することにほかならないが、それは同時に相手の憎悪を引き出すことでもある。相手の憎悪が増幅し、抵抗すればするほど輝雅の暴力もエスカレートするのだった。それは残忍な快楽である。叩きのめし、這いつくばらせ、助けてくれ、と哀願する相手をさらに追撃したときの残忍な快楽はセックス以上の戦慄をともない、エクスタシーとなって輝雅の全身を貫くのだった。

「曾我、ちょっとやり過ぎやで。手かげんせんと、あとで面倒なことになる」

輝雅の過剰な暴力にさすがの海老原も注意した。

「歯向うてくる奴は容赦せえへん」

暴力を振るったあとの輝雅の目は血走っていた。ときには制止している海老原を殴りかねない形相をしていた。

「もし警察に捕まったとき、言いわけでけへん」

脅したり、立ちふさがるという補助的な役割をして暴力を振るったことのない小口は、しだいに過激になってくる輝雅に畏怖を覚えた。

「ポリ公に捕まってたまるか！　ポリ公に捕まるのが怖いんやったら、カツ上げなんかやらんほうがええ。せやけど、おれは一人でもやるで」

いつしか海老原と輝雅の立場は逆転して、輝雅が主導権を握るようになっていた。それまでは海老原が輝雅より一歩先を歩いていたが、いまでは輝雅が海老原より一歩先を歩いている。そして輝雅が主導権を握るようになってからは昼間のカツ上げは避け、夜の盛り場を中心に暴力団組員の監視の目を尻目にカツ上げを続けていた。多いときは一晩に二回、三回と犯行をくり返した。暴力団組員の目からすれば賭場荒しに近い行為である。だが、輝雅は平気だった。所詮、チンピラはチンピラであると思った。

道端で縄張りを見張っている組員に至近距離まで近づき、

「おはようございます」

と挨拶すると、

「おい、ちょっとこっちこい」

と呼び止められる。

「なんですか?」

呼び止められた輝雅は組員を小馬鹿にしたような顔付きで逃げる姿勢になるのだった。

「こっちこい言うてるんじゃ! 舐めやがって!」

組員が怒声を上げると同時に輝雅は逃げ出す。組員があとを追ってくるが、駿足の輝雅にはとうてい追いつけなかった。盛り場の裏通りを知りつくしている輝雅は、まるで組員をおちょくるように路地から路地をぬうように逃げて行く。

「くそ、今度とっ捕まえたら、ただではおかんさかいな！　覚えとれ！」

悔しまぎれに地団駄を踏んで、罵声を浴びせる組員を尻目に輝雅はせせら笑いながら逃げて行く。

「曾我、いつかとっ捕まったら、ただではすまんで。この前、わしと小口が組員の矢代にどされて、ショバ代出せ言われて一万円も取られた。組員には頭、下げといた方がええで」

輝雅のとばっちりを受けて、海老原と小口は組員の矢代から搾《しぼ》られていた。

「なんであいつにショバ代払わなあかんのや。わしらは体張っとるんや。あんなチンピラの言いなりになってたまるか。逃げるが勝ちや。わしらから小遣い銭をせびろうとしてるしみったれたチンピラなんか怖がっててカツ上げなんかやってられるか。ミナミでは生きていけん」

あくまでも強気の輝雅は妥協しようとしない。それどころか、今後、絶対に金を出すなと厳命した。

「そない言うけど、事務所に連れていかれてヤキ入れられたら、どないすんねん」

小心で臆病な小口は泣きごとを並べるのだった。

「せやさかい、逃げるが勝ちや言うてるやろ」

「わしはチビやさかい逃げ足が遅いんや」

「アホ、窮鼠《きゅうそ》猫を嚙む言うやろ。必死に抵抗したら相手も手出さんようになる。こっちも根性あるとこ見せてやるんじゃ」

輝雅の言う通り、チンピラ組員に上前をはねられていたら、なんのために危険な橋を渡ってカツ上げをしているのかわからない。

「わかった。これからはわしも逃げるわ。おまえも脚を鍛えとけ」

海老原は輝雅に同意して小口に引導を渡した。

それからというもの、三人はチンピラ組員に出会うと脱兎のごとく逃げた。まるでモグラ叩きをしているような追いつ追われつのゲームがしばらく続いたが、逃げ足の速い三人を摑まえることはできず、そのうちチンピラ組員は追うのをやめた。一人で三人を追うのは無理だった。かといって他の組員の応援を頼むほど重大な問題ではないのである。それよりミナミへ進出してきている生野界隈の朝鮮人の若手グループとの対立の方がはるかに深刻であった。噂では彼らのグループは百人以上の組織にふくれあがり、ミナミをのし歩いているとのことだった。実際、縄張りを見張っていた矢代は、五、六人のグループにとり囲まれてリンチを受け、怯えていた。輝雅たちを追っ駆けている場合ではなかった。

ある日、海老原の妹の店に一人の中年男が入ってきた。ポマードをたっぷりつけた髪を七・三に分け、グレーの縞のダブルのスーツに赤いネクタイを締めて、黒のエナメルの靴をはき、いかにもダンディを気どっていた。カウンターで飲んでいた輝雅の隣に黙って腰を下ろし、ビールを注文すると煙草に火を点け、小指を立ててふかした。いちげんの気障《きざ》な客だった。

「気持悪い奴やな。これとちがうか」

海老原が輝雅の耳元で呟き、手の甲を口にあてた。見るからに仕草や体つきがオカマっぽい感じがする。輝雅は首筋のあたりがむずがゆくなって掻いた。

しばらくすると男は輝雅に話し掛けた。

「あなたは曾我さんでしょ」

見ず知らずの男に名前を言われて輝雅はどきっとした。

「そうです」

輝雅は思わず男を見た。

男は相好を崩し、八の字の口髭を人差し指で撫で、

「ちょっと話がありますす」

と、いかにも秘密めいた低い声で言う。

「話？　なんの話や？」

男の秘密めかした低い声に輝雅は内心どぎまぎした。組員だろうか、それとも刑事だろうか。容姿から推察する限りどちらともちがう。

「すみませんが、ちょっと外で話できませんか」

鄭重な口調だがひと癖もふた癖もありそうな正体不明の男は、輝雅を誘った。

輝雅は海老原と小口を振り返った。海老原の目が男の誘いに乗るなと言っている。

「ここで話してくれ」

と輝雅が言った。

「ここではちょっと……二人だけで話したい」

男の淫靡《いんび》な唇が意味ありげだった。

好奇心の強い輝雅は、

「わかった。外に出よ」

と男の要請を受け入れて腰を上げた。海老原をはじめ小口とゆかりも心配そうに輝雅を見送った。

外に出た男は輝雅の猜疑心を払拭するように、

「わたしは怪しい者ではありません。あなたは腕っぷしも強いし、度胸もある。そこを見込んで相談があるんですわ」

　と思わせぶりな台詞を述べると先に歩きだした。

　どこへ連れて行こうとするのか、輝雅は警戒しながらも男のあとをついて行った。御堂筋に出た男はタクシーを拾って梅田方面に走らせ、肥後橋あたりで降りた。そして扉の両側に大きな狛犬《こまいぬ》が飾ってある立派な構えの中華飯店に入った。客はまばらだったが、店に入ると黒のスーツに蝶ネクタイをしたマネージャーが男にうやうやしく挨拶をした。その挨拶を鷹揚に受けて、男は二階に上がり、個室に入った。いったい何者だろう？　輝雅の好奇心はますますつのるのだった。

　個室に入った男は輝雅に椅子をすすめ、

「食事でもしますか」

　と訊いた。

「いや、いいです」

　本当は空腹だったが輝雅は男の陥穽《かんせい》に落ちるまいと思って遠慮した。

「ではビールでも飲みましょう」

　男はビールと前菜をマネージャーに注文した。それから煙草に火を点け、小指を立てて一服すると、

「自己紹介するのが遅れてすみません。わたしは車光民と言います。中国人です」

と言った。ほとんど訛りのない日本語だったが、どこか日本人らしからぬ印象を受けていた輝雅は納得した。

マネージャーが運んできたビールを車光民からつがれて、輝雅はなぜか恐縮した。この不可解で怪しげな男に、十八歳の輝雅は押され気味だった。

輝雅はビールをひと口飲み、男の雰囲気に左右されまいと気負いながら、

「話って、なんですか？」

と訊いた。

「わたしはあんたを見込んで話しますが、もしわたしの話に興味がなければ黙って店を出て下さい。そしてわたしの話は忘れて下さい。もちろん他言をしないで下さい。あんたの仲間たちにも。約束できますか」

唇に笑みを絶やさなかった男の目が急に厳しくなった。それは輝雅を試そうとしている目だった。

「わかりました。約束します」

輝雅は何を聞かされても驚くまいと腹をくくった。

すると男は上衣の内ポケットから小さな袋を取り出し、その中身をテーブルの上に並べた。

宝石類である。ルビー、サファイア、翡翠《ひすい》、オパール、そしてダイヤ等々の指輪が十五点。さらにワイシャツのボタンをはずし、腹巻から二十個の腕時計を取り出した。ロレックス、オーデマ・ピゲ等、いずれも外国製の高級腕時計である。宝飾品類など見たこともないし、まったく興味のない十八歳の輝雅に、それらの価値がわかるはずもない。だが、金や白金やダイヤで飾られているそれらの品々に、輝雅は何かしら非常に魅惑的なものを感じた。

驚いている輝雅の様子を瞥見しながら車光民は言った。

「これらはすべて密輸品だ」

こともなげに言う車光民の言葉の真意がどこにあるのか知る由もない輝雅は、その時点で秘密を共有させられたのだった。

「なんでぼくに、こんなものを見せるんですか」

他言しないことを約束させられて秘密を見せられた輝雅は、まんまと男の陥穽にはめられたような気がした。

「あんたのことは調べた。じつは組員の矢代はわれわれの仲間だ。表向きは暴力団組員だが、実際はわれわれの仲間なのだ。本名は白奉天。中国人だ。彼がわれわれにあんたをすすめた。われわれは暴力団とは取引きをしない。暴力団と取引きすると、のちのち必ず問題が起こる。力ずくでわれわれの仕事を横取りしようとする。以前そういうことがあって混乱をきたし、それ以来、暴力団とは取引きしないことにしている。われわれは暴力団ではない。商売人です。わかりますか。

窃盗品、横領品、金融品など、陽の目を見ない品物を安く買って安く売っているのです。多少危険はともなうが、われわれはその危険手当をもらっているのです。売る方も買う方も損はしない」

変な理屈だが妙な説得力があった。しかし、われわれとはいったい何なのか。たぶん密輸のシンジケートにちがいないのだ。商売人だと主張しているが、ただの商売人でないのは明らかであった。

「どうです、売ってみる気はないですか。儲かりますよ」

迷っている輝雅の心の隙を突くように車光民は細い目でじっと見つめた。そして決断しかねている輝雅に車光民は言った。

「こうしましょう。宗右衛門町のはずれに開店休業している小さなカウンターバーがある。そのバーをあんたに提供しよう。あんたはそのバーを根城に品物を売るのです。あんたの仲間と一緒に」

仲間にも秘密にするように命じておきながら、今度は仲間と一緒にやれと言う。どこまで信じていいのかわからない。断ることもできたが、断ればおそらく別の圧力を掛けてくるにちがいなかった。秘密を共有させられたときから逃げ道は封じ込まれていたのだ。しかし考え方を変えれば悪くない話かもしれない。カツ上げをいつまでも続けるわけにはいかないのだ。店の経営をまかせてくれるという条件ならやってみる価値はあるのではないか。輝雅の気持は動いた。

「わかった。やってみる。そのかわり店の経営はおれたちにまかせてくれ。家賃はちゃんと払う」

車光民はほくそえんだ。

「もちろん店の経営はあんたにまかせる。あんたがマスターだ」

話が決まると輝雅はビールを飲み、前菜を口一杯にほおばってたいらげた。

「で、いつから始めるんですか」

前菜をたいらげた輝雅は闘志が湧いてきた。

「これから一緒に店を見に行こう。たぶん気に入ると思う」

「ええっ、これから店を見に行くんですか」

何から何まで急である。

空いている店があるというので、店の家主と契約を結び開店できるまでには、少なくとも一週間や十日はかかるだろうと思っていたが、これから店を見に行こう、ということは、車光民の店ではないのか。輝雅は半信半疑でとにかく従うことにした。

「一つだけ言っておく。この中華飯店には二度とくるな。この店はわれわれとまったく関係ない。さっきのマネージャーも、もういない」

個室を出ると女子店員が三人いるだけで、先程のマネージャーの姿は見当らなかった。マネージャーの服装をしていたが、マネージャーではなかったのか。

車光民はレジで伝票を精算して外に出るとタクシーを停めた。着いたところは大丸デパートの前あたりの道路を入って二、三回道を曲った場所で、宗右衛門町とはかなり離れている。商店街というより普通の家屋の間に喫茶店や食堂、衣料品店、米屋などがあり、その隙間に間口一間半の灯りの点いていないバーらしき店があった。軒に『バー上海』という小さな看板が掛かっている。

車光民はポケットから鍵を取り出してドアを開けて店に入り、灯りを点けた。十二、三人座れるカウンターバーである。店は古いがカウンターや椅子はしっかりしていて、壁も天井も手を加える必要はなかった。

「半年ほど営業していないが、掃除をすれば見栄えはよくなる」

車光民はトイレの横の階段を上がって二階の部屋に案内した。六畳ひと間だが三人が寝起きするのに不自由はなかった。

「ここがあんたの根城だ。気に入ったか」

「はい、気に入りました」

輝雅は素直に答えた。

この先、危険な橋を渡ることになるのかもしれないが、とりあえず小さな店のマスターになれることに輝雅は満足した。

「わたしはあんたを信頼しているので監視したりはしない。そのかわりあんたもわたしを裏切らないように。もし誤魔化したり嘘をつくと容赦しない。そのことを忘れないように」

車光民は釘をさし、懐から一枚の紙片を出した。

「この紙には宝飾品類や腕時計の売り値を記号で表記してある。たとえばA－3は翡翠で十六万円、相場は四十万円する。B－2は〇・七キャラットの指輪で相場は二十万円するが、七万円」

指輪や腕時計のベルトには紙片と対応する記号が表記してある小さな細い和紙が巻いてあった。

「この記号の表記を必ず憶えておくこと。もしわからないときは、この表を参照して値段を間違わないようにすること。あんたの取り分は売り値の二十パーセント。ただし売り値を誤魔化して高く売ったりすると、すぐこの店から出てもらう。店の家賃は一ヶ月一万二千円だ。

三ヶ月滞納すると店を出てもらう。それがわれわれの決まりだ」

ポマードをつけて髪を七・三に分けている車光民の紳士的な顔に一瞬、冷酷な影がよぎった。

「一つだけ訊いていいですか」

「なんだ」

「品物は全部本物ですか」

「すべて本物だ。その点、買った客から訴えられることはない。本物か贋物《にせもの》かはわれわれが厳重にチェックしている。問題は暴力団や警察にかぎつけられないことだ」

車光民の背後には中国と日本を股にかけた大きな組織があるにちがいない。輝雅には想像もつかない闇の世界だ。車光民から説明を受けているうちに、輝雅は軽率だったかもしれないと後悔めいた気持になったが、鍵を手渡されて、そんな不安はふっきれた。

「鍵はあんたに渡しておく。明日掃除をして、あさってから開店できるようにしておくんだ。酒代やつり銭として三万円預けておく。もちろん今月中に返してもらう」

車光民は鍵と千円札を三万円分数えて輝雅に手渡した。

今日会ったばかりの正体不明の男から宝石類や高級腕時計の密売を持ちかけられ、カウンターバーの経営を一任されて、輝雅は夢でも見ているような感じだった。海老原や小口は信用するだろうかと思った。

　店の前で車光民と別れた輝雅は海老原の妹の店に向って早足で歩いた。途中、いつもの場所で見張り番をしている組員の矢代に出会った。普段なら呼び止められ、追ってくるはずだが、今夜の矢代は妙に親しみのある目つきで輝雅を見過ごすのである。

『やっぱり、あの男の言うてることはほんまかな……』

　矢代は暴力団組員を装っているが、じつは密輸グループの仲間で中国人であると言っていた車光民の話に信憑性がともなってきた。

　海老原の妹の店『路地裏』に帰ると、みんなが心配して待っていた。

「長かったな、心配したで。オカマ掘られてるんちがうか思うた」

　かなり酔っている海老原が卑猥な笑みを浮かべた。

「ほんまや。あのオッサン、ちょっとオカマっぽかったからな」

　チビの小口も酔っている。額のあたりがてかてかしているが、二十歳の若さで禿げだしているのだ。

「なんの話やったん？」

　ゆかりは興味しんしんである。

「こみ入った話や。あとで海老原と小口にだけ話したる」

秘密めいた輝雅の態度にみんなの好奇心はさらにつのった。

「相手は暴力団？　それとも何者やの？」

ゆかりが執拗に探ろうとする。

「暴力団とは関係ない」

「ほな、なんやの？」

「明日話したる」

輝雅は店にいる他の客を気にしていた。

「じれったいわ。いま話してくれてもええやんか」

輝雅のもったいぶった口ぶりにゆかりはいらいらした。

「ほな、店が終ってから話したる」

輝雅の意図をやっと理解したゆかりは口をつぐむために煙草をふかした。

酔い潰れてカウンターにうつ伏せている客を追い出して閉店したのは午前三時だった。表の看板の灯りを消し、ドアの鍵をおろし、後片付けを夫の高塚にまかせ、ゆかりはソファに座っている輝雅の隣にきて、

「客はみんな帰ったし、何の話やったんか聞かせて」

まるでお伽噺か冒険物語を聞きたいとせがんでいる子供みたいに、ゆかりは目を輝かせた。

海老原と小口も、酔った目をすえて耳をそばだてた。高塚は一人で洗い物をしている。

輝雅は男に連れられて肥後橋あたりの中華飯店に行ったこと、そこで密輸品の宝石類や高級腕時計を見せられ、密売に協力するよう要請され、引き受けたことなどを話した。

「ほんまかいな。密売を手伝うことにしたのか。なんで引き受けたんや。ヤバイで。捕まったら実刑くうで。わしはようせん」

酔っているが意識だけはまだはっきりしている海老原は反対した。

「ほな訊くけど、カツ上げはヤバないんか。いつまでカツ上げを続けるつもりや。わしも考えた。考えた末、短期間に密売でひと儲けして、さっとやめるのが得策や思たんじゃ」

「そんなうまいことといくかい。カツ上げはいつでもやめられる。せやけど密売はそう簡単にやめられんで。背後にいる組織が、そう簡単にやめさせてくれるわけないやろ。おまえは甘い」

海老原から甘いと批判されて輝雅は最後の切り札を出した。

「じつは店が持てるんや。わしらの店や。明日からでも開店できる。カウンターバーやけど内装も悪くない。その店でわしらは好きなことできるんや。店の二階に六畳の部屋がある。わしらの根城になる。ちょっと見てみるか」

輝雅はポケットから店の鍵と三万円分の札束を取り出して見せびらかした。

23

鍵と、千円札で三万円の札束を見せられて、みんなの目の色が変った。

「いまから、その店、見れるんか」

一番懐疑的だった海老原が言った。

「見れる。ここから五分くらい歩いたとこや。行って見るか」

輝雅は一人ひとりの表情を確かめた。

みんなは暗示にでもかかったように、うん、と頷いた。

「よし、ほな、これからみんなでいこ」

輝雅が立ち上がると、

「ちょっと待って。うちの人も一緒に行くから」

とゆかりは洗い物をしている夫の高塚を急かせた。

店を出た五人は、カウンターバー『上海』に向って歩いた。午前三時過ぎともなると宗右衛門町界隈の店も灯りが消え、人通りはほとんどなかった。普通の家屋や商店の間にある『上海』は、輝雅が「ここや」と言うまでわからなかった。

薄汚れた店を見た海老原が、

「こんなとこに客がくるんかな」

と言った。

「店を開けて、看板の灯りを点けたら客はくる。おまえらも客を連れてくるんや」

いまやリーダー格になった輝雅は命令口調で言った。

ドアの鍵を開けて店に入った輝雅は灯りを点けた。あとから入ってきた四人は店内を見渡し、

「ええ店やな」

と海老原が言った。

天井には太い梁が四本渡してあり、洒落《しゃれ》た照明器具がとりつけてある。

「大理石のカウンターやんか」

ゆかりが嫉妬にも似たうらやましそうな声で言うと、大理石の冷たい感触を味わうかのように撫でるのだった。

「長いこと閉店してたさかい汚れてるけど、掃除したらええ店になるで」

輝雅はまるで自分の店ででもあるかのように自慢した。

「明日掃除して、明後日《あさって》から開店や。ぴかぴかに磨けよ」

気分はすでにオーナーだった。

「密売はやらんと、店だけやらせてくれへんかな」

と小口が都合のいいことを言う。

「そらあかん。密売が条件や。店は密売やるための隠れ蓑や」

輝雅も小口と同じ気持だったが、それは受け入れられるはずはなかった。

「よし、やったる。この店でひと儲けして、外車のビュイック買《こ》うて、御堂筋をふっ飛ばしたる。女の子はよりどり、みどりやで」

夢は大きく膨らみ、明日にでも大金がころがり込んできそうな口調で海老原は鼻腔を膨らませた。

「おれはジープ買う。ジープは四輪駆動やさかい階段でも昇れるんや」

小口は海老原に対抗するように言った。

「おれは船を買う。船を買うてアメリカへ行くんや」

輝雅の瞳は遠くを見つめていた。すると潮の匂いが漂ってくるのだった。一年半、大海原を航海していた情景が脳裏をよぎり、懐かしさがこみ上げてきた。もう一度、船に乗りたいという強い思いが輝雅をかりたてた。

「アホなこと言わんとき。警察に捕まらんよう、せいぜい気をつけることや。いつまで続くのか見ものやわ」

とらぬ狸の皮算用をしている能天気な三人のはしゃぎぶりに、ゆかりはあきれていた。

翌日、三人はバケツ、帚《ほうき》、埃《ほこり》叩き、布巾五枚、雑巾五枚を買って『上海』にやってきた。

そしてドアと窓を開放し、まず帚で天井の埃を落とすことにした。海老原が小口を肩車して天井の埃を落とそうとしたが届かなかった。見た目より天井は高かった。

「柄の長い帚を買うてこい」

と海老原が小口を金物店に走らせた。

「あいつはチビやさかい床を拭かせた方がええで」

輝雅が言った。

海老原は柄の長い帚で天井の埃を落とし、天井から埃の落ちた床を、小口が雑巾で何度も拭かせられた。輝雅は看板や店内の照明器具をはずして水洗いし、棚に並べてある埃をかぶった酒類の瓶も水洗いした。

「酒瓶を水洗いしたら瓶の中に水が入るやろ」

と海老原が注意した。

「栓がしてあるさかい大丈夫や。ちょっとくらい水が入ってもわからへん」

水洗いした瓶は照明灯を反射して、きらきらと輝いた。

「みてみい、きれいやろ」

輝雅は得意そうに言って瓶を布巾で磨いた。

グラス類も揃っていた。

二階も掃除し、ゆかりの店にある、二年以上、万年床にしていた垢まみれの布団を廃棄して新しい布団を三人分購入した。問題は預かっていた三万円を半分以上使ったことである。つり銭は用意しておく必要があった。

「しゃあない。当分ビールとウィスキーはゆかりに頼むしかない」

海老原が電話でゆかりに頼むと、ゆかりはさんざん文句を言ってしぶしぶ諒承した。

五時間をかけて掃除が終ったところへ、時間を見計らったかのように車光民が現れた。

掃除した店内を見渡し、

「ほおー、きれいになったな。まるで新しい店みたいや」

と感心した。

「徹底的に掃除しました」

輝雅は誇らしげに言った。

「これなら明日から商売ができる」

車光民はとまり木に腰を下ろし煙草を口にくわえると、小口が素早くマッチをすった。

その火で煙草を一服ふかした車光民は懐《ふところ》と腹巻きからガーゼに包んである宝飾類と高級腕時計を取り出し、カウンターの上に並べた。

「凄い！」

はじめて見る宝飾類と高級腕時計に海老原と小口は感嘆の声を上げた。

「品物は預けておく。これは目録や。この書類にサインしてくれ。一つでも売れたら電話するように。すぐに追加する」

そう言って車光民は品物と一覧表を念入りにチェックして輝雅に手渡した。そして車光民はカウンターの中へつかつかと入ってきてシンクの下の排管が通っている扉を開けた。

「この排管の繋《つな》ぎは外から見るとわからないが二重になってる。裏側の縦に入っているピンを抜くと、外側の排管がはずれる。この排管に品物を入れて隠しておけ。警察や暴力団に踏み込まれても品物は見つからない。君たちの誰かがゲロしない限り……」

車光民は三人の顔を一人ずつ凝視した。ぞっとする冷たい目だった。

「おれたちはゲロなんかしないです」

車光民に睨まれて立ちすくんでいる輝雅が言った。

「それではくれぐれも気をつけて。まず相手を確かめることや。信用できるかどうか。一週間後に様子を見にくる」

車光民はすっくと立ち上がってズボンの皺をのばすと大股で店を出た。

「気色悪いオッサンやで。おれを睨んでんのか、曾我を睨んでんのかわからんような目付きをしてる」

車光民のしばりから解放されてほっとしている海老原が言った。

「中国人はみんなああいう目付きをしてる。疑り深いんや」

車光民の鋭い視線を避けてうつむきかげんになって輝雅と海老原の間に隠れるようにしていた小口が、知ったかぶりをするのだった。

「しかし、ええ時計やな」

海老原はロレックスの時計を取って腕にはめてみた。

「重いなあ。貫禄があるわ」

海老原は腕にはめたロレックスを壁の鏡に映して腕をのばしたり下げたり、いろんなポーズをつくって見とれていたが、

「まず、おれが買おか」

と言いだした。

「アホか。金もないのに、何考えてるんじゃ」

あきれている輝雅に、

「分割で払う。それやったらええやろ」

と海老原はねだるのである。

「あかん。おまえがそんな高級腕時計をはめてたら、みんなから疑われる。密売してることがすぐにばれる」

輝雅は海老原の腕からロレックスをはずしてガーゼに包むと、宝飾類と一緒に排管のなかに隠した。

「一つだけ言うとく。品物はおれ以外、誰も触るな。そないせんと、けじめがつかん。わしらは品物に絶対手え出したらあかん。それが鉄則や」

今度は輝雅に睨まれて二人は畏縮した。

夜になると三人は棚に並べてある酒類の中から古くなっているウィスキーやバーボンを片づけるという名目で飲み、今後の店の運営や密売方法について話し合った。

翌日、三人は昼過ぎから友人、知人に電話を掛けまくった。ミナミにきてまだ日の浅い輝雅には友人、知人があまりいなかったが、ガキの頃からミナミで遊んでいる海老原と小口には友人、知人が結構いたのである。

開店時刻間際に、ゆかりに頼んでいた酒類が運ばれてきた。はたして客はくるのかこないのか。輝雅はわくわくしていた。開店祝いの花が二つ贈られてきた。一つはスナック『路地裏』から。いま一つは名前が入っていなかった。たぶん車光民からではないかと思われた。

開店して間もなく、三人から電話を受けた客が二人、三人とやってきた。海老原の妹のゆかりも二人の女友達を連れて開店祝いに駆けつけた。日頃、ぐうたらな兄の海老原をくそみそにけなしていたが、兄思いの妹であった。店は満席になり、とまり木に座れない四、五人の客が立ち飲みしていた。カウンターの中に入っている輝雅と小口は注文に追われて客と会話を交わす間もなかったが、海老原はゆかりが連れてきた女友達と愉快そうに話し合っていた。

「海老原、仕事忘れてるんちがうやろな」

一人だけ楽しんでいる海老原に腹をたて、輝雅が怒鳴った。

「わかってるがな。そうあわてるな。わしは着々と布石を打ってる」

海老原はにやにやしながら女友達の腰に腕をまわし、耳元で囁いていた。

あけみという女友達がくすくす笑っている。やがて海老原とあけみは外へ出た。

「このくそ忙しいときに女としけ込みやがって。頭にきた」

輝雅は洗い物をしている小口に八つ当りした。

「あいつは女に手が早いさかいな。病気や」

海老原の女癖を知っている小口も渋い顔をした。

二時間もすると潮が引いたように客は帰り、一人の客もいなくなった。そして輝雅と小口があと片づけをしているところへ海老原が帰ってきた。

「どこ行ってたんじゃ。女とホテルでいちゃついてたんか」

輝雅はいまにも洗っているグラスを投げつけそうな形相をしている。

「ちがう、ちがう。喫茶店であけみを口説いてたんや。あいつの親は金持やさかい、指輪と時計を買わへんか、いうて口説いてたんや。明日の昼過ぎ、おかはんと一緒に店くる言うてた」

「ほんまか」

「ほんまや」

「もし、こなんだらどないする」

海老原を信用できない輝雅は迫った。

「絶対にくる。もし、こなんだらおれはこの商売から手引く」

嘘でもなさそうなので言い過ぎたと思い、

「わかった。明日の昼過ぎ、あけみが親を連れてきたら、おれが謝る」

と輝雅は平静をとりもどした。

その日は店を午後十一時に閉めて三人はスナック『路地裏』へ赴いた。もちろん宝飾類と時計を持って。十一時にクラブやキャバレーが引けたあと、客を誘って『路地裏』へやってくるホステスたちに売りつけるためである。

『路地裏』のドアを開けて入ると、紫煙と化粧のにおいがたち込めていた。すでに四人のホステスと五人の男性客がカウンターに向って飲んでいた。

店に入った三人は空いているボックスに陣取り、とまり木に座っているホステスたちのお尻を鑑賞しながら、ゆかりがビールを運んでくるのを待った。

ビールを運んできたゆかりが、

「ちょっと待ってね、なぎさを呼ぶから」

と、とまり木に座って客と話しているなぎさに声を掛けた。

ゆかりとは事前に話し合って『路地裏』の客に品物を売った場合、五パーセントのマージンを渡すことになっている。

ゆかりから声を掛けられたなぎさは、ボックスにきて海老原の隣に座った。

「なぎさちゃんは、ますます色っぽくなってきたな」

にやけた顔の海老原が猫撫で声でなぎさの肩に腕をまわした。

「うちを口説くつもり？　なんぼ口説いてもあかん。あんたはうちの好みとちがうねん」

肩にまわしていた海老原の腕をはずし、なぎさは冷たくあしらった。

「そやないねん。誤解せんといてくれ。今日はなぎさちゃんに見てほしいもんがあるんや」

向いに座っていた輝雅が懐からガーゼに包んだ宝飾類と腕時計を出してテーブルの上に置いた。その美しい輝きになぎさは思わず見とれた。

「きれいやわあ……」

なぎさは手を伸ばしてダイヤで囲まれたルビーの指輪を取り、眩しそうに眺めていたが、左手の指にはめてうっとりした。

「これもはめてみ」

海老原はすかさずダイヤの指輪をすすめた。

するとなぎさはダイヤの指輪を右手にはめて両手をかざし、見比べた。そして指輪をつぎつぎとはめ替えるのだった。

「安くしとくで。店で買う値段の三分の一くらいにしとく」

秘密でも打ち明けるように海老原は額を近づけて小声で言った。

「ほんま？　あんたの言うことは信用でけへんわ」

カツ上げをしたり、女のひもになったり、日頃からまったく信用のない海老原の真面目くさった真剣な顔が、かえってなぎさを疑心暗鬼にさせるのだった。

「なんでしたら気に入った品物を持ち帰って、質屋で本物か偽物か、値段はいくらくらいするのか確かめて下さい。そのうえで納得したら買って下さい」

輝雅のシャイな言葉遣いと態度になぎさはしばらく指輪を見つめていたが、

「質屋で訊いてもいいんですか」

と訊ねた。

「いいです。質屋で訊いてみて下さい。自信があります」

太っ腹なところを見せて輝雅は悠然と構えた。しかし、内心は不安だった。輝雅自身、品物の価値を確かめていなかったからである。

なぎさはダイヤに囲まれたルビーの指輪が気に入ったらしく何度も照明灯にかざして眺めた。照明の光を反射したダイヤとピンク色のルビーは変幻自在に輝き、なぎさを魅了した。だが、迷っている様子だった。店で買えば四十万円はする品物が十二万円という破格の安さであっても、彼女の収入からするときわめて大きな額であった。

「もし……」

と輝雅は迷っているなぎさの目を見て言った。

「あなたの友達か知り合いに品物を売ってくれたら、五パーセント渡します」

輝雅の提案に驚いたのは海老原と小口である。なぎさの関係者といえども、ゆかりを仲介にしている限り、ゆかりとの約束を守らなければならない。そうすると十パーセントの仲介料を払うことになり、自分たちの取り分は十パーセントしかない。しかし、いったん口に出した以上、ひるがえすわけにはいかなかった。海老原と小口はなぎさの反応を見守った。

なぎさは興味を示し、

「じゃあ、とにかくこの指輪は預かってもいいのね」

と言った。

「いいです。ただし明日中には返事を下さい」

輝雅が強調すると、

「明日、出勤する前に返事をします。ついでに、このダイヤの指輪を預かってもいいですか」

なぎさはまるで輝雅を誘惑でもするような妖しげな眼差で見つめた。

「いいですよ」

こんな大胆なことをしていいのだろうか、もし彼女が指輪を返さないときは、どうしよう、と思いながら輝雅はにっこりほほえんだ。

両手にルビーの指輪とダイヤの指輪をはめたなぎさは、とまり木の席にもどると嬉々として同席している他のホステスたちに見せびらかした。

見せて、見せて、凄い！　きれい！　ホステスたちはなぎさに寄ってきて騒ぎだした。

のである。

「あんなこと言うてええんかいな」

本来は人知れずこっそり売るのが密売である。それなのに輝雅はおおっぴらに開陳して利《り》鞘《ざや》までつけると言ったので、なぎさは俄然その気になって周りのホステスや客に喧伝しだす
二人のホステスがソファにきて、

「わたしたちにも見せて」

と目を輝かせた。

こうなれば毒を喰わらば皿までである。輝雅は隠し持っていた宝飾類と腕時計を全部さらけ出した。

結局、その夜、宝飾類六個と腕時計一個を三人のホステスに預けた。

店が終ったあと、輝雅は放心状態になっていた。ホステスたちに品物を預けるつもりはなかったが、行きがかり上、そうなってしまったのだ。

ゆかりが困りはてた表情で憤激していた。

「いったいどういうつもり。内緒で売るんやなかったん。まるでバナナの叩き売りやんか。明日になったら噂がひろがってヤーコと警察がわんさかくるわ。うちは知らんで。ヤーコと警察に訊かれたら、あんたらがやった言うさかい、そのつもりでいてや」

輝雅は返す言葉がなかった。

「えらいことになってしもた。あの店を閉めよ」

海老原は逃げ腰である。

「店を閉めてどないすんねん。ヤーコも警察も、きたら突っぱねたる。いまさらじたばたしても始まらんわい」

開き直った輝雅はウィスキーをがぶ飲みした。

「お兄ちゃん、こいつとつき合ってたら、ろくなことないで。ヤーコに刺されるか、警察に捕まって刑務所行きや、太郎ちゃんもそうや。よう考えた方がええで。今夜から、この店に泊まり」

兄思いのゆかりは輝雅から兄を離反させようとした。

「わかった。そこまで言うんやったら、おれ一人でやる。おまえらに迷惑はかけん」

輝雅は席を蹴って店を出た。

困惑しながらも輝雅のあとについて行こうとする海老原を、

「お兄ちゃん、ついていったらあかん！　ほっとき！」とゆかりの鋭い声が引き止めた。

『路地裏』には毎晩、店が終ったあと大勢のホステスが客を連れて飲みにくるので、彼女たちと客に宝飾類と腕時計を売りつけてはどうかと話を持ち出したのは海老原である。そしてゆかりと電話で相談して、五パーセントのマージンを出すという条件にゆかりもその気になったのだ。いいアイディアだと思ったが、こういう流れになるとは思ってもみなかった。

だが、頓挫したとはいえない。ゆかりがヒステリックになるような状況ではないのだ。しばらく様子を見よう。様子を見て不穏な動きを察知したら横浜へ逃げてアメリカへ密航しようと考えた。そう考えると、なぜか肝がすわってきた。

翌日は午前十時に起床して部屋を掃除した。真新しい布団に寝たので気分がよかった。店を掃除したあと海老原と行ったうどん屋で腹ごしらえをして、母親を連れてくるというあけみを待った。とまり木に腰を下ろして煙草をふかし、もの思いにふけっていた。誰もいない静かな店の中でもの思いにふけるのは今までなかったことである。

何かを考えているわけではないが、窓からもれてくる光を見ていると、LSTの狭い部屋を思い出した。円形の窓から射し込んでくる光の色で、その日の天候と時間が推測できた。海が荒れるとうねりをあげた山のような波が窓におおいかぶさり、海中に呑み込まれる気がした。晴れた日に窓を開けたとき、一羽のカモメが飛び込んできたので大騒ぎになったことがある。やっとカモメを捕獲して解放してやると、カモメはフィリピンまでついてきたのだった。

輝雅は船に揺られているかのように、体をゆっくり前後左右に揺らしていた。海へもどりたい。神秘に満ちた大海原で、もう一度大自然の奇跡を見たいと思った。

コツ、コツとドアを叩く音がする。警察ではないかと輝雅はどきっとした。煙草の火を消し、耳を澄まして外の気配を感じ取り、そっとドアを開けると、

「こんにちは……」

とあけみの明るい顔があった。

「やあ、ようきてくれた。待ってたで」

緊張していた輝雅はうわずった声であけみを迎えた。あけみと一緒に年配の女も入ってきた。あけみの母親だったが、姉妹のように見えた。ピンクのスーツにクロコダイルのバッグを持っている。手には大きなダイヤの指輪とオパールの指輪をはめていた。かなり派手な母親である。

輝雅は二人を店に入れてとまり木に座らせ、炭酸ソーダ水にレモンをしぼって出した。それから輝雅はガーゼに包んである宝飾類と腕時計をカウンターの上に並べた。母親は最初、宝飾類を手に取って観察していたが、つぎは腕時計に興味を示した。ダイヤで飾られたピアジェの婦人用腕時計を取って、あらゆる角度から観察した。

そして、

「これ、本物？」

と猜疑心の強い目で訊いた。

24

「本物です」輝雅は力んだ。

するとあけみの母親はクロコダイルのバッグから、おもむろに虫めがねを取り出してピアジェの腕時計を隅々まで点検するのだった。それでもまだ納得していない表情をしていたので、

「もし贋物でしたら、お金を二倍にして返します。ぼくはこの店のオーナーですから、逃げも隠れもしません」

矜持《きょうじ》をもって答える輝雅の自信に満ちた態度に、

「あんたがそこまで言うんやったら買《こ》うてもええけど、なんぼやの」

とあけみの母親は値踏みした。

「百貨店ではたぶん八十万円くらいの値段がついてると思いますけど、三十六万円でいいです」

強欲そうなあけみの母親は必ず値切ってくると考えていた輝雅は、本来の売り値より四万

円つり上げて言った。

「三十万円にしときなさい」

強制的なものいいである。

「いや、それはちょっと無理です。三十五万円にしときます」

「三十一万円」

金持のくせにシビアである。だから金が貯まるのかもしれない。

「いやあ、その値段だと足が出ますわ。ぎりぎりのところ三十四万円で勘弁して下さい」

輝雅は苦渋の色をにじませて頭を下げた。

「なかなかの商売人やわ」

あけみの母親は輝雅の苦渋の表情を読み取りながらバッグから現金を取り出し、

「なんにも言わんと、三十二万円にしとき」

と札束を数えてカウンターの上に積んだ。目の前に積まれた千円札の三十二万円は迫力があった。

「わかりました」

輝雅は溜め息をつきながら譲歩した。譲歩したが三十二万円が売り値だったのである。売り値よりあらかじめ四万円つり上げたのが正解だったのだ。輝雅は内心、業突《ごうつ》く婆あを出し抜いたことにほくそえんでいた。

「うちはこの指輪がええわ」

母親の買い物が終るのを待っていたあけみは、ダイヤにかこまれたルビーの指輪をはめて照明灯の下にかざした。

「ダイヤで飾ったルビーの指輪なんか、若い娘には似合いません」

母親は一蹴してこぢんまりとしたルビーだけの指輪を選んだ。

あけみは不満げだったが、母親の選んだルビーの指輪を買うことにした。

「いくら?」

と母親が訊いた。

「三万円です」

少しふっかけ過ぎたかなあと思ったが、間髪を入れず、

「二万円にしときなさい」

とたたみかけるように値切られるのだった。

「二万五千円」

輝雅も負けてはいなかった。まるでゲームを楽しんでいるような感じさえした。

「あなたも相当ねばるわね。二万円にしとき。そのうち友達を連れてきてやるさかい」

笑うと口紅を真っ赤に塗った唇が淫靡になり、厚化粧をしている目尻の皺が凝縮して不気味だった。

「わかりました」

ここは一歩譲って、つぎの機会を待つ方が賢明なんだろうと輝雅は判断した。

二人が帰ったあと、輝雅はすぐ車光民に電話を入れた。一時間もせずに車光民は店にやってきた。輝雅は昨夜、スナック『路地裏』で三人のホステスに品物を預けたことや、いましがたピアジェの腕時計とルビーの指輪を売ったことを報告し、売上げ金を渡した。

「ま、いいだろう。わたしは口出しはしない。そのかわり君がすべての責任をとるように」

冷やかだが威圧感のある口調だった。

車光民は売上げの中から二十パーセントのマージンと追加の品物を渡し、

「金を貯めるんだ。そして君が現金で品物を買えば、あと五パーセントのマージンを出す」

と言った。

「本当ですか」

車光民の言葉は輝雅の欲望を刺激した。

考えてみると輝雅に現金で品物を買い取らせた方が、車光民にとって危険が少なく、万が一のときも損をしないですむのである。車光民はものわかりのいい紳士だったが、掌で泳がされている感じもした。

夕方、輝雅がうどん屋に行って腹ごしらえをし、店に帰ってみると、三人のホステスと『路地裏』にいた男の客一人、それに海老原と小口がいた。海老原は合い鍵を持っている。ホステスは約束通り出勤前に返事を持ってきたのだ。

海老原が照れくさそうに、

「約束通り、みんな連れてきたで」

と輝雅の機嫌を取るように言った。

ゆかりから手を切るようにと言われていたのだが、海老原と小口は考え直し、三人のホステスを手土産に『上海』へきたのである。

憮然としている輝雅に、

「機嫌直してくれや。ゆかりはああいう性格やねん。わかるやろ。悪気はないねん」

と妹のゆかりをしきりに弁護しながら、海老原はそのじつ自分の立場を弁明しているのだった。

輝雅がカウンターに入ると、

「昨日持って帰った指輪と腕時計を質屋に見せたら、本物やったわ。質屋よりちょっと高かったけど」

となぎさは無邪気に言った。

出勤前の素顔のなぎさは、まったく別人に見えた。二重瞼だったはずの瞼がひと重瞼で、鼻筋が通っていると思っていたが、今日はずんぐりしていたので、輝雅は声を聞くまでわからなかった。なぎさは宗右衛門町界隈の銭湯で入浴してきたばかりだったのだ。たぶんこれから美容院へ行って髪型を整え、化粧をして出勤するのだろう。

「おまえアホとちがうか。質屋より安かったら、おまえらに売るよりわしらが質屋に行くわ」

海老原はなぎさの無定見さを批難して、

「こんな安い買い物はめったにないで」

と強調した。

「ほんまや。いま買わんと、あとで後悔するで」

小口が海老原の尻馬に乗って煽った。

「ダイヤの指輪欲しいんやけど、二回に分けてくれへん？　一回はキツイわ」

なぎさが輝雅に頼んだ。

「わかった。二回目分は来月の末まで待ったる」

ホステス稼業をしているとはいえ、一回払いはキツイのである。かといって売らないよりは売った方が品物の回転率が上がるのだ。この際、ある程度の負担はやむを得ないだろうと輝雅は考えた。

「うれしい！」

なぎさは目を輝かせ喜んだ。

「おまえ、逃げたらあかんぞ」

海老原が露骨に釘をさした。

「逃げるわけないやろ。うちには旦那と子供がいるんやで。あんたみたいに宿なしの独り者《もん》とちがうんやさかい」

怒ったなぎさは、男の客がいるのを忘れてつい口を滑らせた。

「まだ二十歳そこそこのおまえに旦那と子供がいるのか」

店にいる者は一様に驚いた。ホステスにとって家庭の事情は禁句である。その禁句をつい漏らしてしまったなぎさは手で口をふさいで、

「内緒。誰にも言わんといてや」

と茶目っ気たっぷりな目でみんなに頼んだ。

「まあ、ええがな。誰にでも事情がある。とにかく来月の末まで待つさかい、間違いのないようにしてくれ」

輝雅が鷹揚に構えて懐の深いところを見せた。

なぎさがダイヤの指輪を買うと、続いて二人のホステスも指輪とネックレスを買った。

男の客がしきりにロレックスを見つめている。腕にはめて感触を確かめ、耳にあてて秒針音を聴いていたが、

「わたしもこのロレックスをもらおうか」

と言った。

「星野さんは会社の社長さんなの」

なぎさが自慢するように言った。

「ありがとうございます」

輝雅はガーゼでロレックスを丁寧に研き、

「どうぞはめて下さい」

と差し出した。

男ははめていた時計をはずし、ロレックスをはめて満足そうな笑みを浮かべた。

商談が成立して三人のホステスと男が店を出たあと、なぎさがすぐに引き返してきて、

「星野さんはうちが連れてきたお客さんやさかい、五パーセントのバックマージンくれるんやろ」

と再確認するのだった。

約束は守らなければならない。

「わかってる。来月の末、残りの金を清算したとき五パーセントのバックマージンを払う」

輝雅のひとことに、

「あんたはええ男やわ」

となぎさは上機嫌で店を去った。

「曾我、うまいことといったな」

昨夜とは打って変って、海老原は媚びるのである。

「おまえらなんでもどってきたんや」

まだ気分のすっきりしない輝雅は海老原と小口を責めた。

「せやさかいに、さっきも言うたように妹はああいう性格やさかい、キツイことを言うたけど、そのあと、なぎさと男の客を『上海』に連れて行き、言われたんや。ゆかりは情のある女やねん。わかってくれ。これからは何があっても一緒にやる。わしらは一心同体や」

その場限りの調子のいい海老原の口車に乗せられて、これから先も試行錯誤するだろうと思いながら、輝雅はこれ以上、海老原が能書きをならべるのを聞きたくないと思って、

「まあええわ」

と受け入れた。

「それでや、三人のホステスはゆかりの紹介やさかい、ゆかりに五パーセントのバックマージンを出さなあかん」

遠慮がちに、しかし抜け目のない海老原は、ゆかりへのバックマージンを請求した。

利鞘はどんどん分散していく。車光民から品物を現金で買い取れるようになるのはいつなのか。その前に警察の摘発を受けるか、あるいは組関係の連中に狙われるかもしれない。いずれにしても時間が勝負だった。時は金なりであった。

しかし、案ずるより産むが易しというか、口こみで評判が広がり、『路地裏』と『上海』には腕時計や指輪を買い求める客が毎日のようにくるのである。それと同時に『上海』の店そのものも繁盛してくるのだった。

ときどき、あけみの母親である常盤千景が友達を連れて店にくる。ピンク、赤、緑、黒など色とりどりの派手な洋服を着替えてクロコダイルのバッグやオーストリッチのバッグをこれ見よがしに持ち、カウンターにいる客を睥睨《へいげい》するように端から順番に見つめて腰を下ろす。そして「ヘネシーのXOちょうだい」と最高級ブランデーを注文する。

はじめて注文を受けたときそんな酒は店になかった。というより一般的なスナックやバーではトリスやニッカが飲まれており、サントリーの角やジョニーウォーカーの赤が羨望の的だったのである。高級クラブには置いてあるかもしれないが、一本キープすれば五、六万円は取られるだろう。『上海』のような小さなカウンターバーに置いてあるわけがない。それでも常盤千景は、つぎから置いときなさい、と命じるのだった。仕方なく輝雅はデパートへ行って買ってきた。そして一本四万円の高値をつけたボトルを出されると、常盤千景は、他の客の視線を意識しながら、これ見よがしに友達にすすめ、虚栄心を満足させていた。『上海』のようなカウンターバーで〝ヘネシーXO〟が飲まれている光景は異様であり、他の客のひんしゅくを買っていたが、千景は平気だった。海老原は常盤千景のことを「淫乱女」と陰口をたたいていた。実際、店が引ける頃になると常盤千景は、

「曾我君、店が終ったら、おすしでも食べにいきましょ」

と輝雅を誘うのである。

「店を閉めるのは二時か三時頃になりますから、たぶんすし屋は開いてないと思います」

と輝雅は断るのだが、

「大丈夫、わたしの行きつけのすし屋さんは遅くまで開いてるから。もし閉まっていたら、わたしが開けさせるわよ」

とわがままぶりを発揮するのだ。

常盤千景が何度か友達を連れてきて、友達に高級腕時計や宝飾類を買わせている手前、断

り続けることができなかった。三度目に輝雅はつき合うことにした。

店のあと片づけを海老原と小口にまかせ、輝雅は常盤千景と一緒に店を出た。店を出ると常盤千景は輝雅と腕を組んで千鳥足で歩いた。体をもたれさせてきた常盤千景から香水の匂いが漂ってきた。

「わたしのようなお婆ちゃんは嫌いでしょ」

中年肥りしている体をもたれさせながら言う。

「そんなことないです」

もちろんこころにもないお世辞だったが、

「本当に？　可愛いこと言ってくれるわね」

常盤千景はケラケラと笑った。

「だったらキスしてちょうだい。わたしは証拠が欲しいの」

歩いていた足を止めて常盤千景は輝雅の首に両腕を巻いた。

「ここでですか？　往来の真ん中で？」

時刻は二時を回っていて人通りはほとんどなかったが、輝雅はさすがに臆した。睫毛にマスカラをつけ、瞼にたっぷりとアイシャドーを塗った大きな目と、口紅を真っ赤に塗った唇が輝雅のキスを待っている。輝雅は躊躇した。

「どうしたの？　キスできないの？」

常盤千景は挑発する。

「そんなことないです」

大人ぶっているがまだ十九歳の少年である。四十五、六にはなるしたたかな女に輝雅は翻弄されていた。しかし輝雅のペニスは勃起していた。欲望が高まり爆発しそうだった。輝雅は通りかかった空車のタクシーを止めると常盤千景を車内に押し込んで乗った。

「どこへ行くの？　わたしをどこかへ連れ去る気？　馬鹿ねえ」

「運転手さん、どこでもいいから、ホテルへ行って下さい」

輝雅は興奮した声で言った。

常盤千景は面白がって輝雅の手を取り、自分の乳房にあてがった。

輝雅は常盤千景を強く抱き寄せてキスをした。常盤千景が、く、く、くと喉の奥で笑った。

「あわてないで」

常盤千景はあらためて輝雅の口の中へ生ぬるい舌を挿入してきた。

タクシーが上六のホテル街に着くと二人は車から降りて、そそくさと連れ込みホテルに入った。ホテルとは名ばかりで、実際は木造二階建てのあばら家だった。

二階の一室に入ると常盤千景は輝雅に衣服を脱がせて欲しいと言った。言われるがままに従って、輝雅は常盤千景の衣服を一枚一枚脱がせた。

「わたしはいっぺん男に服を脱がせてもらいたかったんや」

そう言いながら常盤千景は恍惚とした。

スリップを脱がし、ブラジャーをはずし、パンティを下ろすと、脂肪の乗ったずん胴な体があらわになった。常盤千景は敷いてある布団の上に横臥し、両手で乳房をもみ、両股を大きく開いて、「早くきて……」と体をくねらせ、早くも悶えるのだった。

輝雅は焦りながら服を脱ぎ、全裸になって常盤千景におおいかぶさった。

「オッパイを吸って……」

輝雅は乳房に舌を這わせて吸った。

「もっと優しくして……」

鼻の詰まったような甘ったるい声で注文をつけてくる。女の体にうとい輝雅は、手探り状態で常盤千景の体をまさぐっていた。

息をはずませ、腹部をうねらせ、「あそこを舐めて」と要求する。

輝雅は腹部から下半身に舌を這わせて陰部を舐めた。尿の味がした。

「ああ……」

常盤千景は歓喜の声をもらす。

「舌をもっと奥へ入れて……」

常盤千景は両股で輝雅の頭を挟み、腰を上げて呻いた。

それから今度は体位を変え、常盤千景が輝雅のペニスを口にふくんだ。しばらくペニスを咀嚼したあと自分の中へゆっくり入れた。とたんに常盤千景は体をのけぞらせて狂乱状態になった。体を痙攣させ、引きつらせ、激しく腰を振りながら、まるで鞭で打たれているかのように身をよじらせ、苦痛と快楽と苦悶に引き裂かれて地獄へ堕ちていくようだった。輝雅は爆発する星雲の彼方へ飛翔した。

この日から常盤千景は、前にもまして足しげく『上海』に通うようになった。友達を連れてきて品物を買わせ、彼女自身も惜しみなく品物を買っていった。誰の目にも輝雅と常盤千景の関係は明らかだった。輝雅はできるだけ店の中では素知らぬふりをしていたが、

「輝雅ちゃん、今度二人で温泉旅行しようね」

と常盤千景はみんなの前で輝雅を自分の所有物のように言いふらすのである。

「曽我、おまえあんな腐れ貝とようつき合ってるな。いつまでつき合う気や。そのうち刃物沙汰になるで」

傍から見ていても不自然すぎる関係に海老原が忠告した。

「おれは金儲けのためにつき合ってるんや」

仲間からも嫌味を言われて輝雅はふてくされ、自己嫌悪に陥るのだった。

「中年のおばはんはしつこいで。時期を見て手え切った方がええで」

チビの小口にまで馬鹿にされて輝雅には立つ瀬がなかった。

「そない言うけど、おれのおかげで、おまえらも稼いでるんちがうのか。おまえらから言われんかて、わかっとる」

しかし、常盤千景と別れるのはきわめて難しく思われた。執拗なまでの常盤千景のセックスは、何か埋め難いものを埋めようとするかのような、とり返せないものをとり返そうとするかのような妄執を孕《はら》んでいるようにさえ思える。母親と同じくらいの年である常盤千景の陰部は、口を開けて輝雅を子宮の中へ呑み込んでしまいかねない。常盤千景にとって輝雅はたぶん息子であり男なのだ。

常盤千景とつき合うようになってから三ヶ月がたったある日、六十歳前後の男が店にやってきた。輝雅はカウンターに入って仕込みの準備をしていたが、黙ってドアを開けて入ってきた男の顔に険悪なものを感じた。紺のスーツにネクタイを締めて、茶の革製の鞄を提げている。メガネの中の目が黒い穴のようだった。

「何か用ですか？」

ネギを切っていた輝雅が言った。

「曾我輝雅という人はいませんか」

低いかすれた声だった。

「ぼくですけど」

すると男はゆっくりカウンターに近づいてきて輝雅の正面に立ち、睨んだ。

「あなたが曾我輝雅ですか」

「そうです」

刑事ではなさそうなので輝雅はひと安心したが、別の不安が脳裏をよぎった。

「わたしは千景の夫の常盤秀利です」

輝雅の不安が的中した。

輝雅は棒立ちになり、常盤秀利と視線を合わせることもできず目を伏せた。

「座っていいですか」

常盤秀利は訊いた。

「どうぞ」

いつかこういう日がくるのではないかと思っていた。店が終ってからホテルにしけ込み、明け方に帰宅する常盤千景の行動が夫に不審感をいだかせないはずはないのである。

常盤秀利は煙草に火を点けてふかすと脚を組み、

「あなたは千景を愛しているのですか」

と訊いた。

唐突な質問に輝雅はどぎまぎして言葉を失い、しばらく黙っていたが、

「いいえ、愛してません」

と答えた。

「そうですか。失礼ですが、あなたは何歳ですか」

「二十一歳です」

「学生ですか」

「いいえ、城南大学中退です」

仲間の間では城南大学中退になっているのだ。確か常盤千景にも城南大学中退と言ったような気がする。嘘に嘘を重ねている輝雅は、どの自分が本当の自分なのか、わからなくなっていた。だが、胸の奥で何かが疼いていた。

「千景は四十六歳です。あなたとは親子ほど年がちがいます」

普通なら妻の不倫相手に対して罵詈雑言を浴びせ、暴力を振るって溜飲を下げようとするものだが、そして輝雅もそう思っていたが、常盤秀利は思慮深く冷静だった。それだけに抑

制した言葉の端々に苦悩をにじませていた。

「昨日、わたしは千景から告白されました。あなたと一緒になりたいと。あなたを愛していると言われました。妻の浮気はこれで四度目です」

四度も浮気をしている妻に対して、これほど寛容になれるのが不思議だった。常盤秀利はたぶん浮気癖のある妻の相手を責めてもせんないことだと諦観しているのかもしれない。それとも妻を深く愛しているのだろうか。いずれにしても孤独で寂しそうな常盤秀利の言葉遣いは、かえって針のむしろに座らされて拷問にかけられているように、輝雅の良心をちくりちくりと刺した。いっそのことビール瓶で頭を叩き割られ、半殺しの目にあった方がすっきりすると思った。

「あなたが妻と一緒になりたいと思うのでしたら、わたしは妻と別れてもかまいません」

潔いというより、まるでやっかいな荷物を押しつけようとしているのではないかと思われた。

「すみません。ぼくは奥さんを愛してませんし、一緒になる気もありません」

輝雅はきっぱり拒絶した。常盤千景が自分と一緒になりたいという気持が理解できなかった。何かおぞましい女の情念のようなものを感じた。確かに親子ほど年齢差のある男女が一緒になっている例はいくらでもある。しかし、だからといって、自分には常盤千景と一緒になる理由はまったくないと思った。夫がいようといまいと、おれの知ったことではないのだ。商売のいきがかり上、常盤千景に誘われて断れなくなり、お互いにセックスを楽しんだだけである。いや、楽しんだというより輝雅には苦痛なだけであった。常盤千景の妄念にずるずると引きずり込まれて抜きさしならない状態になるのを怖れていた。その怖れていたことが、いま起こっている。

「すみません」

輝雅はふたたび頭を下げて謝り、おれは卑怯な男だろうかと内心忸怩たる思いになった。

煙草をふかしている常盤秀利の手が小刻みに震えている。抑制している憎しみと怒りがこみ上げているのだ。六十過ぎに見える常盤秀利の血の気のない皺だらけの顔が、いまにも泣きそうだった。

しかし、あくまで自制心を保ちながら、

「君の意思を妻に伝えておく。妻はどう言うか、わたしにはわからない」

と常盤秀利は弱々しく言って腰を上げ、店を出た。

一時はどうなるかと緊張したが、何ごともなく常盤秀利が去ったので輝雅はほっと胸をなで下ろした。だが、これで終ったわけではない。必ず常盤千景が店に押しかけてくるにちがいないのだ。そのときは、はっきりとケリをつける必要があると思った。

輝雅は悶々とした日々を過ごした。常盤千景がいつ店に現れるのか、そのことが憂鬱の種だった。常盤夫婦の間で何が起こっているのか知るよしもないが、修羅場になっているのではないかと思うと、逃げ出したい気持だった。その反面、皮肉なことに店は繁盛し、商品は売れていた。

やがて輝雅は車光民から現金で商品を買い取るようになり、利鞘も五パーセント増えた。

「こんなにうまくいくとは思わなんだ」

店を手伝いもせずに、海老原は儲けた金で遊び呆けていた。

いまでは口コミで『上海』の噂はひろがり、黙っていても一日に二、三個の商品が売れる。そして次第に神経が麻痺してきて、輝雅は商品を大量に買い溜めするようになった。商品が売れるたびに車光民に連絡を取るのが面倒臭くなったのである。商品は排管の中に隠しておくよう車光民から念を押されていたのに、そのことをすっかり忘れて、商品を棚の瓶類の後ろや厨房の引き出しや二階の万年床の中に隠すようになった。密売しているという感覚が薄れ、飲みにきている客の前に商品をずらりと並べて見せたりもした。いつしかホステスだけでなく、若い女の子も『上海』に出入りするようになっていた。噂とは変なもので、城南大学中退の男がショットバーをやり、高級腕時計や宝飾品類を密売しているというのが恰好い い、というのである。

海老原は店にやってくる若い女の子をしきりに口説いていたが、輝雅は常盤千景のことがあってから女を敬遠していた。店が終ってからときどき飲みに行くときも女を絶対誘わなかった。輝雅にとって女は鬼門だった。常盤秀利が店に訪ねてきて以来、常盤千景の来店はぱったり止んだ。そのうち現れるにちがいないと心の準備をしていたのだが、いっこうに現れずに三ヶ月が過ぎ半年が過ぎた頃、常盤千景の娘、あけみがひょっこりきたので輝雅は驚いた。もちろん店にいた海老原も小口も驚いた。

あけみは少し軽蔑的な眼差で輝雅を見つめ、とまり木に腰を下ろして煙草をふかすと、

「おかあちゃんがくると思ってたんちがう？」

と揶揄《やゆ》するように言った。

輝雅は黙ってグラスにビールをついだ。

あけみはつがれたビールをひと口飲み、脚を組んだ。

「おかあちゃんのこと忘れたの？　忘れるわけないわな。中年女は情が深いさかい」

嫉妬にも似たあけみの言葉はどこか母親に似ている。唇の端に嘲るような笑みを浮かべ、

人を小馬鹿にしたような態度も母親に似ていた。胸のはだけたピンク色のスーツを着、クロコダイルのバッグを持っている。母親の千景とそっくりである。輝雅はぞっとした。

開店間際の時間だったので客は誰もいなかったのが幸いだった。

「おまえは何が言いたいんじゃ」

あけみのふてぶてしい態度に海老原は怒鳴った。

「あんたらは、おかあちゃんを喰いものにしたやろ！」

あけみは海老原を振り返って叫んだ。

「いつおまえのおかんを喰いものにした。おまえのおかんは色気ちがいや。一日でも男がおらんと我慢できん女や。輝雅はたまたま引っかかっただけじゃ」

海老原は輝雅を擁護した。

羞恥心と屈辱感で輝雅の顔が紅潮していた。

「海老原！　黙っとれ！」

海老原に擁護されていることが、かえって輝雅のプライドを傷つけるのだった。

「あんたらはグルやろ！　おいしいとこだけ取って。おかあちゃんは借金だらけになって家を出て行ったわ。毎日借金取りに追われて、おとうちゃんも家を手離してどこかへ出て行ってしもた。うちはどうなるの？　みんなあんたらのせいや！」

「アホなことぬかすな。わしらになんの関係があるんじゃ。逆怨みもええとこや！」

カウンターの端に座っていた海老原が興奮して立ち上がり、あけみに暴力を振るいそうな剣幕になった。

何と思ったのか輝雅は二階へ駆け上がってすぐにもどると、

「二万円ある。これでなんとかつないでくれ。足らんかったら、またなんとかする」

と札束をあけみの前に置いた。

「ひとを馬鹿にせんといて。うちは乞食とちがう。こんな汚ない金、どぶに捨ててやる！」

あけみは札束を鷲掴みして外に出ると、溝の中へ金をばらまいた。あとを追ってきた海老原と小口があわてて札を拾い集めた。

金を拾い集めている海老原と小口に向って、

「あほんだら！」

とあけみは罵声を浴びせて去った。

海老原と小口はカウンターの中で放心状態になっている輝雅に拾い集めた金を渡した。

「女は怖いで。あいつらはわしらのことを警察にばらすんとちがうか」

と海老原が言った。

「ばらすと思う。普通とちがうで。頭がおかしなってる」

小口も海老原と同じ考えだった。

「ばらすんやったら、とっくにばらしてるはずや」

なぜ半年も過ぎたいまごろ、店にやってきて、あけみはくだを巻くのか。何か事情があるのかもしれないと輝雅は思った。それにもまして罪悪感のようなものが輝雅の胸にわだかまっていた。

「ほな、なんでいまごろきて、あんなことぬかすんや？」

腹の虫がおさまらない海老原は、しかし疑心暗鬼になっていた。

「わからん」

常盤千景との関係は苦い経験だが、それによって家庭を破壊されたかのようなあけみの言辞は言いがかりとしか思えなかった。常盤千景の度し難い虚栄心が破滅をもたらしたのだ。しかし、たとえそうだとしても輝雅は自責の念にとらわれた。家族がばらばらになったあけみの気持がわからぬでもなかった。

いつしか輝雅はいろんな連中とつき合うようになっていた。やくざまがいの男や詐欺師、コソ泥、スケコマシ、ブローカーなどの怪しげな連中が店に出入りし、毎日飲み明かしていた。こういう連中が集まるといろいろな情報がもたらされる。もちろん、ろくな情報ではない。ほとんどが裏取引きのヤバイ話ばかりである。しかし輝雅は、なぜかそうした話にむしろ興味を持ち、体を張ってやろうとするのだった。

「曾我、ちょっと儲け話があるんやけどな。やってみるか」

週に一度の割合で店に出入りしている韓国人の高容仁という三十歳くらいの男がカウンターの中にいる輝雅に声を掛けた。これまでにもいくつかの儲け話を持ってきたが、ほとんどがガセネタであった。

「あんたの話はええ加減やからな」

輝雅は相手にしなかった。

「そう言うな。今度は間違いない儲け話や」

煙草を残り一センチくらいまで吸い、それでもいつも手離そうとしないので、指先がヤニで茶色になっている。貧乏ゆすりをしながら、しきりに周囲の目線を気にしているわりには、ヤバイ話を聞えよがしに言うのである。もっともこの店ではそんな話を気にとめる客は誰もいなかった。

「神戸港にはアメリカから輸入した大量のレモンが倉庫に眠ってる。そいつを港湾組合のボスが横流しをしとる。そのレモンを大阪まで運んでくるだけや。バタバタ（三輪車）一杯につき三万円。週一回でええ。悪い話ではないで」

レモンは高級な品物で一般的な家庭ではあまり使われることはない。だが、喫茶店、バー、キャバレー、クラブ、料理店では欠かせない品物であった。もし高容仁の話が本当だとすれば、多少危険をともなうが悪い話ではなかった。店を開ける前に神戸を往復して三万円稼げるのだ。どこまで信じていいのかわからないが、騙されたつもりでやってみる価値はある。

「バタバタはおれが用意する。明日の午前六時に南海難波駅の髙島屋の裏にきてくれ」

「明日の朝六時……えらい急やな」

「善は急げや」

どうやら本当の話らしい。だが疑問があった。高容仁はなぜ自分で運搬しないのか？

「なんで高さんは自分で運搬しないんや。ええ実入りになるのに」

「おれは運転免許証がない」

なるほど運転免許証がなければ三輪車を運転することはできない。しかし、輝雅も運転免許証はなかった。

「ぼくも運転免許証はない」

すると高容仁はずる賢そうな表情を崩して、

「おまえは船乗りをやってた頃、軍需物資を船に積むためにバタバタで港内を走ってたそうやないか」

と言うのである。

確かに船員だった頃、人手が足りないときは面白がってバタバタで軍需物資の運搬を手伝ったことがある。船員だった頃の話をしている中で、そんなことを言ったかもしれない。それを高容仁は覚えていたのだ。

「警察も人手が足りんさかい、走ってる車をいちいち検問したりせえへん。交通事故を起こさん限り大丈夫や。げんに無免許でレモンを運搬しとる奴が二、三人おる」

これまたいい加減な話である。要するに無免許であろうとなかろうと神戸から大阪へレモンを運搬してくれれば日当三万円を払うということだった。自分はあくまで安全な場所にいて、仲介料をせしめようという魂胆である。ブローカーの典型的なやり口だが、日当三万円は魅力があった。危険であればあるほど、その危険を買って出ようとするあまのじゃくな輝雅の性格を、高容仁は見抜いていた。

「やめた方がええで」

横で話を聞いていた海老原が忠告した。

「やめた方がええ。高さんの話に乗ったらろくなことない。この前も阿倍野の青線のバーに勤めてる女を足抜きしてくれたら十万円出すいうさかい、わしらは三人で深夜にタクシーを店の前に横づけして、二階の窓から布団を地面に投げて、飛び降りた女を連れて堺まで逃がしたのに、相手に金がない言われてパーや。高さんは事前に金もろてたんちがうか。へたしたらわしらは暴力団に捕まって八つ裂きにされてたかもしれん。そやのに相手に金がない言われて、女を足抜きした店に返すわけにもいかんし、アホみたいな話や」

滑稽といえば、これ以上滑稽なことはなかった。まるでどさ回りの田舎芝居を地で演じているような滑稽さだった。

「わしは一銭ももろてない。女の親父に泣きつかれて十万円出す言うさかい、おまえらに頼んだんや。そやさかい、その穴埋めをするために、この仕事を持ってきたんや」

「騙されたらあかんで。高さんは口がうまいさかい。口だけで生きてるような男や」

海老原と小口に忠告されるまでもなく、輝雅は高容仁にさんざんなめにあわされている。月一割の利息で五万円の手形を割ってくれと言われたものの、そもそも手形のなんたるかを知らない輝雅は、手形を折りたたんで財布に入れたまま、半年近く後生大事に持っている。手形は銀行口座に入れて相手の銀行に請求しない限り現金化しないのだが、無知な輝雅は銀行口座すら開設していなかった。このころ手形用紙は文房具店で売っていたため、高容仁は文房具店で手形用紙を買い、銀行取引きもないのにさも取引きしているかのように適当な銀行名と自分の名義を書き込み、それを輝雅に割らせていた。これは明らかに詐欺であった。

輝雅は財布から折りたたんだ手形を取り出し、

「いつになったら、この手形を清算してくれるんや」

と高容仁に突きつけたが、

「まだ期日がきてないやないか」

と言うのである。

手形の期日をよく見ると、一年先になっている。一事が万事、この調子だった。三人が高容仁を信用しないのも無理はなかった。しかし高容仁は、

「レモンを何回か運搬したら、全部解決する」

人を喰ったような細い狡猾そうな目で巧妙に誘うのだった。

「わかった。明日の朝、六時に高島屋の裏に行く」

騙されたつもりで輝雅は行ってみることにした。

「あとで泣きをみても、わしはしらんで」

海老原は諦めるように言った。

その夜も輝雅は店を閉めたあと、『路地裏』で飲み明かし、一睡もせずに午前六時に高島屋の裏に行った。高島屋に荷物を搬入している十トンクラスの大型トラックが二、三台停まっている。そこから少し離れた場所に三台の一トン三輪車が並んでいた。六、七人の男に混じって雑談していた高容仁が輝雅を認めて手を挙げた。

「ようきてくれた。みんなを紹介する」

高容仁は雑談していた六人の男を輝雅に紹介した。二十代から四十代くらいのひと癖ありそうな男たちであった。身長一七五センチある輝雅はけっしてひけをとらない体軀をしていたが、輝雅よりひとまわり大きな体軀をしている四十代の、みるからに強面《こわもて》の男がどうやらボスのようだった。

「このあたりをしきってる輪島さんや」

このあたりとはどのあたりなのか漠然としているが、地元の暴力団とつながっているのかもしれない。

「よろしくお願いします」

輝雅は下手に出て頭を下げた。

「長瀬と北村と曾我の三人でレモンを積みにいく。長瀬と北村は五、六回運搬してるさかい、二人のあとをついていったらええ。神戸港に着いたら、二人の言う通りにして要領を覚えてくれ」

説明したあと高容仁は輝雅に耳打ちした。

「あの二人も免許証がないんや」

「ほんまですか」

「ほんまや。せやけど、いままで捕まったことがない」

無免許の輝雅を安心させるためか、高容仁は輝雅の肩を叩いた。

「よし、出発してくれ」

輪島与吉が号令を掛けた。

三輪車の車体の後ろに「なにわ運送」と書いてある。おそらくカムフラージュするための架空の運送会社にちがいないと輝雅は思った。

エンジンを掛けると三輪車独特のバタバタ……という音がして、車体がぶるぶる振動した。アクセルを回し、ブレーキを踏んでみる。運転操作は単車と同じで、それほど難しくはない。車の幅と前後左右に気をつけ、スピードを出さなければ大丈夫だろうと思った。そして一キロも走ると感覚が慣れてきて不安はなくなっていた。道路はすいているが信号機があまりない。そのため不意に歩行者が道路を横断しようとするので危険だった。車で遠出するのは、子供の頃、道頓堀から夙川へ引越したとき以来である。市電を追い越し、いくつもの橋を渡り、街から街を、田畑を疾走していく。爽快な気分だった。爽快な気分を味わいながら三万円も稼げるのなら毎日でも走ってやる、と輝雅は張り切っていた。

神戸港に着くと先頭の三輪車が倉庫群の一番はずれの前に停まった。倉庫の前には一人の男が立っている。車から降りた長瀬が男と挨拶を交し、倉庫の中へ入った。それから二分もすると倉庫から出てきた長瀬が三輪車を倉庫の中へ入れた。続いて北村と輝雅も三輪車を倉庫の中へ入れた。レモンの入った箱が倉庫の両脇に三メートル近く積まれている。

「早く積め」と男が三人を急かせた。

三人はレモンの入った箱をつぎからつぎへと三輪車の荷台に積み上げ、大きな布をかぶせて荷崩れしないようしっかりロープを掛けた。そしてエンジンを掛け、アクセルを吹かしたが、くるときとはまったくちがった。積載量の二倍以上のレモンを積んでいるので荷台は重く沈み、溝のない、古い坊主のタイヤは破裂しそうに歪んでいる。発進したものの、運転席が少し浮いているような感じで、まっすぐ走れないのである。輝雅はハンドルに体重をかけ、重心を保ちながらのろのろ走りだした。前の長瀬と北村の三輪車も慎重な走り方をしていたが、それでも経験を積んでいる二人は三輪車を巧みに運転しながら走行していた。輝雅の額とハンドルを握っている両手に汗がにじんでいる。坂道にさしかかるとエンジンはとたんに苦しい音を上げて排気口から黒い煙を吐き出し、止まってしまうのではないかと思われた。

「くそ！」

輝雅は焦った。

坂を登りきって下り坂になると今度は加速力がつき、ブレーキを踏むと背後から重い荷物がおおいかぶさってくるようだった。

街の中を走っていた。輝雅はひたすら前方を凝視し、ハンドルをとられまいと力んでいたが、いつの間にか市電の線路の上を走っていた。前輪はタイヤが一つだが、後輪はタイヤが二つである。その二つのタイヤが線路の上を滑るように走っている。軌道を変えようとしても溝のない坊主タイヤは吸いつくように線路の上を走るのだった。そして交差点を左折しようとしたとき、後輪がまるで脱線するようにスリップして左に傾き、そのまま横転した。荷物が崩れ、レモンが道路に四散した。輝雅は横転した三輪車に危うく脚を挟まれるところだったが、間一髪で逃れ、運転席から這い出した。

道路一面に黄色いレモンが散っている。街の中に突然、黄色い花が咲いたような景観だった。その美しい光景に通行人たちが足を止めて眺めた。輝雅の三輪車が横転したことに気付いた長瀬と北村は、三輪車を止めて駆けつけてきた。そして道路に散っているレモンを必死に拾っている輝雅に、

「やめろ！　車をもとへもどすんだ」

と長瀬が言った。

長瀬の声に輝雅はわれに返り、そうだ、車が先だ……と思い、拾っていたレモンを捨てて、横転している三輪車をもとへもどすべく渾身の力をこめて持ち上げようとしたが、三人の力では難しかった。そこへ見物していた通行人が数人駆け寄ってきて力を貸してくれたので、三輪車はようやくもとにもどった。

「ありがとうございます」

力を貸してくれた通行人に礼を述べている輝雅に、

「はよ逃げんと、ポリ公がくるぞ」

と北村が言った。

輝雅はスイッチを入れたがエンジンはなかなか掛からない。ガソリンがもれているところをみると、点火プラグが濡れたのかもしれない。

「何もたもたしてるんや！」

長瀬がいらだって叫んだ。

「エンジンが掛からんのや！」

車の構造にうとい輝雅が悲痛な声で言った。

「アクセルを何回か回せ！」

アクセルを何回か回すとガソリンが上がってくるのだ。

輝雅はアクセルを何回か回しながらスイッチの鍵を何度もひねったが、エンジンは掛かりそうで掛からない。

道路に人だかりができ、通行人たちが散っているレモンを奪い合っている。何か騒然とした雰囲気になって、三輪車が襲われそうに思えた。

「ちょっとどけ！」

痺れをきらした長瀬が輝雅を助手席に押しやり運転席に着くと、チョークを目一杯引いてスイッチの鍵をひねった。するとエンジンが一発で掛かった。

百メーメルほど前方から二人の警官がこちらへ向ってくる姿が見えた。

「ポリ公がきたぞ。早よ逃げろ！」

長瀬は自分の三輪車にもどって走りだした。続いて北村もダッシュする。輝雅も続こうとアクセルを思いきり回すと、今度はノックしてエンジンが停まってしまった。またエンジンを掛け直す。なぜおれはこんなにドジなんだと自己嫌悪にかられながら、輝雅はようやく走り出す。荷台にはレモンはほとんど残っていなかった。


（下巻につづく）

この作品は二〇〇五年六月筑摩書房より刊行された
ものを文庫化にあたり二分冊したものです。

海《うみ》に沈《しず》む太陽《たいよう》（上）

梁石日《ヤン・ソギル》

平成20年8月10日　初版発行

発行者――見城徹

発行所――株式会社幻冬舎

〒151-0051東京都渋谷区千駄ヶ谷4-9-7

電話　03(5411)6222(営業)

03(5411)6211(編集)

振替00120-8-767643

印刷・製本―中央精版印刷株式会社

装丁者――高橋雅之

幻冬舎文庫

ISBN978-4-344-41183-8　C0193　や-3-17